KB041148

RAGNAROK Re

KENTARO YASUI

야스이 켄타로 지음
이와모토 에이리 일러스트
김동주 옮김

LEROY SCHWARTZER
리로이 슈발처

RAGNAROCK Re

라그나로크:Re

1. 월하에 울부짖는 맹수

야스이 켄타로 지음
이와모토 에어리 일러스트
김동주 옮김

라루나

CONTENTS

서

정말 헤아리기가 어렵다.

파트너에 대해서 기탄없이 의견을 말해보라고 한다면 나는 주저 없이 그렇게 대답할 것이다.

이 남자는 어쩜 이렇게 이성보다 감정이 앞설까.

나도 감정적인 것이 특별히 어리석은 거라고는 단정하진 않겠다.

하지만 이성을 방치하고 단순히 행동한 결과, 지금까지 얼마나 많은 재난에 휘말렸는지 조금은 생각해보라고 말하고 싶은 것이다.

"아까부터 뭐야? 시끄럽게!"

강력한 일격을 재빨리 피하고 상대방의 턱 밑으로 검 끝을

찔러 넣으면서, 언제나 마음대로 행동하는 내 파트너 리로이
슈발처가 짜증난다는 듯 내뱉었다.

"하고 싶은 말이 있으면 확실히 말해!"

큰소리로 외치는 리로이의 머리 위에는 턱부터 뇌까지 관
통된 상대가 입에서 피를 흘리며 그륵그륵 소리를 내고 있었
다.

정신을 차려야만 한다는 생각에 중얼거리는 것을 멈추고
있었는데, 그쪽이 그렇게 말한다면 좋아.

나는 말했다.

"갑자기 뛰어드는 바보가 어딨어!"

이 말에 리로이는 반론──이 아니라 욕지거리를 내뱉으려
고 했다. 하지만 희한하리만치 근육이 발달된 양팔이 다섯 손
가락을 펼쳐 붙잡으려 드는 게 먼저였다.

머리가 뚫렸는데도 불구하고 목숨이 끊어지진 않았다.

통나무도 쉽게 짜부라트릴 정도의 경이적인 악력이 리로이
의 머리를 덮쳤다. 하지만 그것에 정통으로 당할 정도로 리로
이는 둔하지 않았다.

오히려 그 말과 가장 먼 곳에 있는 게 이 남자다.

흉악한 손가락 끝은 허공을 짜부라트리며 교차됐다.

리로이는 검에서 손을 떼고 뒤로 풀쩍 뛰어 물러났다. 그리
고 착지와 동시에 다시 전진했다. 양쪽 팔이 교차돼 무방비한
상태의 상대 품속으로 리로이가 파고들었다.

낮은 자세에서 손바닥이 뻗어 올라갔다.

전신의 스프링을 이용한 일격은 턱 밑으로 찔러 들어간 검의 손잡이를 강타했다. 그 충격으로 검은 찌르고 있던 머릿속을 파열시켰고 두개골의 파편과 뇌장(腦漿)을 흩뿌리면서 날아갔다. 뇌가 완전히 파괴되면 아무리 엄청난 생명력을 지녔다고 해도 목숨이 끊어질 수밖에 없다.

2미터가 넘는 거구는 둔중한 울림과 함께 쓰러졌고 죽음의 경련을 시작했다.

"갑자기 뛰어드는 바보가 어디 있냐고?" 공중에서 낙하하는 검을 잡으면서 리로이는 콧방귀를 뀌었다. "──여기 있잖아."

과연 자신이 바보라는 것은 인식하고 있는 듯했다.

"그 바보는 숫자는 셀 수 있나?"

"당연하지."

숨이 끊어진 거구를 짓밟고 리로이는 분연하게 말했다.

숲속에 만들어진 도로.

이 부근은 도시국가가 난립해 있는 변경지역이지만 당연히 물류는 있었고 많은 상단이 왕래하고 있다. 길만 뚫렸을 뿐이고 포장도 안 돼 있지만, 마차가 양쪽에서 지나갈 정도의 폭을 지녔다.

그곳을 덮고 있는 것은 방금 리로이가 숨을 멈추게 한 것과 똑같은 괴물들이었다.

전부 엄청나게 발달한 근육과 거구를 자랑하고 형태는 다르지만 머리 위로 뼈가 변형돼 만들어진 것으로 여겨지는 뿔이 돋아나 있다. 짙은 회색 피부 위를 코트처럼 덮고 있는 것은 바늘처럼 날카롭고 딱딱한 회색 체모다.

리로이를 둘러싼 놈들의 목이 위협적인 소리를 울려대 불길한 선율을 자아냈다.

뒤로 말려진 두꺼운 입술에는 맹수에 필적하는 날카롭고 거대한 어금니가 보였다.

동료를 쉽게 도륙해버린 리로이를 경계하고 있는 것이다.

노려보는 그 안구에 동공은 없었고, 각막은 탁한 우윳빛이고, 연보랏빛 모세혈관이 돋아나 있었다.

그 모습은 너무도 흉악하고 역겨웠다.

보통 사람이라면 본 것만으로도 졸도해버릴 것이다.

인간의 형태를 하고 있지만 인간이 아니다.

「다크 원(어둠의 종족)」이라고 불리는 이능(異能), 이형(異形)의 존재들이다.

그 기원이나 생체는 거의 밝혀진 바가 없으며 알려진 것은 강인한 육체와 완력, 그리고 초현실적인 능력을 지니고 인간을 공격한다는 것뿐이다.

실로 인류의 천적이다.

어떤 생명체라는 것 외에 알 수가 없는 「다크 원」을 인류는 오랜 시간에 걸쳐 다종다양한 능력과 형태, 지능에 기초해 분류하고 체계화했다.

크게는 위협을 가리키는 지표로 능력별로 상급, 중급, 하급, 이렇게 세 가지로 분류하고 형태별로 인간형, 수형(獸形), 벌레형 등으로 세분화돼 있다.

바로 지금 리로이가 대치하고 있는 것은 하급 인간형으로 분류되는 권속, 오니[鬼]다. 지능은 낮지만 맨손으로 인간의 몸을 찢어버릴 정도로 괴력의 소유자. 일반적인 인류가 베어버릴 수 있는 존재가 아니다.

쭉 둘러보니 그런 것들이 약 서른 놈 이상 북적거렸다.

내 파트너는 프리랜서로 계약 용병이다. 용병에게 「다크원」하고의 전투는 일상다반사이지만 혼자서 상대가 가능한 수라고 하기엔 살짝 많은 편이다.

"너, 혹시 양손의 손가락 수 이상은 못 세는 건 아니겠지?"

"그럴 리 있냐!"

리로이는 씨익 웃었다.

"발가락이 있잖아."

그러고는 아무렇지도 않게 오니 무리 속으로 뛰어들었다.

검은 가죽재킷이 휘날리더니 오니 하나가 핏줄기를 내뿜으며 몸이 뒤로 젖혀졌다. 가슴팍을 비스듬하게 베여 쓰러지는 그 오니에게 검은색 부츠의 발뒤꿈치가 작렬했다.

거구를 발판으로 삼아 크게 도약해 다음 먹이를 향해 날아드는 그 모습은 그의 별명대로 그야말로 「블랙 라이트닝(검은

섬광)┈┈반응조차 못한 오니의 안면이 두 갈래로 쪼개지며
무너져 내렸다.

착지하자마자 전방으로 맹렬하게 달려가 다른 한 놈의 심
장 부근으로 칼을 찔러 넣는다. 딱딱한 체모와 두꺼운 근육을
무시하듯 검신이 오니의 몸을 꿰뚫었고 등 뒤로 튀어나왔다.

리로이는 그것을 비틀어 빼냈다.

동시에 몸을 회전시킨 후 검은 피를 흘리며 등 뒤에서 덤벼
드는 오니를 검으로 내려쳤다.

옆구리에 박힌 칼은 체모를 꺾고 살을 파버리며 내장에 도
달했다.

그 단단한 「다크 원」도 내장은 부드럽다. 리로이의 일섬은
곧바로 내장을 절단하면서 척추를 깨부쉈다.

육체의 기둥이 무너졌음에도 그 오니는 리로이를 붙잡으려
고 손가락 끝을 꿈틀거리며 기역 자로 몸을 접었다.

리로이는 날카로운 어금니가 박혀 있는 입에서 단말마의
신음소리와 거무튀튀한 피를 뿜어대는 그 오니를 귀찮다는
듯 발로 쳐 날려버리고 육박해오는 다른 오니와 격돌시켰다.

죽어가는 신체는 동료의 발을 건드려 쿵, 소리를 내며 넘어
트렸다.

옆으로 쓰러지는 거구는 또 다른 동료와 부딪치면서 리로
이의 발밑으로 왔다.

과연 그 눈동자가 없는 눈에 들려진 검 끝이 보일까.

리로이는 하늘을 바라보는 자세로 쓰러진 오니의 안구에 무작위로 검을 쑤셔 넣었다. 그리고 눈구멍 안쪽에 있는 뇌를 파괴하기 위해 크게 휘돌린 후 뽑아 들었다. 듣는 자를 겁먹게 만드는 포효가 오니의 목구멍에서 내뿜어졌지만, 리로이는 눈썹 하나 꿈틀하지 않았다.

"항상 하는 얘기지만——."

주위의 오니를 쳐다보며 견제하는 리로이한테 나는 한숨 섞인 목소리로 말했다.

"넌 수지가 안 맞는 일을 정말 좋아해."

"그다지 좋아하는 건 아니야."

리로이는 검을 한 번 휘둘러 붙어 있는 오니의 피와 지방을 떨어뜨린 후 "그리고." 하고 말을 이었다.

"수지가 맞지 않는다고 생각하지도 않고."

"——그렇군."

질리는 것을 넘어서 감탄할 정도로 이 남자의 바보지수는 굳건하다.

그래서 말해봤자 아무런 의미가 없다는 것을 알고 있지만 심지가 확고한 바보는 너무나도 쉽사리 얼빠진 짓을 해버린다. 굳건한 바보는 그렇다 치더라도 바보에다 얼빠진 파트너는 견디기 어렵다.

그래서 고언을 하는 것이다.

하지만 그런 내 고뇌 따윈 전혀 신경 쓰지도 않고 리로이는 태연히 오니 무리와 대치했다.

지금까지 안색에 전혀 변화가 없었던 리로이의 표정에 그 때 처음으로 긴장감이 드러났다.

검은 두 눈동자가 바라본 것은 도로를 살짝 비켜나 숲속에 숨어 있던 사두마차였다. 대륙 어디서든 볼 수 있는 승합마차로 리로이도 이것을 타고 여기까지 찾아왔다.

물류와 상단이 다니는 길이 있다고 하더라도 여행이 꼭 안전할 리가 없다.

「다크 원」만 위협의 원인인 것이 아니고 육식 야생동물이나 금품을 목적으로 한 도적단, 용병이었던 무뢰한 등이 설치기 때문이다.

따라서 엄청나게 대범하지 않는 이상 승합마차도 호위를 고용하는 것이 상식이다.

덧붙여 리로이는 용병이지만 이 승합마차에 호위로 고용되진 않았다. 이번에는 다른 일의 의뢰를 받기 위해 탄 것이고 승차요금도 의뢰주가 부담한 한 명의 승객일 뿐이다.

애초 통상적인 시세로 리로이한테 호위비를 지불하면 완전히 적자다.

왜냐하면 리로이는 원래 S급 용병이기 때문이다.

대륙 전체에 지부를 가지고 있는 용병 길드에서는 소속된 용병에게 등급을 먹여 분류하고 의뢰 내용이나 보수 등을 선별해 관리하고 있다.

신인 용병은 최저 랭크인 E부터 시작해 D, C, B, A로 실적에 맞춰 랭크업이 되지만 그보다 위에는 S, SS로 이어진다. SS급은 인간의 영역을 넘어선 초인적 능력자여야만 도달할 수 있다고 한다.

리로이는 예전에 용병 길드에 소속돼 있었을 때 최연소 SS급에 도달했다고 일컬어졌었다. 실제로는 SS급을 약속받았음에도 불구하고 그 직전에 길드를 탈퇴했기 때문에 공식적으로는 S급으로 돼 있다.

덧붙여 용병 길드에서 S급, SS급이 되면 고객 대부분이 국가나 대기업, 아니면 자산가로 한정된다. 그만큼 큰돈을 지불해야만 고용할 수가 있다. 그렇기 때문에 길드에 소속돼 있지 않은 자유계약 용병이 랭크를 속이는 일은 일상다반사다. 역시 길드의 랭크는 신용도가 높고, 자유계약 신분으로는 조금이라도 자신을 높게 사주길 바라는 마음 때문이다.

하지만 실제로 일을 해보면 실력이 떨어지는 가짜에 불과하고 실력에 어울리지 않는 일을 맡았다 목숨을 잃는 자도 많다.

리로이의 경우는 자신이 일부러 떠벌리지 않아도 흑발흑안, 전신을 검은색으로 뒤덮은 모습과 길드 역사상 단 한 명의 SS급 자리를 차지한 인간으로서 그쪽 관계 사람들에게 잘 알려져 있다.

그렇다고 해도 리로이가 원래 S급 용병으로서 시세를 청구하는 일은 우선, 없다.

단순히 금에 집착하지 않는 성격도 한 몫하고 있지만——
뭐, 길드의 위용을 빌어 말하는 것이 성격에 맞지 않아서일
것이다.

그래서 리로이는 일도 아닌데 「다크 원」 무리한테 스스로
뛰어들었고, 그 검은 두 눈은 지켜야 할 마차로 두 오니가 다
가가는 것을 포착한 것이다.

본래 마차를 지키기 위한 호위역으로 고용된 것으로 보이
는 남자들이 뛰어들 것 같지는 않았다. 「다크 원」이 나타났다
는 말을 듣고 마차 구석에서 벌벌 떨어댔기 때문에 당연하다
면 당연한 일이다.

"설마 여차하면 그들도 용기를 쥐어 짜낼 거라고 생각한 거
냐?"

나는 약간 심술궂게 말했다. 리로이는 지금 적지 않은 수의
오니한테 포위돼 있다. 놈들을 마차에서 조금이라도 떨어트
리기 위한 행동이 오히려 독이 됐고 지금부터 달려든다고 하
더라도 늦을지 모를 타이밍이다.

"그딴 걸 일일이 생각할 리 없잖아."

리로이는 그렇게 말하자마자 주저 없이 손에 든 검을 투척
했다.

"네가 뭔가를 생각하고 행동한 적은 없지."라는 내 자위가
담긴 중얼거림은 파트너에게 전달되지 않았다.

허공을 관통하는 소리가 똑바로 마차 쪽에 모여든 오니들한테 향했다.

그리고 노린 대로 오니의 머리에 명중했다. 포탄의 직격이라도 맞은 듯 오니의 두개골은 가루가 돼버렸고 내용물이 흩뿌려졌다.

그대로 검은 위력이 조금도 약해지지 않은 채로 또 한 놈의 목에 박혔다.

오니의 목을 관통한 검은 여전히 추진력을 잃지 않고 거구와 함께 한 그루의 나무에 박혀버렸다.

충격으로 붉은 잎이 무수히 떨어지는 가운데 오니는 발버둥 치면서 검을 뽑으려고 했지만 경부의 손상이 극심한 상황에서 그 행동은 역효과만 불러 일으켰다.

분출되는 선혈은 붉은 나뭇잎과 섞여 지면을 적셨고 날카로운 검날에 찢겨진 목의 근육조직이 벌어지기 시작했다.

그런데도 발버둥치는 것을 멈추지 못한 것은 하급 권속이라 지능이 낮아서일까?

마침내 그 오니의 거구는 큰소리를 내며 땅으로 떨어졌고 그 등 뒤로 머리가 떨어졌다.

그렇게 마차를 지켜냈지만, 리로이는 검을 잃었다.

신뢰하는 단 하나의 무기를 스스로 내던지는 것은 언어도단, 멍청한 짓에도 정도가 있다.

오니들은 자신의 무기를 스스로 내던진 리로이를 쓰러트릴 좋은 기회라고 느낄 정도의 지성은 갖추고 있는지, 누가 먼저랄 것도 없이 쇄도했다.

리로이는 가죽재킷을 휘날리며 허리 뒤로 손을 뻗었다.

그리고 그것이 전방으로 내밀어졌을 때 손에 쥐고 있는 것은 철로 만들어진 투박한 무기——권총이었다.

리로이는 정면에 있던 한 마리를 조준하더니 방아쇠를 당겼다.

화약의 폭발에 의해 생겨난 연소가스가 약실에서 납 탄환을 발사시켰고 총신 안의 강선에 의해 회전운동을 더한다. 총구에서 튀어나와 선회하는 납 탄환은 오니의 튼튼한 가슴팍에 격돌했다. 인간의 것과는 형태가 다른 두껍고 딱딱한 늑골을 분쇄하고 기세가 줄어들면서 안에 있는 심장에 도달했다.

오니는 몸을 못 가누고 헛발을 내딛었다.

인간이라면 즉사였겠지만, 상대가 「다크 원」이 되면 얘기가 달라진다——그것을 알고 있는 리로이는 그 오니의 발을 걸어 넘어트리면서 옆쪽으로 미끄러지듯 이동했다. 그리고 접근해온 오니의 발밑으로 구르며 아래쪽에서 항문을 향해 총을 쐈다.

그놈이 소리를 지르며 무릎을 꿇는 옆으로 튀어 올라 위쪽에서 덮치려는 듯 덤벼드는 다른 한 놈의 측면으로 돌아간다.

스쳐 지나가는 동안 관자놀이에 탄환을 때려 박았다.

착탄의 충격으로 옆으로 쓰러졌지만 역시나 즉사는 아니었다.

「다크 원」에게 권총 정도의 화력으로 덤비는 것은 무모하다.

육체 자체를 갈가리 찢어버리는 포탄이나 무수한 탄환을 뒤집어씌우는 기관총, 아니면 체조직을 태워버리는 화염방사기 정도가 이상적이라고 할 수 있다.

뭐, 이 시대에는 없는 물건들이지만.

리로이는 다시 오니에게 세 번의 총격을 하고 실린더를 흔들어 비어버린 탄약통을 배출했다. 리로이의 손에 들린 권총은 리볼버 타입으로 장탄수는 여섯 발이다.

리로이는 재킷 안쪽 주머니에 넣어둔 예비 탄을 꺼냈지만, 많은 적에게 둘러싸인 채로 재장전은 그리 쉬운 일이 아니었다.

두 발째를 실린더에 집어넣었을 때 오니의 손이 리로이를 붙잡았다.

엄청난 악력을 자랑하는 손가락 끝이 리로이의 팔꿈치를 등 뒤에서 움켜잡았다.

움직임이 봉쇄되면 전투상황은 압도적으로 불리해진다.

리로이의 결단은 빨랐다.

두 발만 장전한 실린더를 손목 스냅으로 원래대로 돌리고 자신의 팔꿈치를 붙잡고 있는 오니의 손에 총구가 향하도록 만들었다.

한 발을 오니의 손목에 발사하고 곧바로 들어 올린 권총의 조준을 오니의 눈으로 향하게 했다.

탄환은 오니의 안구를 관통해 후두부로 빠져나왔다.

근육조직이 찢겨져 힘을 잃은 오니의 손을 리로이는 비틀어 떼어내고 총을 허리 뒤로 되돌리면서 몸을 선회했다.

철판을 붙인 부츠 뒤꿈치가 등 뒤로 돌아 들어오는 오니의 복부를 후벼 팠다. 둔중하고 무거운 울림과 함께 오니의 몸이 접혀지면서 대량의 피를 내뱉었다. 리로이의 강인한 발차기는 강철 같은 오니의 복근을 쉽사리 짓이겼다.

피를 쏟아내며 비틀대는 오니를 주먹으로 젖혀버리고 다른 오니한테로 뛰어들었다.

오니의 동체시력으로는 그 속도를 도저히 따라잡을 수 없었다.

오니 입장에서 보면 동료가 주먹을 맞아 쓰러지는 것을 봤는데 자신의 무릎이 밟혀버린 상황이다. 자세가 무너진 그 흉악한 얼굴에는 어안이 벙벙한 표정이 떠올랐다.

그 안면에 리로이의 주먹이 작렬했다.

일격으로 코뼈가 부러지고 이어지는 타격이 얼굴뼈를 부수고, 마지막 주먹이 얼굴을 함몰시켰다. 얼굴이 크게 찌부러진 오니는 눈알이 튀어나오며 앞쪽으로 쓰러졌다.

리로이는 상황과 시간만 허락되면 모든 오니를 맨손으로 비틀어 죽여 버렸을 것이다.

하지만 검과 달리 맨손으로는 한 놈을 도살하는 데 시간이 걸린다.

그 때문에 다시 마차 쪽으로 다가가는 오니들이 나타나기 시작했다.

리로이는 혀를 차고 눈앞의 오니들을 발로 차면서 전진했다.

뒷일을 전혀 고려하지 않는 것에도 정도가 있지만, 뭐, 파트너로서 힘을 빌려줘야 할 때가 온 것 같다.

내가 그렇게 생각하기 시작했을 때 뭔가가 숲속에서 튀어나왔다.

그것은 엄청난 속도로 오니와 격돌했고, 「다크 원」의 거구를 날려버렸다. 땅바닥으로 날아가 공중제비를 하는 오니의 몸에는 날카로운 발톱으로 찢겨진 상처가 보였다. 내장까지 도달한 것으로 보이는 그 상처는 대량의 피를 뿜어댔다.

나타난 것은 거대한 늑대였다.

오니와 비교해도 손색이 없는 거구에 은색 체모가 자란 그 늑대는 착지와 동시에 도약——다른 오니의 목덜미를 덥석 물었다.

날카로운 어금니는 깊이 목덜미에 박혔고, 격렬하게 휘둘러댔다.

오니의 신체와 목이 분리돼 허공으로 날아오르는 데 몇 초도 걸리지 않았다.

붉은 나뭇잎이 흩날리는 가운데 아름다운 은색 늑대는 오니의 피로 턱을 적시며 위협적으로 울어댔다.

마치 오니한테서 마차를 지키는 것처럼.

리로이는 의아한 표정을 지었다. 놀란 거냐고 묻는다면 놀랐다고 할 수 있겠지만, 그것은 거대한 은빛 늑대의 존재 자체에 대해서가 아니라 왜 이곳에 있는지에 대한 놀라움이었다.

그 늑대에 대해 알고 있는 것 같은 리로이의 얼굴에 떠오르는 왠지 씁쓸한 표정이 결코 서로 좋은 관계가 아니라는 걸 암시하고 있었다.

하지만 오니들에게 이 은빛 늑대는 명백한 적이다.

별다른 동요나 낭패를 보이지 않고 오니들은 늑대한테 그 창끝을 두었다. 애초 인간을 공격한다는 낮은 레벨의 본능만으로 움직이는 것들이기 때문에 예측이나 상정을 하는 일이 없다. 그렇기 때문에 오히려 예상 외의 사태에 강한 놈들이다.

살육의 충동 그대로 육박해오는 오니 무리에 대해 늑대는 앉아서 기다리지 않았다.

지축을 울리며 스스로 뛰어들었다.

도약과 함께 맹렬하게 오니를 덮쳤다.

휘두르는 앞발의 일격은 오니의 안면을 파괴해버렸다. 뼈째로 산산조각이 난 오니의 얼굴이 흩날리는 가운데 늑대는 착지와 동시에 낮은 자세에서 다음 오니한테로 뛰어들었다.

거대한 턱은 오니의 발을 물어뜯고 깊이 어금니를 박는 듯하더니 순식간에 질질 끌어 넘어뜨렸다.

그리고 몸 전체를 선회해 붉은 낙엽을 흩날리면서 주위의 오니와 격돌했다.

차례로 쓰러지는 오니들한테 거대한 늑대의 발톱이 작렬했다. 그 두껍고 날카로운 발톱은 오니의 목을 반이나 찢어발기고 배를 후비고 심장에 박혔다.

늑대 주위로 고깃덩이와 피보라가 튀었다.

그것은 실로 맹수의 형태를 한 회오리였다.

땅바닥에 쓰러졌지만 목숨이 붙어 있는 오니의 머리를 용서 없이 밟아 깨부순다. 점점 은빛 체모가 피로 물들어갔다.

그것을 곁눈으로 보면서 리로이 역시 남아 있는 오니를 차례차례로 때려죽였다.

작렬하는 주먹은 강력한 기세로 오니의 몸을 때려 내장을 눌러 터뜨렸고 뼈를 부러뜨렸다.

뭐가 됐든 앞으로 몇 분 후면 이곳에 살아 있는 「다크 원」은 없을 것이다.

그런데도 불구하고 물러서지 않는 오니들──리로이한테 쇄도하는 그 이형의 간격에서 뭔가가 반짝였다.

황금의 반짝기림.

리로이가 느닷없이 무릎을 꿇었다.

그대로 무너질 것 같은 몸을 간신히 한쪽 손으로 지탱하고 목 안쪽에서 분한 신음소리를 질러댔다.

아직 오니 두 마리가 살아 있었다. 리로이가 갑작스레 왜 그런 행동을 했는지 이해는 못했겠지만, 기회가 찾아왔다는 듯 덤벼들었다.

하지만 그 거구 역시 비틀거렸다.

뭔가에 저항하는 듯 양손을 허우적대며 쓰러지지 않으려고 버텼지만 몇 초도 견디지 못했다.

지축을 울리며 앞으로 고꾸라졌다.

그 목 줄기에 단검이 박혀 있었다. 위치적으로 칼끝은 숨골을 관통했을 텐데 엄청난 생명력을 자랑하는 「다크 원」을 즉사시킬 정도의 일격은 아니었다.

똑같은 단검이 리로이의 등에도 박혀 있었다.

리로이는 떨리는 손끝으로 그 손잡이를 잡더니 천천히 빼냈다. 그 움직임은 완만했다. 평소라면 욕지거리를 했을 텐데 악문 이 사이로 괴로운 신음소리만 흘러나왔다.

그 등 뒤로 여자가 나타났다.

장신에 아름다운 금발을 휘날리는 그녀는 당장이라도 혼절할 것 같은 리로이를 비취색 눈으로 냉정하게 내려 보고 있었다.

"오랜만이네, 「블랙 라이트닝」."

그것은 품위 있고 아름다운, 그리고 등줄기를 얼어붙게 만들 것처럼 차가운 목소리였다.

리로이는 목소리의 주인을 노려보려고 했지만, 이미 등 뒤로 몸을 돌릴 힘도 남아 있지 않았다. "레나──!" 하고 증오를 담아 여자의 이름을 내뱉는 게 한계였다. 온몸에서 진땀이 쏟아졌고 얼굴에서 핏기가 사라져갔다.

아마도 그 단검의 날에는 독이 발라져 있을 것이다.

그렇다고 해도 리로이는 원래 독극물이 극단적으로 효과를 낼 수 없는 체질이다.

오니를 즉사시킨 단검에도 같은 것이 사용됐다면, 독성이 상당히 강한 것이 틀림없다. 그런 것을 인간한테 사용한다는 것은 양식을 의심받을 일이지만, 리로이가 상대라면 오히려 정답이다.

그만큼 강력한 독극물 지식을 지니고 있다는 것은 그녀가 특수한 기능의 소유자라는 것을 시사하고 있다.

게다가 경탄할 만한 그녀의 은밀 기술이다.

오니들의 거구와 살의에 숨어 독을 바른 단검을 투척해 명중시킨다──그것뿐이라면 초절정의 기교라고까진 말할 수 없지만, 상대가 리로이라면 얘기가 달라진다.

원래 S급 용병이라는 부분을 빼더라도 그 전투능력과 기술의 격이 다르기 때문이다.

설령 시각지대에서 던지든, 기척을 지웠든, 파트너에게 치명적인 일격을 가한다는 것은 매우 어려운 일이다.

그것을 성공한 것을 봤을 때 그녀——레나가 탁월한 능력의 소유자라는 것은 의심할 바가 없다.

리로이는 몸 안에서 맹위를 떨치는 독소에 저항하며 어떻게든 일어서려고 해봤다.

하지만 그것도 무의미한 몸부림으로 끝났다.

목숨이 끊어진 오니와 마찬가지로 앞으로 쓰러졌고 더 이상 움직이질 못했다.

뭔가를 말하려고——분명히 욕지거리——벌린 입으로도 아무런 말을 하지 못했다.

완전히 졸도해버린 듯했다.

그것을 기다렸다는 듯 마차의 문이 열렸다.

나타난 것은 한 명의 소녀.

15, 6세로 보이는 그 소녀는 마차 안에서 리로이와 대화를 나눴을 때 릴리라고 자신의 이름을 밝혔다. 분명 마차의 목적지인 바이덴에 친척이 있고, 그곳에서 학교에 다니고 있다고 말했다.

변경 유일의 대도시인 바이덴은 교육기관도 충실히 갖춰져 있다. 그곳에서 공부를 하고 자격을 얻어 버나도 왕국이나 아스가르드 황국의 기업, 연구기관으로 가는 것이 변경 지역 사람들이 생각하는 성공의 한 형태다.

그런 그녀가 왜 지금 상황에 마차에서 내리는 걸까.

그녀는 주변 일대에 쓰러져 있는 오니의 송장과 흩뿌려진 검은 핏덩어리를 보고 얼굴을 찡그렸다.

하지만 전혀 겁먹은 모습이 아니었다.

피로 온몸의 체모를 붉게 물들인 거대한 은빛 늑대한테도 전혀 겁먹지 않았고 쓰러져 있는 리로이한테 달려갔다.

학교가 재밌다며 웃었던 소녀가 겹겹이 쌓여 있는 「다크 원」의 시체 사이를 태연하게 지나가는 모습은 강력한 위화감을 느끼게 했다.

빠른 걸음으로 쓰러진 리로이한테 다가간 릴리는 그제야 처음으로 이 상황에 어울리는 표정을 지었다.

즉, 공포와 혐오.

릴리는 잠시 혼절한 리로이를 응시했지만 불쑥 발을 들어 올렸다.

뭘 하려는 걸까 쳐다봤더니 리로이의 후두부에 들어 올린 발로 내리찍고, 짓밟았다.

그것을 두세 번 반복했지만 리로이는 눈을 뜰 기색이 보이지 않았다.

"──역시 대단해."

그녀는 억지로 리로이한테서 시선을 떼어내고 자신보다 높은 위치에 있는 차가운 비취색 눈동자를 올려봤다. 감탄의 말을 입에 담았지만 표정은 오히려 섬뜩함이 느껴졌다.

한편 실력을 칭찬받은 쪽은 아무런 반응을 보이지 않고 기계적으로 릴리가 뽑아서 내던진 단검을 주웠다.

오니의 목에 찌른 두 번째 단검도 마찬가지로 회수했다. 그 것들을 정성껏 가죽으로 만든 칼집에 넣은 후 벨트에 클립으로 고정했다.

그 행위를 빠짐없이 관찰하는 릴리의 푸른 눈동자에는 리로이를 바라볼 때하고는 조금 다른 패배의 감정 속에 담긴 동경과 비슷한 반짝임이 있었다.

"그런데 설마 죽인 건 아니겠지?"

하지만 목소리에는 그런 기색이 안 보였다. 자신 쪽의 입장이 위라는 것을 강조하는 듯 거만한 울림을 띠고 있었다.

"「다크 원」을 즉사시킬 정도의 독으로 이 녀석이 죽지 않는다는 걸 보증할 수 있어?"

그 질문에 레나는 무엇을 느꼈던 것일까.

살짝 고개를 들고 릴리를 바라보는 비취색 눈동자는 모든 것을 꿰뚫어보는 냉정한 빛을 띠고 있었다.

"죽이길 원하는 거라면 지금부터도 늦지 않는데."

"……."

레나의 답에 릴리는 아무 말 하지 않고 무릎을 꿇고 리로이의 맥을 확인했다. 그리고 확실하게 맥박을 확인하고서도 특별히 안도한 표정은 보이지 않고 마차로 가 사무적으로 신호를 보냈다.

그것에 반응해 마차에서 모습을 드러낸 남자들은 주위의 참상에 얼굴을 찡그리면서도 서로 말 한 마디 나누지 않고 리로이의 몸을 들어 올렸다. 벌벌 떨어서 쓸모도 없을 듯했던 호위들도 그 겁먹은 표정이 거짓말이었던 것처럼 마차의 경로를 확보하기 위해 길 위에 뻗어 있는 「다크 원」의 시체를 태연히 치우기 시작했다.

과연.

이건 아무래도 덫이었던 것 같다.

오니의 출현은 아무래도 우발적이었겠지만 뭐가 됐든 리로이는 이 승합마차에 탔을 때부터──아니, 정확하게는 타기 전부터 신병이 노려지고 있었다고 생각하는 게 맞을 것이다.

기절한 리로이를 태운 승합마차는 오니의 피로 적셔진 길을 전진하기 시작했다.

레나와 은빛 늑대는 함께 타지 않고 그것을 바라봤다.

아마도 진로의 변경 없이 당초 목적지인 바이덴으로 향하는 듯했다.

이제 어떻게 될 것인가.

──그러고 보니 자기소개를 아직 못했다.

내 이름은 라그나로크.

리로이가 투척해 나무에 처박힌 채로 있는 검──그것이 나다.

제1장

1

나는 티컵을 들어 올리면 우선 그 향을 즐긴다.

비록 변경지역에 있다고 하지만 중앙의 도시에 뒤질 게 없는 대도시인 바이덴이다. 홍차 잎도 좋은 것들이 갖춰져 있다. 풍부하고 윤택한 향을 느긋하게 즐긴 후 나는 적당히 식은 홍차를 마셨다.

홍차는 스트레이트, 밀크, 레몬, 또는 잼이나 각종 허브 등 즐기는 방법에 여러 가지가 있다. 나는 그중에서도 레몬을 좋아한다.

물론 레몬을 짜낸 즙이 아니라 동그랗게 잘라서 넣어주는

게 좋다.

나는 홍차 본래의 맛을 레몬의 산미가 상쾌하게 감싸 안는 감각을 즐기면서 주위를 둘러봤다.

큰길에 접한 카페 테라스에서는 여러 인종을 바라볼 수가 있다.

코트를 두르고 큰 짐을 안고 있는 자는 여행자일 것이고, 책을 한 손에 들고 걸어가는 젊은이는 학생일 것이다.

이 부근에선 보기 힘든 슈트 차림도 볼 수 있었다. 대륙 중앙부나 북부에 본거지를 둔 대기업이 다음 비즈니스 기회로 남부 변경지역이나 서부의 소국가들을 노리고 있다는 것은 상식이다. 그를 위해 변경 유일의 대도시 영주를 매일 찾아가 신뢰를 쌓으려는 것일지도 모른다.

그 세련된 비즈니스맨의 모습과 대조적으로 무장을 한 무뚝뚝한 인종은 당연히 용병이다.

대륙 중앙의 2대 국가인 버나드 왕국과 어깨를 견주는 아스가르드 황국, 그 제2도시인 버켈른에 본부를 둔 용병 길드는 대륙 곳곳에 지부를 세우고 있었다.

이곳 바이덴에는 남부 변경 지역에서 최대급의 지부가 있다.

다른 거리에 있는 지부도 의뢰를 받거나 사건, 사고의 해결을 하지만 길드 입회나 탈회, 용병 랭크의 갱신 등이 가능한 곳은 이곳뿐이다.

필연적으로 길드 소속의 용병이 되려는 자나 실적을 올려 랭크를 높이려고 하는 자는 바이덴을 방문할 수밖에 없다.

물론 리로이는 길드에 다시 가입하기 위해 이 도시로 향했던 것이 아니라 이 도시의 영주한테 직접 의뢰가 있어서 호출을 받았다.

자유계약이긴 하지만 리로이 정도로 유명한 용병이 되면 각국의 중요 인물이 지명하고 의뢰를 맡기는 일도 적지 않다.

나는 티컵을 받침접시에 천천히 올려두고 작게 한숨을 내쉬었다.

영주의 의뢰는 보수도 어느 정도 기대가 된다.

그런데 어째선지 순식간에 심상치 않은 전개가 돼버렸다.

생각해 보면 항상 그런 편인데, 운이 나쁜 것도 정말 S급이다.

덧붙여 나는 방금 전 검이라고 자기소개를 했는데, 그건 결코 거짓말이 아니다.

하지만 지금 혼잡한 도시 안에서 홍차를 즐기는 수려한 미청년 역시 나다.

엄밀하게 말하면 긴 은발에 에메랄드빛 눈동자, 그리고 겹겹으로 로브를 포개서 걸친 이 모습은 실체가 아니다.

대기 중의 분자를 이용해 만들어낸 초고밀도 홀로그램(입체영상)이다.

영상이라고 해도 한 없이 실체에 가까운 그것은 물건을 만질 수도, 지금 하는 것처럼 뭔가를 먹는 것마저 가능하다.

리로이가 납치당한 뒤 나무에 박혀 있는 채로 방치된 나는 레나와 은빛 늑대가 사라지는 것을 기다린 후 이 모습으로 변했다. 그 후 스스로를 나무에서 빼내고 걸어서 바이덴에 도착한 것이다.

그리고 이곳에서 잠깐 쉬고 있는 중인데 리로이를 내버려 둔 것은 아니다.

난 티컵을 들고 있는 상태로 확실하게 정보 수집을 하고 있었다.

한동안 침묵이 이어졌지만 어떤 대화가 들려오기 시작했다.

그것은 주위의 소음과 달랐다.

이 대도시 어딘가, 리로이 옆에서 오고가는 대화다.

『흥──「어쌔신 킬러(암살자의 천적)」라고까지 불렸던 남자도 「콜드 블러드(냉혈)」 앞에서는 소용없구만.』

코웃음을 치면서도 어딘가 긴장된 목소리는 20대 중반에서 후반──리로이와 비슷한 연령대의 남자였다. 음성을 봤을 때 약간 말랐지만 단단한 신체의 소유주로 추측된다. 리로이와 같은 마차에 타고 있던 승객 중 해당하는 목소리의 소유자는 없었다.

『하지만 이런 상황에서 코를 골면서 숙면을 취하는 것을 보면 대담하다고 해야 하나, 바보라고 해야 하나, 뭐 같아?』

『바보라고 봐야지.』

남자와 대화하는 음성은 들은 기억이 있는 목소리──릴리의 것이었다.

그쪽이 기절시켜놓고 바보라고 할 것까진 없다는 생각이 들었지만, 어차피 내 파트너가 바보라는 것은 틀림없는 사실이기 때문에 큰 목소리로 반론할 수 없는 게 억울했다.

남자는 신경질적으로 한숨을 내쉬었다.

『……그래서 언제까지 이곳에 녀석을 둘 거야? 최소 3일은 깨지 않을 거라고 했는데, 만에 하나라도 정신을 차리면 성가셔질 거야.』

그들이 누군지 지금 단계에서는 알 수 없지만 적어도 리로이의 위험성에 대해 잘 이해하고 있는 듯했다.

『헤파스도 빨리 넘기라고 시끄럽고. 내 생각은 조금이라도 빨리 그 녀석한테 옮기는 게 좋을 것 같은데.』

남자는 약간 초조한 상태로 말했다.

그 재촉하는 말에 릴리는 침묵으로 일관했다.

살짝 들려오는 옷 스치는 소리가 그녀의 망설임을 느끼게 했다.

『뭐야? 뭔가 있는 거야?』

『내 생각을 말한다면, 만나게 하는 건 위험할 것 같아.』

의아해하는 남자힌데 릴리는 주저히듯 말했다.

『칼틸 님이 만나고 싶어 하는 것은 물론 알고 있고, 명령이라는 것도 이해하고 있어.』

릴리는 약간 당황한 듯 덧붙인 후 다시 입을 열었다.

초조한 듯 남자가 혀를 차는 소리가 들렸다.

『너도 실비오와 같은 의견인 거야? 대체——.』

『녀석의 사적인 원한과 똑같이 취급하지 마.』

날카롭게 따지는 듯 릴리는 남자의 말을 막았다.

그리고 들려온 것은 마루판을 밟는 가벼운 발걸음소리와 나무의 삐걱거림——아마도 릴리는 근처에 있던 의자에 앉은 것 같다.

『마차에서 그 남자와 얘기를 나눴어. 조금 살펴봐야겠다는 생각에.』

아까보다 좀 더 낮은 위치에서 릴리의 독백 같은 목소리가 들려왔다.

『길드를 그만둔 이유까지는 알아내지 못했지만, 그 외에는 여러 가지를 들을 수 있었어. 엄청난 사정관(查定官)한테 죽을 뻔한 이야기나 머리가 이상한 트레져 헌터가 유적지에서 덫에 걸려들게 만들어 죽을 뻔한 이야기가 전부 다 재밌어서 마차 여행도 지루하지 않았어.』

『——그건 좋았겠네.』

남자의 맞장구에는 짜증이 섞여 있었다. 릴리는 그것을 의도적으로 무시하며 말을 이어갔다.

『내가 시험에 합격해 학교에 다닌다는 얘기를 했더니 관심을 보였어. 알고 있었어? 이 녀석은 학교에 다닌 적이 없었다는 걸.』

그딴 건 지성이라곤 파편도 찾아볼 수 없는 얼굴을 보면 일목요연한 일이지, 라고 릴리가 신랄하게 말했다.

『하지만 그는 지인 중에 장래유망한 학자가 있대. 예전에 버나드 왕국과 아스가르드 황국이 쟁탈전을 반복했을 정도로 ──.』

『너, 무슨 말이 하고 싶은 거야?』

더 이상 참기가 힘들었던 모양인지, 남자는 그녀의 말을 끊었다.

릴리는 더 이상 말을 잇지 못하고 조용히 중얼거렸다.

『보통이야.』

『뭐가?』

남자가 강한 말투로 되묻자, 릴리는 질문으로 답했다.

"레반, 당신 카틸 님과 담소를 나눌 수 있어?"

레반이라고 불린 남자는 당황스러운지 할 말을 잃었다. 그럴 리 없겠지, 라며 릴리는 혼잣말을 했다.

『우리들은 그 사람이 우리들하고는 근본적으로 다른 존재라고 확신하고 있어. 그런데도 그 힘을 믿고 경외시하고 따라왔어.』

그녀는 작게 한숨을 내쉬있다.

『하지만 리로이 슈발처는 달라. 우리들의 범주를 초월한 존

재인데도 마치 보통 인간으로만 인식돼——그게 불길해서 견
딜 수가 없어.』

　그녀의 목소리는 살짝 떨리고 있었다.

　『다른 놈들도 똑같지 않을까? 「다크 원」과 싸우는 녀석을 보
고 모두가 깜짝 놀랐어. 인간의 피부를 뒤집어쓴 괴물이라는
것을 알고 있었는데도.』

　이 견해에 레반이라고 불린 남자는 침묵으로 답했다.

　릴리는 목에 뭔가가 걸린 것처럼 분명치 않은 목소리로 이
어갔다.

　『카틸 님하고는 다른 공포를 느꼈어. 가능하면 지금 당장이
라도 끝장내버리고 싶을 정도야.』

　『이 녀석이…….』

　레반은 아마도 회의적인 듯했다.

　뭐, 얼빠진 표정으로 코를 골아대는 남자를 보고 두려워하
라고 말해도 쉽진 않을 것이다.

　잠시 침묵한 후 릴리가 피곤한 듯 말했다.

　『괜찮아. 지금 한 말은 잊어줘.』

　레반은 대답도 하지 않고 살짝 몸을 움직인 듯했다. 어깨라
도 으쓱였을 것이리라.

　다음 들려온 소리는 말이 아니라 문의 경첩이 삐걱대는 소
리였다.

　발소리를 들으면 근육질에 키가 큰 인물이 방으로 들어온

듯했다.

『왜 그래?』

릴리와 레반 사이에 흐르는 미묘한 분위기를 감지한 것인지 그 인물은 의아한 말투로 질문했다. 힘차고 허스키한 목소리의 주인은 목소리로 봤을 때 30대 초반의 여자다.

『뭐 하러 온 거야, 프리지아?』

질문에 질문으로 답하는 릴리의 목소리는 가시가 돋아 있었다. 하지만 프리지아라고 불린 여자는 그 가시가 신경 쓰이지 않는지 태연하게 응했다.

『저 녀석의 이송은 오늘 밤에 할 거야. 다른 사람들 눈에 띄지 않는 편이 좋을 테니.』

『보이더라도 문제없어.』

반사적으로 반발하고 있는——그렇게 여겨지는 릴리의 말투였지만 프리지아는 마음에 담아두지 않았다. 담담하게 말을 이었다.

『그렇지 않아. 조금 귀찮은 놈들이 돌아다니고 있으니까.』

『또 온 거야? 넌덜머리나는 놈들이야.』

프리지아의 등장으로 레반이 노골적으로 안도하는 음색으로 변한 반면, 말을 하지 않았음에도 릴리 쪽은 점점 불쾌해지는 것이 분위기로 전달됐다.

그들의 관계성을 고찰하는 것만으로도 꽤나 흥미 있었지만, 이곳에 앉은 채 대화를 엿듣기만 할 수도 없는 노릇이다.

난 비어버린 컵을 접시 위에 조용히 얹고 자리에서 일어났다.

리로이 주변의 음성은 벨트 버클에 넣어둔 GPS 시스템이 탑재된 초소형 통신기를 통해 들었다. 오랜 기간 사용한 탓에 기능의 대부분을 잃어 통신은 한쪽 방향에서만 한정돼 있고——즉, 내 목소리는 그쪽에 닿지 않는다——위치 정보의 신호도 두절된 지 오래다.

그렇다면 탐색은 극히 원시적으로 할 수밖에 없을 것이다.

이런 경우는 정보통을 동원하는 게 가장 빠른 길이겠지만, 아쉽게도 나한테 잘 알고 지내는 정보통은 없다.

취급하는 상품의 성질상, 신중하고 용의주도한 그들 같은 인종이 나한테——추측이긴 하지만——가치 있는 정보를 팔아줄까.

아니, 라고 자신의 의문에 결론을 냈고, 사태는 달라질 게 없었다.

이럴 때는 파트너를 본받아 마구잡이로 행동할 때다.

다행히 정보를 취급하는 그들이 있을 만한 데가 어디인 줄은 안다. 리로이가 이용하던 몇 명은 신용해도 좋을 터다.

아쉬운 점이 있다면 난 그들을 알고 있지만, 그들은 내 얼굴을 모른다는 것일까.

그렇더라도 난 주저하지 않고 걷기 시작했다.

부딪치고 깨지라는 말도 있다.

하지만 실제로 부딪치고 깨졌을 경우 이것이 의외로 어이없을 경우가 있다.

난 최후의 정보통한테 쫓겨난 후 잠깐 멍하니 서 있었다.

최악의 예상이 예상한 그대로 돼버렸기 때문에 낙담할 정도의 일은 아니었다.

"흐음."

가볍게 한숨을 쉬고 주위를 둘러봤다.

그 행위에 의미는 없었다.

스스로를 다독여 다음 행동을 취하기 위한 의식이라고 할수 있는 행위.

리로이라면 멈추지 않고 움직였겠지만, 그는 규격 외의 생물이기 때문에 비교는 의미 없다.

그리고 정보를 구하지 못했다고 하더라도 알아낸 것은 있다.

카틸이라는 인물의 평가다.

릴리 일행의 대화 가운데 나온 이름이다. 존칭을 쓰는 것을 봤을 때 조직 안에서 그들보다 높은 자리에 있다는 것은 예측가능하다.

아마도 우두머리 클래스의 존재일 것이다.

하지만 정보통들의 반응은 그 예측을 훨씬 넘어선 것이었다.

그의 이름을 말하면 모두 똑같이 엉거주춤한 태도로 더 이상 듣고 싶지 않다고 말하는 것처럼 내 얘기를 막아버렸던 것이다.

산전수전 다 겪었을 정보통들이 그렇게까지 두려워하는 것은 드문 일이다.

설령 그가 내 상상대로 릴리가 소속된 조직의 우두머리라고 하더라도 영향력이 그렇게까지 크진 않을 터인데.

"이 부근에서 그놈의 정보를 파는 놈은 한 명도 없을 거야."

그런 생각을 하는 내 머릿속으로 목소리가 들려왔다.

올려보니 방금 나왔던 건물의 차양에 한 소년이 앉아 있었다. 나이는 13, 4세 정도로 보였다.

"그놈은 카틸을 말하는 건가?"

웬만한 정보통들을 겁먹게 만들었던 그 이름을 입에 담은 소년은 천진난만한 얼굴에 어울리지 않게 대범한 미소를 짓고 있었다.

"그 이름을 입에 달고 돌아다니지 않는 게 좋을 것 같은데."

그는 차양 위에서 가벼운 몸놀림으로 뛰어내린 후 그 기세를 타 물 흐르는 동작으로 모자를 고쳐 쓴 후 나를 올려봤다.

상의는 빛이 바랬고 기운 데 투성이였다. 바지 무릎에 뚫린 구멍은 그대로였다. 신발도 당장 다 찢어져버릴 것처럼 낡았다.

키도 약간 작고 마른 것은 그의 육체적 특징이라기보다 영양 상태가 나빠서일 것이다.

"어이. 이런 곳에 멍하니 서 있으면 무서운 사람들한테 끌려갈걸. 빨리 가자."

소년은 내 소매를 잡더니 억지로 잡아끌며 걷기 시작했다. 저항할 수 있었지만 소년한테서 악의가 느껴지지 않았고, 어차피 어디로 가야 할지 망설였기 때문에 소년을 따라 골목길로 들어갔다.

골목길로 들어가자마자 소년은 주변을 둘러보기 시작했다.

아이들이 하는 숨바꼭질하고는 다른 긴박감과 공포가 느껴졌다.

쾌활한 행동거지를 보이고 있지만, 아마도 이 소년은 여러 번 힘든 꼴을 겪었을 것이다.

그리고 도망치지 않고 버티고 있다──이건 내 상상이지만, 그렇게 생각하게 만드는 뭔가가 그의 등 뒤에서 느껴졌다.

잠시 후 나를 바라본 소년의 얼굴은 긴장으로 잔뜩 굳어 있었다.

"저기, 저쪽에서 보지 못할 정도로만 얼굴을 내밀고 봐봐."

나는 그가 말하는 대로 골목길에서 얼굴을 살짝 내밀고 방금 전까지 있었던 가게 앞을 지켜봤다.

나를 쫓아낸 정보통과 질이 나빠 보이는 남자들이 대화를 나누고 있었다. 남자들의 복장은 제각각이었지만 그들을 둘러싼 분위기는 모두가 거칠었다.

허리 벨트에 꽂아져 있는 것은 손잡이에 천을 감은 쇠지팡이였다. 다루는 데 칼보다 기술이 필요하지 않기 때문에 협박용으로는 나쁘지 않다.

"당신이 묻고 돌아다니니까 나타난 거야."

"그렇다면 카틸 쪽의 부하들?"

즉, 그들을 붙잡아 심문하면 리로이가 어디로 끌려갔는지 알아낼 수 있다는 얘기다.

아니면 일부러 붙잡혀서 그들의 본거지로 들어가든가.

뭐가 됐든, 이 기회를 놓칠 수는 없었다.

뜻밖의 요행에 난 골목길을 나가려고 의기양양하게 걸음을 내딛었다.

그리고 곧바로 강한 힘이 당겨져 뒷걸음질 쳤다.

"잠깐! 무슨 생각인 거야!"

비틀거리는 나한테 소년은 목소리를 죽인 채 말했다. 그의 손은 내 옷의 소매를 양손으로 붙잡고 있었다. 그 힘이 담긴 손가락 끝이 파르르 떨리고 있었다.

"저놈들은 벌써 당신의 인상과 풍채를 알고 있어. 아무 생각 없이 나가면 순식간에 붙잡힌다고."

"문제없어."

그렇게 답하자, 소년은 내가 제정신인지 의심스럽다는 듯 미간을 좁혔다.

그 눈에는 실망의 눈빛도 보였다.

"당신, 뭣 때문에 그놈에 대해 묻고 돌아다닌 거야?"

"파트너가 놈들한테 붙잡혀버려서."

난 숨길 필요도 의미도 없다고 판단했고, 내가 처한 상황을 설명했다.

"──당신의 파트너, 대체 무슨 짓을 했길래?"

사정을 이해한 소년의 입에서 나온 첫 마디엔 두려움이 담겨 있었다.

난 작게 한숨을 내쉬었다.

"알 수가 없지. 쉬지 않고 멍청한 짓을 해대는 남자라."

어딘가에서 그들의 친족한테 지독한 짓을 했을지도 모르고, 아니면 돈을 벌 수 있는 기회를 날려버렸을지도 모른다.

범죄조직들에게 리로이는 실로 악몽과도 같은 존재다.

그런 의미로 파트너가 먹잇감이 된 이유로 예측되는 게 한두 가지가 아니어서, 애초 이유 따윌 생각할 필요도 없다.

"──안 될 일이지만."

소년은 찡그린 얼굴로 말했다.

"놈들한테 잡혔다 살아난 사람은…… 없었어."

그건 분개와 공포가 들어가 있지 않은 복잡한 음색이었다.

"지금이라면 아직, 당신만이라면 도망칠 수 있을 거야. 파트너는 포기할 수밖에 없어."

"아아, 그 점은 문제없어."

내 대답이 예상 밖이었는지 소년은 약간 머쓱한 표정으로 눈을 깜빡였다.

그의 표정을 보고 뭐가 문제없는지에 대해 오해가 생겼다는 것을 느낀 나는 말을 덧붙였다.

"파트너는 내버려두면 스스로 어떻게든 해. 포기할 필요가 없어."

힘을 잔뜩 주고 단언한 것은 아니었는데도, 소년은 왠지 가볍게 몸을 뒤로 젖혔다.

아니면, 이 동네에서 내 발언은 황당무계한 것으로 받아들여지는 건가?

뭐가 됐든 해야 할 일에 변함은 없다.

"걱정해준 것에 대해서는 감사한다. 잘 지내고."

난 소년의 어깨를 가볍게 두드리고 골목길에서 나가려고 했다.

하지만 일부러 나갈 필요가 없어졌다.

방금 전 만났던 정보통이 우리가 이쪽으로 이동한 것을 목격했던 것일까, 아니면 부근을 이 잡듯 샅샅이 뒤지다가 재수없게 맞부딪친 것일까.

폭력에 매우 익숙한 위협적인 표정의 두 남자가 골목길 입구에 우뚝 서 있었다.

남자들은 나를 한 번 흘겨본 후 등 뒤에 있던 소년을 보고 지긋지긋하다는 듯이 말했다.

"또 너냐! 스웨인!"

남자는 쇠지팡이로 손바닥을 툭툭 두드리면서 소년——스웨인을 노려봤다. 돌아보니 그의 몸은 굳어졌고, 얼굴도 바짝 경직됐다.

"대체 얼마나 더 심한 꼴을 당해야 알아먹을래? 아버지처럼 죽어야만 알아먹을 거야?"

위협하는 것처럼 천천히 이쪽으로 걸어왔다.

나는 스웨인을 감싸듯 그 앞에 서서 남자와 대치했다. 그행동이 의외였는지, 그는 약간 허를 찔린 표정을 지었다.

분명, 나의 현재 모습——지적인 미청년——은 매우 섬세해서 거친 일에 익숙해 보이지 않을 것이다.

그래서 남자는 곧바로 흉악한 미소를 지었다.

"네놈은 나중에 천천히 얘기를 들어보도록 하지. 지금은 비켜라."

"얘기를 듣고 싶은 것은 내 쪽이다."

난 말을 하면서 전진했다.

깜짝 놀란 남자의 "무슨——!"이라는 고함소리가 울렸다. 그는 간격을 좁히는 내 속도에 반응하지 못하고 팔을 붙잡히고 다리를 걸어차이는 동안 거의 아무 것도 하지 못했다.

등으로 길바닥에 부딪친 그 남자는 고통이 담긴 목소리를 냈다.

그제야 다른 한 명의 남자가 움직였다.

들고 있던 쇠지팡이를 치켜들고 고함소리를 지르며 돌진했다.

내 머리를 노리고 휘두른 그 일격은 너무도 평범했다.

몸을 돌려 피해 남자의 몸 옆으로 돌아 들어갔다. 크게 휘
두른 일격이 헛손질이 돼 자세가 크게 무너진 그 목에 팔을
감고 허리로 남자의 몸을 들어 올렸다.

비명이 호를 그렸고, 남자는 땅바닥에 안면이 충돌했다. 코
뼈가 부서졌는지 얼굴을 가리고 몸부림치는 남자의 손가락
사이로 선혈이 흘러내렸다.

난 쓰러져 있는 첫 번째 남자한테 다가가 가슴팍을 붙잡고
억지로 일으켜 세웠다.

"내 파트너 말인데, 온몸을 새까맣게 뒤덮은 남자가 너희들
한테 납치당했다. 어디에 있는지 아나?"

남자는 괴롭게 신음소리를 냈지만 내 질문은 이해가 된 듯
했다. "몰라."라고 내뱉었다.

난 작게 한숨을 쉬었다.

"통증에 견디는 훈련을 게을리 하지 않았나보지?"

질문을 했지만 답은 기다리지 않았다.

남자의 안면을 골목길 벽에 때려 박았다. 같이 온 남자와
마찬가지로 코뼈가 부러졌고 비강에서 피가 뿜어져 나왔다.
남자의 목이 흘러내리는 피를 먹어 기묘한 소리를 냈다. "말
해."라고 내가 재촉했지만, 남자는 "몰라."라는 답만 반복했
다.

다시 한 번 남자의 얼굴을 벽에 격돌시켰다.

이번에는 앞니가 부러져 하얀 에나멜 질감의 파편이 튀었다. 격통으로 남자의 몸이 격하게 몸부림쳤지만, 붙잡고 있는 내 손에서 도망칠 수 없었다. "말해."라고 다시 한 번 재촉했지만, 역시 돌아온 답은 "몰라."였다.

두 번 정도 더 남자의 안면에 고통스러운 타격을 안겨봤지만, 결과는 마찬가지였다. 이가 부러지고 입안까지 피가 가득해 확실한 발음이 불가능했지만, 틀림없이 부정의 뉘앙스가 돌아왔다.

이 남자, 카틸이 있는 조직 내에서 분명히 말단 구성원일 텐데 굉장한 충성심을 가지고 있는 듯했다.

아니면 고통을 넘어설 정도의 공포일까.

더한 고통을 가해 압박하는 방법도 있겠지만, 내 옷소매를 스웨인이 잡아당겼다. "위험해."라며 초조하게 말하는 그의 말투가 빨라졌다.

물론 나도 벌써 눈치챘다.

골목길 앞뒤로 남자들 여러 명이 달려오고 있었다. 10명 전후 정도일까. 모두 크게 위협이 되는 상대는 아니다. 전원을 때려눕히는 것도 불가능은 아니다.

스웨인이 없으면.

리로이라면 소년을 지키고 남자들을 쉽게 무찔렀겠지만, 나는 확실하지 않다. 그 위험은 감수할 필요가 없다고 판단했다.

본래라면 그하고의 관계는 금방 끝났어야 하지만, 이렇게 돼버린 이상 어쩔 수 없다.

"좋아, 도망치자."

"하지만 어떻게?"

좁은 골목길 입구가 막혀 있다. 스웨인의 의문은 당연했다.

난 그의 몸을 한쪽 손으로 옆구리에 안고 "이렇게."라는 말과 함께 도약했다.

골목길 양쪽은 낡은 아파트 벽이다. 8미터에 정도 된다. 이것을 한 번에 뛰어넘을 정도로 내 신체 능력은 초인적이지 않다.

그래서 벽을 차고 경사면으로 뛰었고, 그곳에서 다시 벽을 발판삼아 도약했다. 4회 정도 반복한 후 지붕에 도달했다. 내려다보니 골목길로 뛰어 들어온 남자들이 이쪽을 올려보고 아연실색했다.

"당신, 대체 누구야…?"

나한테 안겨 있는 스웨인 역시 똑같은 표정이었다.

그 질문에 대답하는 게 어려운 일은 아니지만, 그가 이해할 수 있을지 아닐지는 별도의 문제다.

그의 의문에 답하지 않고 높은 위치에서 바이덴 시내를 둘러봤다. 중심에 다른 건물과는 격이 다르게 높게 세워진 것이 영주의 저택이다. 그곳을 중심으로 도시가 만들어져 있는데,

서쪽만 눈에 띄게 건축물의 높이가 낮고 초라했다. 판잣집이 무질서하게 늘어서 있다고 말하는 편이 맞을 것이다.

"저쪽이 악명 높은 난도질 거리야."

내 시선을 따라 본 듯한 스웨인이 설명했다.

물론 나도 알고 있고 직접 가 본 적도 있다. 바이덴 안에서 치안이 취약하고 경찰조차 관여하고 싶지 않아하는 무법지대다. 힘없는 자는 난도질당하고 모든 것을 빼앗기는 곳이라는 의미로 그렇게 불리고 있다.

"난도질 거리라면 몸을 숨기기에 가장 좋지."

스웨인이 갑자기 제안을 해왔다. 그곳은 소년이 가벼운 마음으로 들어가도 좋을 곳은 아니다.

하지만 이어지는 그의 말에 깜짝 놀랐다.

"우리 집도 있고, 뭣하면 그곳에 숨겨줄까?"

"거기 산다고?"

생각 없이 입이 움직였지만, 난도질 거리에도 거주자는 있다. 스웨인이 거기 산다고 하더라도 이상하진 않다.

그리고 내 폭력에 대해서도 전혀 겁먹거나 혐오하는 모습을 보이지 않는 것이 그 증거다.

매일매일 그런 폭력적인 일상 속에 살아왔기 때문에 감각이 마비된 것일까.

"──뭐, 정들면 고향이라는 말도 있으니."

라고 덧붙여 말하자, 소년은 씨익 웃었다. "아니, 최악의 장소야." 그는 재미없어 보이는 애기를 즐겁게 말하고 그 최악의 장소를 가리켰다.

"덧붙여서 그 부근에는 놈들이 사용하는 방이 몇 개 있어. 운이 좋으면 당신의 파트너가 있을지도 몰라."

하지만, 이라며 소년은 덧붙였다. "물론 지금보다 강한 놈이 있을지도 모르지만." 충고하는 듯이 그렇게 말했지만, 곧바로 스스로 그것을 불식시켰다.

"하지만 당신 같은 실력자라면 괜찮을 것도 같고."

그의 눈에는 거짓 없는 찬사와 약간의 계산 섞인 눈빛이 서려 있었다.

특별히 추궁하는 것은 아니지만, 남자들 중 하나가 스웨인의 부친을 죽였다고 말했던 것을 난 들었다. 카틸에 대한 정보를 찾아다녔던 나한테 접촉한 데는 그런 이유도 있는 것 같다.

난 살짝 어깨를 으쓱인 후 지붕 위를 이동하기 시작했다.

그때 통신기에서 새로운 음성이 들렸다.

2

릴리 일행 세 명은 벌써 밖으로 나갔고 보초로 여겨지는 한 명이 문 근처 의자에 앉아 있는 것까지 통신기를 통한 대화소리로 확인했다. 그 후로는 리로이의 코고는 소리만 들려왔는데, 그것이 끊어지고 맹수의 낮은 신음소리 비슷한 것이 흐르기 시작했다.

드디어 눈을 뜬 것 같다.

일어나자마자 곧바로 욕지거리를 한 것은 온몸이 땀투성이였기 때문일 것이다. 체내의 독소를 분해하고 배출하는 에너지로 리로이의 체온은 꽤 상승한 듯했다. 보통은 뇌세포가 파괴됐어도 이상할 게 없는 고열이었지만, 애초에 망가져 있기 때문에 그건 걱정할 필요가 없다.

보초하는 사람이 급하게 자리에서 일어나는 소리가 들렸다. 예상보다 빠른 리로이의 각성에 움직이는 발소리가 조급했다.

『어이, 당신.』

보초 남자는 리로이가 각성한 것을 보고하러 방 밖으로 나가려고 했을 것이다. 문손잡이를 돌리는 소리가 들렸지만, 그것을 막은 것은 납치된 사람이라고는 생각할 수 없을 정도로 느긋한 말투였다.

『땀을 많이 흘려서 그런데 갈아입을 셔츠 좀 가져다줘.』

이 상황에서 어떡하면 저런 고자세로 요청을 할 수 있을까, 라고 감탄하게 된다. 보초 남자가 그런 생각을 한 건지 정확하지는 않지만, 대답이 없었다. 그 침묵 속에 전달된 것은 긴장감이었다.

『그리고 가지고 오는 김에 술도 갖다 줘. 목이 마르니까.』

방약무인한 태도였지만 보초 남자는 그것을 보고 화를 내지 않고 한 발 한 발 발뒤꿈치를 움직였다.

　마치 야생 육식동물과 대치했을 때의 대응이었는데, 틀린 선택은 아닌 것 같다.

　흉악한 검은 맹수는 남자의 마음속에 있는 겁먹은 느낌을 알아챈 것일까, 재밌다는 듯이 말했다.

　『뭐야, 말수가 적은 놈일세.』

　파트너의 목소리에 덮여져 뭔가 둔탁한 소리가 들렸다.

　『그럼 내가 알아서 할게──불만 없지?』

　도발적인 리로이의 질문과 동시에 보초 역의 남자가 경악한 소리를 질렀다.

　리로이가 뛰어오르는 소리와 신발 밑창이 마룻바닥을 차는 소리는 거의 동시에 들렸다.

　싸우는 소리는 매우 짧았다. 들렸던 것은 보초 역의 남자가 낸 신발로 마루를 차는 소리뿐이었다.

　그 소리도 금방 사라졌고 리로이가 감금돼 있던 방에 고요함이 돌아왔다.

　순식간에 벌어진 일이었지만, 무슨 일이 일어난 건지를 추측하는 것은 쉽다.

　묶여 있던 리로이는 어깨의 관절을 스스로 빼 포박을 풀고 보초한테 덤벼들었을 것이다. 그리고 자신을 묶고 있던 줄로 상대의 목을 졸랐다──남자의 발뒤꿈치가 바닥을 때린 소리는 질식의 고통을 알려줬던 것이다.

자유의 몸이 된 리로이는 곧바로 방을 나갈 것 같았지만, 발소리는 방 안을 서성이고 있었다. 땀으로 젖은 셔츠 대신 입을 것을 찾는다는——것도 멍청한 얘기처럼 들리지만, 아마 그 추측이 맞을 것이다.

납치당했을 때 마차 안에 놓아둔 자신의 짐을 찾고 있는 것이리라. 짐이라고 해도 대단한 것을 들고 다니는 것은 아니지만, 그 총만은 특별하다. 물건에 대한 집착을 거의 보이지 않는 리로이가 유일하다고 해도 좋을 정도로 소중하게 취급했다. 그거야말로 벽을 부수더라도 찾아낼 것임이 틀림없다.

혀를 차는 소리가 들리는 것을 봤을 때 아마도 그곳에서는 찾지 못한 듯했다.

본래라면 발소리도 전혀 내지 않고 기척을 없애 누구에게도 들키지 않게 탈출하는 것도 가능했을 텐데——단세포인 내 파트너는 발소리를 크게 울리며 돌진하기 시작했다.

짐을——총을——빼앗겼다는 사실이 그만큼 성질을 건드렸던 것 같다.

독이 발라져 있는 단검으로 등을 찔려 납치당했는데도, 총을 빼앗겼다는 것에 분노의 창끝이 향하는 것을 보면 구제할 길이 없다.

방을 가로질리 처음 맞부닥치게 된 장애물인 문을 리로이는 열지 않았다. 들려온 것은 뭔가가 부서지고 산산조각나면서 부딪치는 소리였다.

뭐, 리로이가 한 일이니, 분노를 참지 않고 문을 발로 차버렸을 것이다.

뭐가 됐든 이것으로 소동은 순식간에 커질 터다. 스웨인이 말한 대로 난도질 거리의 어딘가에 있는 거라면 근처에 다가가는 것만으로도 어느 정도 판별이 가능할 것이다.

그렇다고 안심할 수 있는 상황이 아닌 것은 이해하고 있었다.

하지만 난 통신기를 통해 들린 소리에 너무 많은 의식을 쏟은 것 같다.

정신을 차렸을 때는 지붕을 세게 밟아서 구멍을 뚫었다.

추적자를 뿌리치기 위해 지붕 위로 내달렸는데, 지붕 일부가 부식이 돼 물러진 듯했다. 내 몸은 옆구리에 안은 스웨인과 함께 지붕을 뚫었고 그 기세로 천장을 부수고 누군가의 방 안으로 추락했다.

대량의 먼지와 파편이 방 안에 충만했고, 스웨인이 격하게 기침을 해댔다. 다행히 착지는 완벽했기 때문에 부상은 당하지 않았다.

등 뒤에서 작은 비명소리가 들렸다.

돌아본 내 시선에 들어온 것은 속옷 차림의 여자였다. 천장이 무너지는 소음을 듣고 욕실에서 서둘러 뛰어나온 것이리라. 짧게 자른 금발이 아직 젖어 있었다. 고양이 같은 눈동자

와 오른쪽 눈가에 있는 검은 점이 인상적인 여성이었다.

"이건 사고다."

여자의 입이 벌어졌다. 그 입에서 어떤 말이 나오기 전에 난 손바닥을 들어 보였다.

"결코 불법침입을 할 생각은 없었다는 점은 명확하게 하고 싶다."

말을 하면서 일어나 그녀에게 고개를 숙여 인사한 후 몸을 돌렸다. 아직 추적자를 완전히 따돌리지 못했다. 머뭇거렸다 간 금방 이곳으로 들이닥칠 것이다.

난 방을 나가기 위해 현관으로 향했다.

그 눈앞에 속옷 차림의 여자가 딱 버티고 섰다.

천장의 파편이 내 등 뒤를 때렸다. 돌풍이 발생한 것처럼 분진이 회오리를 그리고 있었다.

"잠깐 기다려요." 여자는 약간 어이없다는 듯이 말했다.

"사고였다고 해도 천장에 큰 구멍을 뚫었는데 그냥 갈 생각인가요?"

내 등 뒤에 있다가 눈앞으로 고속으로 이동할 정도의 비상식적인 신체능력을 보인 그녀의 말은 지극히 상식적이었다.

다시 쳐다보니 그녀의 육체는 매우 잘 단련돼 있었다. 체지방을 최대한 연소시킨 근육을 온몸에 두르고 서 있는 모습에 빈틈이 없어 보였고, 상당한 훈련을 거듭했다는 사실이 느껴졌다.

"호텔에 지불해야만 하는 손해배상금 정도는 두고 가라고 요."

정당한 그녀의 지적에 나는 아무 반론도 할 수 없었다.

하지만 아쉽게도 난 현금을 그만큼 소지하지 않았기 때문에 지불은 불가능했다. 그것을 솔직하게 전하자, 그녀는 탄식하며 미간을 손가락 끝으로 문질렀다.

"대체 왜 애를 데리고 지붕 위로 올라간 건데요?"

"부득이한 사정이 있어서."

어떻게 설명을 해야 할까, 난 주저하면서 말했다.

"어쩔 수 없이 지붕 위를 달리다가 그만──."

"그 부득이하고 어쩔 수 없는 부분을 말해보라고요."

속옷 차림이긴 했지만 태연자약하게 우뚝 서 있는 여자는 육체미와 더불어 묘한 박력이 느껴졌다.

이곳이 주거지가 아니라 호텔이라는 얘기를 통해 봤을 때 그녀는 이 거리의 주민이 아닐 가능성이 높다. 자세하게 얘기를 하더라도 이해해줄지 의문이고, 애초에 그럴 의미가 있을까.

그렇다 하더라도 방금 전 보인, 리로이한테 뒤지지 않는 신체능력을 봤을 때 이대로 방을 나가는 것은 어려울 것 같았다.

우선은 솔직하게 얘기하는 것이 나을까?

난 그렇게 판단하고 입을 열려고 했지만 여자는 의아한 표정으로 자신의 등 뒤──현관 쪽을 쳐다보며 말했다.

"저것들은 당신네?"

"뭐가?"

그녀가 말하고자 하는 바가 이해가 안 돼 난 고개를 갸웃했다. 그녀는 위험을 감지한 듯한 눈동자로 자신의 발밑을 가리켰다.

"프론트에 시끄러운 놈들이 와 있어요. 아무래도 누군가를 쫓고 있는 것 같은데."

난 반사적으로 자신의 발밑을 봤지만 보이는 것은 붕괴된 천장 파편과 먼지투성이 바닥뿐이었다.

아니, 아니다──소리가.

그거라면 투시보다는 현실적이지만, 그렇다 하더라도 대단한 청력이다.

"누군가라기보다 틀림없이 우리들을 찾고 있는 것 같은데, 굉장히 귀가 밝구나."

내가 솔직하게 인정하자, 여자는 눈을 가늘게 뜨고 웃었다.

"성가신 놈들한테 쫓기는 것 같군요." 그녀는 의외로 이쪽의 사정을 어느 정도 이해한 듯했다. 아무래도 평범한 여행객은 아닌 것 같다.

"가능하면 그냥 보내줬으면 하는데."

난 부탁을 했다. 리로이처럼 이런 상황에서 대립하다가 일을 크게 벌이고 싶지 않았다.

여자는 "우리 쪽 회계를 보는 아이가 꽤나 시끄러운데."라며 심각한 표정으로 중얼거렸다.

난 "천장 수리비, 나중에 주는 것은 안 될까?"라고 제안했다. 그런 대화를 나누는 사이에 내 귀에도 거친 발소리가 희미하게 들려오기 시작했다. 말단들치고는 일처리가 빠르다. 여자는 현관을 힐끗 쳐다보고 약간 주저하는 듯했다.

"아아, 정말." 그리고 그녀는 뭔가를 떨쳐내듯이 중얼거린 후 창가로 향했다. 벽의 반 정도를 차지한 창문을 열자 테라스라고 하기엔 좁은 발판이 있었다. 그녀의 재촉에 가까이 다가가니 그 발판 끝에 비상계단이 설치돼 있었다.

"여기로 도망가요."

"고맙다."

난 고개를 끄덕이고 조용히 발판으로 내려섰다. 나한테 안긴 채로 있던 스웨인은 계단을 내려가기 시작할 때 드디어 입을 열었다.

"당신은 정말 냉정하게 대화를 나누네."

무슨 말인지 몰라 그를 바라보자 얼굴이 빨개져 있었다. "저런 차림을 하고도 태연하게 있는 저 여자도 그렇고." 스웨인은 쑥스러운 듯 중얼거렸다.

흐음, 아마도 소년한테는 살짝 자극이 센 모습인 듯했다.

"흥미가 없으니까." 그의 반응이 일반적인 거라고, 난 위로하듯이 말했다.

그러자 스웨인은 깜짝 놀란 듯이 몸을 움츠렸다.

"여자한테 흥미가 없다니——무슨 말이야?"

어떻게 그럴 수 있지? 그의 목소리는 약간 떨리고 있었다.

"말 그대로의 의미다."

답을 하면서 계단을 뛰어 내려가던 나는 남자 몇 명이 호텔 뒷문——즉, 지금 우리들이 사용하고 있는 비상계단 부근에 포진해 있는 것을 발견했다.

그것은 저쪽도 마찬가지인 듯했다. 이쪽을 손가락으로 가리키며 성난 소리를 내질렀다.

되돌아갈 수도 없는 상황이니 전진할 수밖에 없다.

남자들은 당연히 계단을 올라오기 시작했다. 스웨인이 "나, 걸을 수 있어."라며 살짝 겁먹은 표정으로 주장했지만, 그러기엔 이르다.

난 층계참에서 쇄도해오는 남자들을 노리고 도약했다.

홀로그램이긴 하지만 내 신체에는 겉모습에 상응하는 중량이 존재한다. 그 중량을 그대로 맞아버린 선두의 남자는 막아내지 못하고 뒤쪽의 동료들과 격돌했다. 몇 명이 뒤엉켜 계단에서 굴러 떨어졌다. 화려하게 착지한 나는 곧바로 난간을 뛰어넘어 단숨에 지상으로 내려섰다.

그곳엔 두 명의 남자가 기다리고 있었다.

착지와 동시에 나는 바로 앞에 있던 남자의 발을 차버렸다. 어깨부터 포장된 도로에 넘어진 남자는 곧바로 일어나지 못했다. 그 가슴팍을 짓밟아 갈비뼈를 부러뜨리며 두 번째 남자하고의 간격을 좁혔다. 남자가 쇠지팡이를 옆으로 휘둘렀지만 그 속도는 느렸다. 스웨인의 "이봐, 좀 내려달라니까."라는 애원을 무시하고 뛰어올랐다.

공중에서 일회전하고 발뒤꿈치로 남자의 정수리를 내려쳤다.

그 일격으로 의식을 잃어버린 남자를 곁눈으로 확인하고 나는 달리기 시작했다. 정문을 통해 호텔로 들어간 남자들이 뛰어왔기 때문이다. 참으로 성실한 놈들이다.

하지만 아쉽게도 전투기술이 미숙한 만큼 기초체력도 형편없었다. 내 질주를 따라오지 못하고 한 명씩 뒤처지기 시작했다.

다만 정보의 전파만은 허투루 하지 않는 놈들이기 때문에 난 추격자가 눈에 보이지 않아도 달리는 속도를 늦추지 않았다. "나도 달릴 수 있어." 스웨인이 씩씩하게 주장했지만 아무래도 그의 주력은 추격자한테 따라잡힐 것이다.

난 앞서 경험한 실패를 교훈삼아 지금까지 통신을 차단했지만 길이 잘 포장돼 있어서 갑자기 넘어질 걱정은 없어 보였다.

통신을 재개함과 동시에 둔중한 타격음과 사람의 신음소리가 들려왔다. 이어서 인간의 몸이 목제 벽에 격돌하고 그것을 찌부러뜨리는 소리가 들렸다.

소리의 반향을 봤을 때 아직 실내에 있는 듯했다.

리로이라면 곧바로 탈출이 가능했을 텐데 아마도 느긋하게 짐을 계속 찾은 듯했다.

『내 짐 어딨어?』리로이의 다그침에 상대는 우물거리며 괴로운 목소리로 답했다. 알아듣기 힘들었지만 "몰라" 같은 말을 입에 담았을 것이다. 나와 만났던 놈들과 마찬가지로——꽤나 입이 무거운 놈들이다.

어휘의 부족함에는 질릴 것만 같지만.

『모른다면 할 수 없지.』

하지만 리로이는 그들의 충성심에 아무런 감명을 받지 않은 듯했다. 뼈를 부수는 소리가 남자의 죽음을 전해줬다.

그것과 겹치듯이 나무판을 차는 소리 여러 개가 다가왔다. 노성과 공갈의 목소리는 아니었다. 나를 쫓던 놈들과는 다른 폭력의 프로들일 것이다.

하지만 안타깝게도 리로이는 전투와 살인의 프로다. 혼잡한 소음 가운데 뼈가 부서지고 관절이 파괴되고 내장이 짓눌리는 소리가 이어졌다.

『내 짐의 행방을 아는 놈 있냐?』그리고 아마도 여러 번 반복했을 고문이 시작됐다. 결과는 뭐, 마찬가지일 것이다.

"놈들은 전부 저런가?"

내 질문에 스웨인은 깜짝 놀라 몸을 떨었다. 큰길을 내달리는 그 속도에 통행인들이 모두 뒤돌아봤지만 신경 쓸 틈이 없었다.

"……뭐가?"

내 의중을 떠보는 소년의 목소리에 난 미간을 좁히며 보충했다.

"소위 졸때기임에도 불구하고 입이 무겁다. 능력은 낮지만 잘 조직돼 있다. 매우 앞뒤가 맞지 않은 것 같은데."

"그건 당연히 놈이 무서워서 그렇지." 소년은 어느 정도 원기를 되찾은 목소리를 냈다. "부하든 아니든 놈을 거역하면 이 동네에서 살아갈 수 없고, 섣불리 놈을 건드리기만 해도 역시 살아갈 수 없으니까."

공포에 의한 지배는 인류사회에 있어서 가장 고전적인 방법이지만 그것이 지금까지 이어지는 것은 그만큼의 효과가 있기 때문이다. 다만 그 효과는 공포의 질과 그것을 부여하는 인간의 카리스마성에 의해 좌우된다.

내가 지켜본 바로는 카틸 일당의 영향력은 만만치 않은 것 같다.

"하지만 그중에는 놈한테 심취해서 따르는 놈들도 있어."

심취, 라는 아이답지 않은 말까지 써가며 스웨인이 말했다.

원래는 작은 범죄조직이었다고 한다. 그런데 어느 날 나타난 것이 카틸이라는 인물이었다. 그는 조직의 간부들을 가볍게 때려눕히고 스스로 우두머리의 자리를 접수했다.

"그것이 「크림슨 디스페어(진홍의 절망)」의 시작이었지."

고속이동 중이기 때문에 주위 사람들에게는 거의 들리지 않을 거라고 생각했지만, 스웨인은 목소리를 낮춰 말했다.

"꽤나 잘 알고 있구나."라고 난 감탄했다. 스웨인은 고개를 좌우로 저었다.

"조사한 것은 아버지였어. 기자셨으니까."

과연, 그래서 살해당한 거로군.

그렇다면 이 소년은 아버지의 유지를 계승하고 있는 것인가?

그래서 나한테 말을 걸었다?

의문이 들었지만 지금 상황에서 물어본다고 해도 별 의미는 없다.

그러는 사이에 주변의 경치가 변하기 시작했다.

건축물들은 매우 낡았고 수리도 돼 있지 않은 상태의 것들이 늘어나기 시작했다. 길도 포장이 안 됐고 곳곳에 쌓여 있는 쓰레기가 보였다.

내가 카페에서 홍차를 마시면서 바라봤던 사람들의 모습도 점점 줄어들었다. 입고 있는 옷은 투박했고 모두의 표정은 사나우면서도 공허했다. 길 끝에 넝마를 걸치고 움직이지 않는 인간은 잠을 자는 건지 죽었는지조차 명확하지 않았다.

피어오르는 악취가 온몸에 달라붙었다.

그 이유는 이 구역 하수도가 정비돼 있지 않기 때문이다. 도시가 확대되는 가운데 원래부터 슬럼가였던 이 부근은 그

개발의 대상에서 벗어나고 완전히 버려졌다.

범죄의 온상이 되는 것도 당연하다. 오히려 대도시의 악성 종양이 전이되지 못하게 한곳에 몰아넣은 듯한 정책의 일면도 부정할 수가 없다.

어디선가 외치는 소리와 아이의 울음소리가 들려왔다.

난 그제야 달리는 속도를 늦추기 시작했다. 주변 건물은 전부가 외벽의 회반죽도 벗겨 떨어진 폐허에 가까운 민가였고 창문은 덧문으로 닫혀 있었다. 모두 사람이 살고 있는지 아닌지 알 수가 없었다.

"이쪽이야." 내가 옆구리에 안고 있던 스웨인을 내려놓자, 그는 좁고 복잡한 길을 주저하지 않고 앞서기 시작했다. 부친이 기자였다는 것을 생각하면 처음부터 이 지구에 살았다고는 생각하기 어렵다.

"모친은 어떤 상황인가?" 물어봐선 안 될 말이었지만, 입에서 튀어나온 말은 되돌릴 수 없다.

스웨인의 발걸음이 살짝 흐트러졌다.

"죽었어."

아이의 목소리치고는 피곤하게 잠겨 있었다.

나는 "그래."라고 얼토당토않은 맞장구를 칠 수밖에 없었다. 그 이후로 침묵을 지키며 도착한 첫 번째 집은 주변과 별반 다를 게 없는 상태였고 폐가처럼 고요했다.

리로이의 상황을 알려주는 통신기로부터 가구 부서지는 소리와 유리 제품 깨지는 소리가 들려왔다. 이곳은 아마도 아닐 것이다.

"아니야?"라고 확인하는 스웨인의 모습은 전혀 흔들림이 없었다. 강한 것이 아니라 강해질 수밖에 없었다는 것은 틀림없는 일이었겠지만, 그럼에도 불구하고 이 소년의 듬직함에는 경의를 품을 수밖에 없었다.

"다음 집을 보자." 내 요청에 그는 조용히 고개를 끄덕였다.

두 번째 집은 방금 본 것과 달리 주변이 시끄러웠다. 난도질 거리에도 당연히 상점은 있겠지만 이곳은 음식점 같은 것이 늘어선 구역이었다. 사람들의 통행도 꽤나 많았다. 그리고 그것을 목표 삼아 구걸하러 온 사람들이 길가에 자리를 잡고 앉아 있었다.

떠들썩한 가운데 스웨인이 가리킨 것은 역시나 별다른 차이가 없어 보이는 집이었다. 주변에 보초로 보이는 사람도 없었다. 오히려 그렇게 함으로써 완전하게 주위 경관에 녹아들어 있었다.

"저긴 어떨까?" 자연스러운 발걸음으로 다가가는 소년은 동네 분위기에 자연스럽게 뒤섞였지만, 나는 꽤나 눈에 띈다고 인식할 수밖에 없었다.

여러 겹으로 된 로브는 깨끗했다. 게다가 매우 잘생겼다. 여자들은 물론이고 남자들마저 나를 묘한 눈빛으로 쳐다봤다. 한 곳에 오래 머물면 쓸데없는 트러블에 휘말릴 것만 같았다.

　하지만 그런 걱정은 금방 사라져버렸다.

　통신기를 통해 들리는 소음이 눈앞의 집에서 나온다는 것이 확실해지기 시작했기 때문이다.

　그리고 주변에 비해 큰 유리창문이 깨지는 소리가 통신기 너머 쪽과 눈앞에서 겹쳐졌다.

　튕기듯이 빠르게 고개를 돌린 내 시야에 뭔가가 스쳐지나갔다. 유리 파편과 함께 격렬하게 회전하고 건너편 집 외벽에 격돌한 것은──인간이었다. 비바람을 맞고 손질된 흔적이 전혀 없는 외벽은 인간 포탄을 견뎌내지 못하고 무너졌다. 벽의 파편이 대량으로 쏟아지는 가운데 그 사람은 자세도 잡지 못한 채 길바닥에 내동댕이쳐졌다.

　악몽에 시달리는 듯한 낮은 신음소리를 흘리는 그 남자는 손의 관절이 거꾸로 부러졌다. 남자의 낙하지점에는 일단 자리를 비켰던 구걸하는 사람들이 다시 모여들기 시작했다. 그를 구해주기 위한 것이 아니었다. 움직이지 못하는 그의 소지품을 벗겨 가려는 것이었다.

　난 두세 발 뒤로 물러나 그가 발사된 것으로 여겨지는 장소를 올려봤다.

　길 쪽으로 나 있는 2층 유리가 깨졌고 부서진 창틀이 당장이라도 떨어질 것처럼 흔들리고 있었다. 그곳에서 들려온 소리는 물건이 부서지는 소리와 노성, 그리고 단말마의 비명이었다. 모두 통신기를 통해 들려오는 소리와 일치하고 있었다.

"잠깐 숨어 있어."

스웨인을 저 안으로 데려가는 것은 위험하다. 그는 고개를 살짝 끄덕이고 곧바로 구경꾼 속으로 모습을 감췄다.

난 그것을 바라본 후 문 쪽으로 걸어갔다. 표면엔 거스러미가 일어나 있고, 비바람으로 변색돼 있었지만, 문 손잡이를 돌려보니 역시나 잠겨 있었다.

다만 일반적인 자물쇠였다.

힘을 주어 손잡이를 돌리니 반대쪽 금속이 휘다가 부러지는 손맛이 느껴졌다.

더 이상 아무런 저항도 불가능하게 된 문을 밀어 연 나는 안으로 걸어 들어갔다.

그 눈앞에 뭔가가 떨어졌다. 무거운 울림소리를 내며 바닥에 격돌한 것은 덩치가 큰 남자였다. 충격으로 마룻바닥이 휘고 균열이 생김과 동시에 분진이 회오리를 만들며 피어올랐다.

그곳에 검은 그림자가 내려섰다.

가죽재킷 자락을 휘날리며 남자의 복부에 착지한 것은 다름 아닌 리로이였다.

난 시선을 살짝 위로 올렸다.

현관 입구 바로 위는 뻥 뚫려 있었고 2층 부분의 통로가 있다. 남자는 그곳에서 리로이가 떨어뜨린데다가 착지 시 쿠션

대용으로 사용된 듯했다.

내장이 파열됐는지 피를 토하며 기절하는 남자를 리로이는 쳐다보지도 않았다.

난 아무 말 없이 등에 지고 있던 검을 리로이에게 던졌다.

리로이는 검을 받자마자 칼집에서 뽑아 계단 뒤에서 덤벼 드는 남자를 마주봤다.

두 사람이 대치한 것을 본 순간 이미 리로이의 팔이 움직였다.

덤벼들던 남자의 자세가 무너졌고 손에 쥐고 있던 단검도 떨어뜨렸다.

그 발밑에 액체가 격렬한 기세로 뿜어져 나왔다.

그의 목에서 뿜어져 나온 선혈이었다.

리로이의 일섬은 정확하게 그의 목젖을 베어버렸다.

자신이 뿜어낸 피로 가득 젖어 쓰러지는 남자 옆으로 리로 이가 내달렸다.

당장이라도 통로에서 덤벼들려고 했던 덩치가 작은 남자는 육박해오는 리로이의 속도에 반응조차 하지 못했다.

그의 눈에 마지막으로 비친 것은 예리한 칼끝일까, 사신과 도 같은 남자였을까.

내찌르는 검의 일격은 덩치가 작은 남자의 왼팔을 지나 늑 골을 부수면서 폐를 관통했다. 잠시도 멈추지 않고 검이 빼져 나가자 무릎을 꿇은 남자의 목에서 공기를 적시는 새된 목소리가 울렸다.

뿜어져 나온 것은 피 색깔의 거품이었다.

가슴을 손으로 누른 채 남자는 안면을 바닥에 부딪치며 쓰러졌다.

그리고 뭔가가 날아왔다.

무수하게 반짝이는——리로이는 재빨리 뒤로 도약하면서 검으로 빛을 떨궈냈다. 날아온 것은 투척검의 일종으로 수리검이라고 불리는 것이다. 나이프보다 가늘고 어디에라도 숨길 수 있는 우수한 암기지만 한 번에 이만큼의 양을 목표에 정확하게 투척하는 것은 굉장한 실력이다.

리로이가 마지막 수리검을 떨쳐내자 강철끼리의 격돌이 만들어내는 반향음이 울리는 가운데, 그것은 리로이의 사각으로 은밀히 다가왔다. 소리와 기척을 죽이고 타깃의 간격으로 들어오는 탁월한 암살자의 움직임이었다.

그 필살의 간격으로 들어오기 직전에 리로이는 그의 움직임을 봤다.

사선을 몇 번이고 극복해낸 경험과 무엇보다 맹수 같은 본능이 리로이의 육체를 움직이게 했다. 살기뿐만 아니라 기척마저 없이 내찌른 일격은 공기를 찢는 희미한 소리만은 지울 수가 없었다.

그 소리의 궤적을 끊어내려고 휘둘러진 검은 단단한 반응을 내며 튕겨졌다. 반사적인 참격에는 힘이 실리지 않았고 절묘한 각도에서 피해낼 수 있었다.

상대가 어떤 무기와 어떤 방법으로 튕겨냈는지 리로이의 시야에는 들어오지 않았지만, 그것을 확인하려고 하지 않았다.

발뒤꿈치를 기준점 삼아 재빠르게 몸을 회전시키면서 뒤로 물러섰다.

그 움직임을 그림자처럼 따라온 것은 마른 체형의 남자였다. 쥐고 있는 것은 커다란 수리검──방금 투척했던 것은 탈수(脫手) 수리검, 손에 들고 사용하는 것은 절수(絶手) 수리검이라고 부르며 구별한다. 동방의 섬나라 야토에서 시작된 암기중 하나다.

마른 남자는 엄청난 속도로 절수 수리검을 박아 넣었다. 단검이나 단도보다 더 짧은 절수 수리검의 공격은 주먹의 타격과 가깝다. 장검으로 그 모든 것을 떨쳐내기에는 힘들다──고 판단한 리로이는 주저하지 않았다.

아무런 망설임 없이 검을 놓고 남자의 연속공격을 맨손으로 막아내기 시작했다.

리로이의 수도(手刀)는 정확하게 절수 수리검을 쥐고 있는 남자의 손목을 때렸다.

살과 살이 맞부딪치는 탁한 울림은 겨우 몇 초 만에 종말을 고했다.

리로이의 속도가 남자보다 빨랐다.

남자의 손목을 때린 리로이의 수도는 그대로 주먹의 형태로 바뀌었다. 남자의 제2격이 펼쳐지는 것보다 빨리 검은 그림자가 파고들었다.

단단한 주먹은 남자의 늑골을 격하게 때렸다.

둔중한 타격음과 함께 뼈 쪼개지는 소리가 들렸다. 수리검을 쓰던 자는 비틀거리며 후퇴한 후 기침을 토해내며 자세를 잡았다. 굉장한 격통일 텐데 날카로운 얼굴에서 그 통증은 느껴지지 않았다.

"일단 물어볼게."

리로이는 수리검 남자를 바라보면서 검을 집어 들었다.

"날 납치한 이유는? 말하든 하지 않든 너는 죽을 테니까 좋을 대로 해."

너무나도 노골적인 리로이의 말투에 수리검 남자의 표정이 고통으로 일그러졌다. 짐의 소재가 아니라 사태의 핵심을 질문한 것은 상대가 지금까지의 잔챙이와 다르다고 인식했기 때문이다.

남자의 눈은 리로이가 손에 든 검을 바라보고 있었다.

그것이 원래부터 리로이의 무기라는 것은 몰랐더라도 무장을 해제했던 인간이 어떻게 자신이 챙겼다는 기억도 없는 무기를 손에 들고 있는 것인가? 의문으로 생각하는 것도 이상할 게 없는 일이다.

그의 시선이 급하게 주위를 살펴보기 시작한 것은 누군가가 리로이에게 무기를 건넸는지를 생각했기 때문일 것이다. 그리고 리로이의 동료가 어딘가로 숨어들어 자신의 빈틈을 노리고 있는지 경계했던 것이다.

정답이지만 그게 누군지는 알 수가 없을 것이다.

난 리로이한테 검을 건넨 후 홀로그램 모습을 해제했기 때문이다.

설마 지금 리로이가 손에 든 검이 자신의 발로 여기까지 찾아왔다는 것은 상상조차 못할 것이다.

남자는 의심스러운 듯 미간을 모았지만, 그 의문을 풀 상황이 아니라고 판단한 듯했다. 손에 들고 있던 절수 수리검을 윗옷 주머니에 넣고 싸울 의지가 없다는 것을 표현하려는 듯 양손을 살짝 위로 들었다.

"당신을 누군가와 만나게 하려고 한다."

한 마디, 한 마디 확인하는 듯한 남자의 말투는 진중했다.

그 목소리는 릴리와 대화를 했던 남자의 것이다. 분명 이름은 레반이라고 했는데.

"뒤에서 찌를 생각인 거냐?"

신랄한 반박이었지만, 리로이는 그 말 자체에 별다른 의미를 두진 않았다. 단순한 빈정거림이었다.

하지만 그렇다고 해서 대답하는 쪽이 쓴웃음을 지을 수도 없는 노릇이어서 레반이라는 녀석은 밀문을 닫았다.

뭐, 내가 들은 바로는 카틸 뭐시기라는 자가 리로이하고의 해후를 바라는 것은 분명한 듯했지만, 아마도 그 이유뿐만은 아닌 것 같은 기색이 있는 것도 확실해 보인다.

"뭐, 됐어."

하지만 리로이는 깔끔하게 더 이상 추궁하지 않았다. 그 담백함에 아마도 어떻게 말을 해야 할지 고뇌하고 있었을 레반이 어이없다는 표정을 지었다.

"그보다 내 짐. 총이 있었지? 그것을 돌려줘."

결국 리로이에게 이 사태의 핵심은 누군가한테 납치당했냐보다 총이 어디에 있는가, 후자인 듯했다.

평범한 사람에게는 전혀 이해가기 어려운 일이다. 레반도 그 평범함에 속했는지 리로이의 진의를 파악하기 위해 눈을 가늘게 뜨고 관찰했다.

그 얼굴에 계산이 다 됐다는 것이 드러난 것은 금방이었다.

리로이와 맞설 방법이 있다고 생각한 듯했다.

그 찰나의 판단은 칭찬할 일이지만, 그만큼 그는 리로이를 너무 모른다고도 할 수 있다.

레반은 교활한 눈빛을 지으며 말했다.

"중요한 물건인가보지? 돌려받고 싶으면——."

그리고 그 교섭의 첫걸음은 갑자기 중단됐다.

레반은 과연 자신의 몸에 일어난 사태를 정확하게 파악했을까?

리로이는 예비동작도 없이 움직였다.

뼈 부서지는 소리가 울렸다.

레반의 신체가 회전했고 머리부터 바닥에 격돌했다. 그의 신체는 충격으로 땅바닥에서 튀어올랐다 굴러갔다. 고통의 울부짖음조차 나오지 못한 것은 머리를 강타당한 시점에 의식을 잃었기 때문이리라.

단순한 다리후리기였다.

레반하고의 간격을 순식간에 좁힌 리로이는 그의 양발을 예리한 발차기로 후렸지만 위력의 단수가 달랐다. 후려진 레반의 다리는 뼈가 부러졌고 몸은 자세가 무너지는 정도가 아니라 공중으로 날아올랐다.

리로이는 땅바닥을 보고 엎드려 쓰러진 레반에게 다가가 그의 오른팔을 잡았다.

그리고 가능한 영역을 넘어서게 비틀었다.

격통의 울부짖음과 함께 레반이 정신을 차렸다.

어깨와 팔꿈치의 관절이 분쇄됐고 근육과 신경, 혈관이 찢겨졌다. 본래라면 몸부림치며 뒹굴 정도의 격통이겠지만, 리로이의 발바닥은 그의 목줄기를 밟아 그것을 허락하지 않았다.

부러진 뼈가 피부를 꿰뚫었고 피가 분출됐다. 레반의 목이 격렬하게 떨렸다.

"돌려받고 싶으면, 이 아니야. 돌려줘라고 말했어. 알겠어?"

기절하는 레반에게 리로이는 침착하고 담담한 말투로 말했다.

인간의 팔을 파괴하는 데도 길거리에 떨어진 나뭇가지를 부러뜨리는 정도의 감정밖에 보이지 않는다.

식은땀을 흘리고 얼굴을 일그러뜨리며 리로이를 올려다보는 레반의 눈에는 전율과 함께 이해의 눈빛이 서렸다.

그도 깨달았던 것이다.

자신의 팔을 용서 없이 부러뜨린 남자는 대화가 통하는 상대가 아니라는 것을.

야생의 호랑이나 곰과 교섭하려는 인간은 없을 것이다.

"자아, 아직 부러뜨릴 곳은 남아 있다."

즐기는 것도 아니고 특별히 위협하는 것도 아닌 말투로, 리로이는 사실만을 입에 담았다.

그것이 오히려 듣는 자의 간담을 서늘하게 했다.

레반은 격통의 신음소리를 내면서 쓸모없는 교섭을 단념한 듯이 가늘게 한숨을 내쉬었다.

"나, 난, 몰라——."

그 갈라진 목소리를 리로이는 무참하게도 발바닥으로 짓눌렀다.

레반의 목을 밟고 있는 발에 힘을 준 것이다. 기관이 압박돼 레반의 목에서 나온 것은 말이 아니라 울부짖음뿐이었다.

"방금 아는 것처럼 행동했던 건 뭐냐?" 특별히 격앙한 모습을 보이지 않았지만, 조용한 음색 안에 냉철한 살의가 담겨져 있었다.

"거짓말인 거냐?" 단순한 사실 확인으로만 들리는 그 목소리도 레반 입장에서는 사형선고처럼 들릴 것임에 틀림없다.

죽고 싶지 않다기보다 생명의 위기에 육체가 멋대로 반응한 것처럼 보였다.

파괴된 오른팔과 목이 짓눌리는 격통에 그는 반실신 상태에 빠졌다. 왼손을 들어 소매 속에서 손목이 기묘하게 움직인 것도 경련을 일으키고 있는 것처럼 보였다.

하지만 작은 소리와 함께 날아온 것은 강철 화살촉이었다.

추전(抽箭)이라고 불리는 암기로 속이 빈 통에 스프링을 설치해 작은 화살을 발사하는 단순한 구조지만 그 살상력은 무시할 수 없다. 스프링 설치 그 자체의 성능도 있지만, 급소를 노리면 충분히 인간을 죽일 수 있을 정도다.

하지만 피해버리면 아무런 소용이 없다.

발사음을 들은 리로이는 그 소리의 위치를 통해 궤적을 파악하고 살짝 목을 갸웃했다. 본래라면 리로이의 목줄기를 꿰뚫었어야 할 화살촉은 허무하게 벽에 박혔다.

그와 동시에 레반의 목에서 단말마의 비명이 내뱉어졌다.

추전 공격을 피함과 동시에 리로이가 목뼈를 밟아 부순 것이다.

크게 벌어진 입에서 대량의 피를 땅바닥으로 뿜어내는 레반의 시체를 내려다본 리로이는 작게 욕을 내뱉고 쥐고 있던 그의 팔을 아무렇게나 뿌리쳤다.

"이놈들은 대체 뭐야?"

짜증난다는 듯 중얼거렸다. 그 짜증과 비슷한 감정은 내가 느낀 것과 같을 것이다. "네가 싫어하는 인종이라는 것은 알고 있지만." 그렇게 말하자, 리로이는 살짝 불길한 미소를 지었다.

"각성은 좋은 거야."

확인한 후 리로이는 자신의 어깨를 문지르면서 팔을 가볍게 돌렸다.

"가볍게 운동했으니까."

하급권속이라고는 해도 「다크 원」이 즉사할 정도의 맹독을 겨우 몇 시간 만에 해독해버리는 것은 그 누구도 예측하지 못했을 것이다. 레반은 성가신 일이라고 말했는데, 자신들이 전부 죽게 될 것이라고 생각이라도 해봤을까?

"넌 어땠어?" 리로이는 허리에 꼽아둔 검 손잡이를 주먹으로 두드렸다. "여유롭게 차라도 한잔 했어?"

"──무슨 말을 하는 건지."

대답에 잠깐 머뭇거린 것은 실책이었다.

리로이는 입 꼬리를 들며 장난스럽게 웃었다.

"숨길 생각 하지 마. 홍차 냄새가 나니까."

별 것 아닌 일에 예리한 남자다. 그리고 그 후각이 맹수 같다는 것을 잊은 것은 나답지 않은 실수다.

어떻게든 반박을 하려고 했지만, 무슨 말을 하더라도 소용없을 것이다.

선택한 것은 침묵이었다.

리로이는 그 이상 추궁하지 않고 곧바로 집을 뒤지기 시작했다.

총은 고가이며 귀중품이다.

그 제조 공정 전부를 버나드 왕국 유일의 자치도시 베릴에 본거지를 둔 드벨그 사가 주름잡고 있고 가격 경쟁이 없기 때문에 가격이 떨어지지 않는다. 눈동냥으로 만든 모조품들은 싼 가격에 유통되고 있지만 언제 폭발하더라도 이상할 게 없는 조잡한 물건들뿐이다.

리로이의 총은 드벨그 사가 최선을 다해 제작한 것으로 시리얼 넘버도 각인돼 있다. 옛날 디자인이라 최신 모델과 비교하면 가치는 떨어지겠지만, 열심히 관리를 해왔기 때문에 틀림없이 비싸게 팔 수 있을 것이다.

리로이를 납치한 놈들이 그 물건을 눈여겨봤다면 어딘가에 잘 숨겨놓기보다 이미 어딘가에 팔았다고 생각하는 게 맞을 수도 있다.

찬장 속 물건을 다 빼버리고 테이블을 뒤집는 리로이의 모습을 보고 있자니, 그것을 알면서도 운에 기대는 것처럼 보였다.

뭐, 우선은 찾아보고 난 다음엔 납득하게 되겠지만.

난 도와주겠다고 말하려고 했는데, 그보다 빨리 출입구에서 목소리가 들렸다.

3

"찾고 있는 게 이거야?"

들은 기억이 있는 냉정한 음색이었다.

돌아본 리로이는 출입구에 서 있는 미녀를 보고 얼굴을 찡그렸다.

등 뒤의 통증이라도 도졌던 걸까.

리로이를 지금의 상황으로 내몬 장본인인 여자──레나는 그 가는 손가락으로 투박한 무기를 쥐고 있었다.

총이었다.

리로이는 곧바로 몸을 내밀었지만, 상대가 상대이니만큼 섣불리 다가갈 순 없었는지 멈춰 섰다.

"돌려줘."

"소중하게 사용하고 있네."

레나는 그 자리에서 움직이지 않고 리로이에게 총을 내밀었다.

가지러 와, 라고 말하는 듯했다.

리로이는 살짝 머뭇거린 듯했지만, 대담하게 걸어가 난폭하게 자신의 총을 빼앗았다.

그리고 곧바로 격총, 방아쇠, 실린더 내의 탄환 등에 이상한 조작이 안 됐는지 꼼꼼하게 점검했다.

놀랄 정도로 대범하게 살아온 리로이지만 생사를 가르는 일에는 허투루 행동하지 않았다.

"아무도 만지지 않았어."

레나는 냉담하게 말하고 다른 손에 들고 있던 휴대용 배낭을 리로이의 발밑으로 던졌다. 예비 탄약과 총의 정비에 쓰이는 도구, 최소한의 생활용품이 들어간 리로이의 소지품이다.

그녀가 돌려줬다──고 생각할 정도로 리로이도 바보는 아니다.

"원하는 게 있겠지?"

총에 이상이 없음을 확인한 리로이는 곧바로 그 총구를 레나에게 겨눴다.

지근거리에서 총구가 향해졌음에도 레나는 눈썹 하나 움직이지 않았다.

칠흑과 비취색 두 눈동자가 열기와 냉기를 내뿜으며 격돌했다.

침묵 속의 노려보기는 주위의 공기를 건드렸고 침묵이 피부를 찌를 정도의 긴장감을 자아냈다.

마침내 그것을 깨뜨린 것은 아름답고 붉은 입술이었다.

"특별히 없는데."

매우 당당한 대답에 리로이도 머쓱해졌다.

그녀에게 있어 리로이를 등 뒤에서 찌른 것은 전혀 특별한 일이 아닌 것일까.

얼음 같은 눈빛과 인간미 없는 미모를 통해 그녀의 본심은 전혀 알 수가 없었다.

리로이는 분노한 나머지 총구를 떨면서 말을 씹어 먹듯이 내뱉었다.

"방금 전 일을 기억하지 못하다니 콜드 블러드가 머리까지 돌아버려서 머릿속이 얼어버린 거냐?"

도발적인 리로이의 말투였지만, 레나의 얼굴 근육 하나 움직일 수 없었다. 코를 아주 살짝 움직여 코웃음을 쳤는지 안 쳤는지도 알 수 없는 것이 그녀의 유일한 감정 표현이었다.

바보 취급을 받다니 매우 비참한 기분이 들었다.

게다가 총구가 겨눠져 있는데도 그것이 존재하지 않는 것처럼 몸을 돌려버릴 줄이야.

어이없게도 길고 아름다운 금발이 휘날리는 찰나를 바라보고 있던 리로이였지만, 정신을 차리자마자 갑자기 총의 방아쇠를 당겼다.

레나의 발밑에 있던 마룻바닥이 튀었다.

걸음을 멈춘 레나에게 리로이는 재빠르게 간격을 좁히고 돌아보지 않는 그녀의 후두부에 총구를 들이댔다.

"얘기는 끝나지 않았다."

"총이라면 돌려줬잖아."

끝까지 고자세를 풀지 않는 레나의 태도에 리로이는 두 눈동자를 어둡게 반짝였다.

"깔보는 것도 적당히 해라."

리로이는 손에 든 총으로 그녀의 머리를 강하게 찔렀다.

그 순간이었다.

뭔가가 리로이의 눈앞을 비스듬히 스쳐 지나갔다.

핏줄기가 튀며 동시에 레나의 모습이 사라졌다.

그녀의 잔상을 쫓은 총구는──레나가 아니라 집 출입구 부근 벽에 구멍을 뚫었고 총은 리로이의 손 안에서 미끄러져 떨어졌다.

"……방심, 한 것 같지는 않은데."

난 감탄한 채로 중얼거렸다.

레나의 일련의 움직임은 분명 날카롭고 날렵했지만, 그 이상으로 정밀하기 그지없었다.

총구로 찔린 순간 돌아보지도 않고 레나가 내민 것은 리로이의 목줄기를 노린 단검에 의한 일섬이었다. 사각으로 날아 들어온 칼날을 리로이는 곧바로 그 궤적을 예측하고 총을 쥔 손으로 떨쳐내려고 했지만──레나는 리로이가 방어행동에 나설 것을 알고 있었던 것처럼 단검의 목표를 변경했다.

튀어나온 선혈은 매끄럽게 베여진 리로이의 손목에서 내뿜어진 것이었다.

적확한 일격을 가하고 곧바로 레나는 출입구 쪽으로 질주했다. 리로이는 곧바로 총을 조준해 다리를 노리고 방아쇠를 당겼다. 리로이의 실력이라면 빗나갈 거리가 아니었지만 손목의 부상은 힘줄까지 도달해 끊어졌는지 조준이 빗나갔고, 발포의 충격을 견디지 못해 총이 손바닥에서 떨어진 것이다.

리로이는 곧바로 왼손으로 총을 집어 들었다.

그리고 그대로 출입구를 향해 질주하려다가——정지했다.

리로이가 응시하는 것은 거대한 은빛 늑대였다. 추적을 방해하려는 듯 출입구에 우뚝 서 있는 아름다운 거구는 집 안에서 보면 그 크기가 더욱 돋보였다.

하지만 무엇보다 놀랄 일은 그의 황금 눈동자에 깃들어 있는 지성의 반짝임이었다. 리로이의 검은 눈동자를 바라보는 늑대의 두 눈은 깊은 사고와 굳은 결의를 담고 있었다.

리로이는 어떻게 반응할 것인가.

은빛 늑대의 거대한 어금니와 턱, 그리고 날카로운 발톱은 오니를 도살할 때 보여줬던 것처럼 강력한 무기다. 좁은 실내를 그 거구로 서 있는 것이 거슬렸지만 쉽게 이길 수 있는 상대가 아니다.

"또 방해하는 거냐?"

리로이는 짜증난다는 듯 중얼거리고 허리 뒤에 있는 총집에 총을 집어넣었다. 그것을 확인한 은빛 늑대는 살짝 고개를 끄덕이는 동작을 보인 후 느긋한 움직임으로 출입구에서 모습을 감췄다.

그것을 지켜보던 리로이는 마침내 오른손의 부상 상태를 확인하기 시작했다. 지금도 피는 멈추지 않고 계속 흘렀고, 팔꿈치에서 뚝뚝 땅으로 떨어졌다.

하지만 힘줄을 끊어버릴 정도의 부상 치고는 출혈의 기세가 약했다.

——라기보다 급격하게 약해지고 있었다.

지금 리로이의 상처는 급속한 조직의 수복이 보통 사람의 그것을 훨씬 뛰어넘는 스피드로 이루어지고 있었다.

평범한 사람이라면 피를 흘려 죽을 수밖에 없는 손목의 상처도 리로이의 특이한 체질 덕분에 치명상이 되지 못했다.

뭐, 대량으로 피를 흘리면 그것을 보충하기 위한 영양이 필요한 것이 당연한 도리지만——리로이의 경우는 그런 부분에 있어서 인간이라기보다 맹수 같다는 느낌마저 들었다.

"우선 다음 단계를 준비하는 것도 좋겠지만, 그녀는 안 쫓을 거야?"

"해봤자야."

냉담하게 말한 리로이는 휴대용 배낭을 집어 들었다. 쫓아도 못 잡는다는 것인지, 잡더라도 의미가 없다는 것인지, 어느 쪽인지는 알 수 없지만 쫓아갈 의사는 없는 듯했다.

본인이 그것으로 됐다면 내가 더 할 말은 없다.

"그러고 보니 너, 카틸이라는 이름에 대해서 아는 바가 없냐?"

감금당했던 집에서 나가려고 하는 리로이에게 내가 묻자, 아주 잠깐 생각한 후 머리를 가로저었다.

"그게 누군데?"

"아마도 너를 유괴한 흑막일 거야."

그렇게 말하자, 리로이는 그래? 라며 고개를 끄덕였다.

마치 흥미가 없는 듯한 반응이었지만 검은 두 눈동자가 순간 험악하게 반짝인 것을 나는 놓치지 않았다.

싸움을 걸면 상대를 완전히 때려 부술 때까지 멈추지 않는 남자다.

이대로 이 건에 대해 잊는다는 것은 아무리 이 남자의 머리가 나쁘더라도 있을 수 없는 일이다.

감금당했던 집의 문을 열고 밖으로 나가려는 발걸음에는 사나운 결의가 담겨져 있었다.

"그런데 내가 이곳에 도착하는데 협력자가 있었어." 난 스웨인에 대해 짧게 설명했다.

리로이는 고개를 끄덕일 뿐이었다. 그게 누구냐는 듯 주위의 구경꾼들을 쭉 둘러봤지만 너무 날카로워서 위협하는 듯이 보였다.

내 모습이 없어졌기 때문에 더욱 더 경계를 하는지, 그의 모습은 보이지 않았다.

아니면 아직 사태가 끝났다고 판단할 수 없어 숨은 채로 있는 것일까.

리로이는 걸어가기 시작했다. 방금 전까지 살의로 가득했던 발걸음은 아니었다. 구경꾼들은 그런데도 정체를 알 수 없는 검은 남자와 직접적으로 관련되고 싶지 않다고 생각했는지, 삼삼오오 그 자리를 떠나기 시작했다.

소년의 모습은 어디에도 보이지 않았다.

"이상하네."

내가 중얼거리자 리로이는 산책이라도 하는 듯한 발걸음으로 주위를 확인하며 걸어갔다.

그러다 그 발걸음이 멈췄다.

좁고 어두운, 수많은 골목길 중 하나였다. 뭔가를 느낀 것일까? 망설임 없이 검은 남자가 골목길의 어둠 속으로 들어갔다.

좁은 골목길은 10미터 정도 들어가자 작게 뚫린 공간으로 이어졌다. 건물과 건물 틈새에 만들어진 협소한 공간이었다.

그곳에서 비열한 웃음소리가 들려왔다.

리로이가 그곳으로 들어가자 뭔가가 부딪쳐왔다.

작은 비명을 지른 것은 스웨인이었다.

땅바닥을 구르며 리로이의 발에 격돌한 소년은 머리를 양손으로 감싼 채 쭈그리고 앉았다. 뭔가에 걸려 넘어진 것은 아닐 것이다.

작은 그 공터에는 매우 질이 나빠 보이는 놈들이 모여 있었다. 거친 행동에 익숙해 보이는 표정에 모두가 무기를 들고 있었다. 추적자인가? 라고도 생각해봤지만 나를 추적했던 남자들에 비해 그 표정에서 진지함이 부족해 보였다.

쭉 둘러보니 이곳에서는 흔하게 볼 수 있는 단순한 바보들처럼 보였다.

"네가 스웨인이냐?" 리로이는 그들이 안중에도 안 들어오는지 웅크린 채로 있는 스웨인을 일으켰다. 소년의 이마는 부어올랐고 찢어진 입술에서 나온 출혈이 턱을 빨갛게 물들였다. 일어나긴 했지만, 곧바로 비틀거리며 리로이에게 기댔다. 머리를 맞아 뇌진탕을 일으킨 것 같았다.

하지만 몸을 작게 떠는 것은 신체에 입은 손상 때문만은 아니었다.

"──그런데."라고 대답하는 스웨인의 목소리는 공허했다. 불합리한 폭력에 익숙해져버린 것인지, 그 목소리에는 어린아이답지 않게 체념의 울림이 있었다.

리로이는 부딪쳤을 때 떨어진 소년의 모자를 집어 들어 묻어 있는 모래를 털어냈다.

"파트너가 신세를 졌다고 들었다. 고맙다." 그것을 소년의 머리에 아무렇게나 얹으며 말했다. 그리고 아직 일어나지 않는 편이 좋다고 판단했는지, 스웨인을 자리에 앉혔다.

"이번엔 내가 도와줄 차례다."

리로이는 그의 앞에 무릎을 꿇고 그 가는 어깨를 큰 주먹으로 살짝 두드리며 웃었다.

그것은 소년의 마음에 자리 잡은 공포와 포기를 떨쳐내는 듯한——그런 미소였다.

리로이는 일어나 남자들을 향했다.

그 얼굴에 미소는 사라졌고 방금 전 보였던 사나운 분노하고는 다른 표정을 짓고 있었다.

좀 더 조용하고 온화한, 하지만 보다 깊은 분노였다.

남자들이 천천히 다가왔다.

그들의 눈에는 리로이가 어떻게 비춰지고 있을까. 검을 차고 온몸이 새까만 장신의 남자——흑발흑안의 풍모는 굳이 말하자면 동방의 이목구비지만, 섬세하다기보다는 날카로운 인상에 가깝다.

결코 다루기 쉬운 상대로는 보이지 않았을 것이다.

"당신, 저놈하고 아는 사이야?"

갈라진 목소리로 단발머리에 가장 체격이 좋은 남자가 말했다. 키는 리로이보다 살짝 작았지만, 몸집은 1.5배 정도 컸다.

칼집도 없이 허리에 차고 있는 칼은 손질을 안 해 칼날의 대부분이 거뭇거뭇했다.

인간의 피와 지방이 눌어붙어 있는 것이다.

"방금 알게 됐는데, 그게 왜?"

대답하는 리로이의 목소리는 약간 험악했는데, 그것을 감지한 듯했다.

단발머리를 따르는 남자들은 리로이가 반항적인 태도를 보이자마자 각자의 무기에 손을 가져갔다. 검을 들고 있는 것은 단발머리 남자뿐이고, 다른 놈들은 몽둥이에 천을 감쌌거나, 녹슨 단검 정도를 들고 있었다.

리더 격의 남자는 동료들의 움직임을 제지하고 품평이라도 하는 눈빛으로 리로이를 노려봤다.

"우리들은 저놈한테 돈을 빌려줬어. 아는 사이라면 대신 갚아줘야겠는데."

"너, 돈을 빌렸냐?"

리로이는 자신 뒤에 앉아 있는 소년을 돌아봤다. 그는 고개를 끄덕였지만, 곧바로,

"하지만 저놈들이 말하는 만큼은 빌리지 않았어."라고 소매로 코피를 닦으며 말했다.

그 말을 들은 단발머리 남자가 위협하는 듯 이를 갈았다.

"이자다, 이자. 그런 것도 모르는 거냐, 빌어먹을 꼬맹이!"

"꼬맹이니까 모르는 게 당연하지."

리로이가 차가운 눈으로 남자의 얼굴을 노려보면서 말했다.

그러자 단발머리 남자는 갑자기 얼굴을 가깝게 붙이며, "네 놈, 덤비는 거냐?"라고 위협했다. 지금까지 이런 식으로 상대방을 공갈해왔을 것이다. 항상 효과가 있었던 으름장이다. 폭

력에 익숙한 인간 특유의 위압감은 평범한 사람이라면 그것만으로도 몸을 떨게 만들었을 것이다.

하지만 리로이는 얼굴을 찡그리고 갑자기 남자의 얼굴을 잡더니 밀어버렸다.

"너, 입 냄새가 지독하다. 이빨 좀 닦아라."

"이 자식⋯⋯!"

남자는 안색이 변해 허리에 차고 있던 칼을 꺼내들었다.

그것에 호응한 듯 다른 놈들도 자세를 잡았다. 순식간에 고양되는 날카로운 살기에 리로이의 등 뒤에 있는 스웨인이 몸을 떨었다.

"그래서 얼마냐?"

일촉즉발의 분위기 가운데 리로이는 대범한 표정으로 가죽 재킷 안으로 손을 넣었다. 다시 손을 꺼냈을 때는 지갑이 들려 있었다. 지갑, 이라고 해도 그냥 튼튼한 봉투지만, 그 안이 두둑하다는 것은 한 번 보면 알 수 있었다. 전직 S급 용병의 벌이치고는 초라한 상황이지만, 이 동네에서 돌아다니는 자들에게는 큰돈일 것이다.

"내가 주지. 그러면 불만 없겠지."

단발머리 남자는 기가 꺾인 표정으로 검 손잡이를 잡고 있던 손을 쥐었다 폈다 했다. 이미 건방진 상대를 때려눕히기라도 한 것 같은 마음이 돼버린 것이리라.

도발한 후 곧바로 순순히 따르는 태도를 보인다는 행동 패

턴은 그의 마음속에 예측으로 존재하지 않았던 것이다.

"그래서 얼마를 주면 되냐고 묻잖아."

별다른 계산을 해서 자신의 페이스로 끌고 들어온 것이 아니기 때문에 리로이는 대답이 없자 미간을 좁혔다.

남자는 그 말을 듣고 정신을 차렸는지, 두세 번 눈을 깜빡인 후 다시 리로이가 들고 있는 지갑을 응시했다.

비열한 표정이 떠오르는 데 걸린 시간은 매우 짧았다.

"그, 그것을 통째로 주면 봐주도록 하지."

돈을 내라는 것은 리로이가 겉보기에 번드르르하다고 판단했기 때문일 것이다.

단발머리 남자는 거리낌 없이 내뱉었다.

아마도——아니, 틀림없이 거짓이겠지만, 리로이는 특별한 반론도 없이 지갑을 남자에게 던졌다.

그것을 받아 내용물을 확인한 단발머리 남자는 군침을 흘리는 것처럼 기쁜 표정을 지었다. 생각한 것 이상의 수입에 당장 춤이라도 출 기세였다. 그리고 그 덩치에는 어울리지 않게 신경질적인 움직임으로 지갑을 품안에 집어넣었다.

"대화가 통하는 놈들은 그만큼 수명이 길지."

완전히 기분이 좋아졌는지, 남자는 리로이의 가슴을 손가락으로 찌르며 씨익 웃었다.

리로이는 특별히 아무런 감흥도 못 느낀 표정으로 어깨를 으쓱였다.

그는 리로이의 등 뒤에서 사태의 흐름을 지켜보며 눈을 깜빡이는 소년을 향해,

"어이, 빌어먹을 꼬맹이. 이제 알았지? 이 동네는 나처럼 강한 놈이 맘먹은 대로 된다는 걸. 억울하면 강해지라고."

라며 즐거운 듯이 내뱉었다. 소년은 겁먹은 듯 고개를 움츠렸지만, 리로이는 이 남자의 발언을 듣고 희미한 미소를 지었다.

남자는 리로이의 그 표정을 못 본 채 들뜬 표정으로 리로이의 신발에 침을 뱉은 후 동료들한테로 돌아갔다.

리로이는 자연스러운 발걸음으로 그 뒤를 따랐다.

발걸음마저 가벼워진 단발머리 남자는 뒤에서 따라오는 리로이를 느끼지 못했다. 합류하려고 했던 동료들이 가리키고 나서야 뒤를 돌아봤다.

순간.

통상적인 걸음거리에서 질주로 바꾼 리로이의 검은 모습은 단발머리 남자에게 일절의 방어행동을 허락하지 않는 간격까지 파고들었다.

그리고 차올렸다.

남자의 아래턱에 작렬한 것은 무릎이었다.

스피드와 체중, 그리고 리로이의 각력이 실린 무릎은 남자의 아래턱을 유리조각처럼 깨버렸다. 그리고 그대로 위턱까지 가격해 순식간에 남자의 얼굴이 반 정도로 압축됐다. 무릎

차기의 위력은 남자의 몸을 붕 뜨게 만들었고 머리가 가능한 영역까지 뒤로 젖혀진 상태로 날아올랐다.

거의 일회전을 한 리더는 땅바닥에 고꾸라졌고 그때 처음으로 고통스러운 신음소리를 내질렀다.

그 주변으로 부서지고 깨진 그의 이빨이 흩어졌다.

이렇게 완벽하게 안면의 아랫부분이 파괴되면 앞으로 평생 음식도 씹어 먹지 못할 것이다.

리로이는 기절한 남자에게 걸어가 그 윗옷으로 신발을 문질렀다. 내뱉은 침을 닦아냈던 것이다.

깨끗하게 닦였는지를 확인한 후 남자의 배를 용서 없이 차버렸다.

기역자로 접혀버린 남자의 신체는 지면 위로 격렬하게 회전하면서 날아갔고 근처 집 벽에 격돌했다.

나무로 지은 외벽은 부서졌고 파편이 튀고 먼지가 피어올랐다.

단발머리 남자는 엄청난 양의 피를 땅바닥에 내뱉고 소리도 내지 못한 채 경련하기 시작했다.

아마도 앞으로 식사를 고민할 필요는 없어 보였다.

"자, 잠깐, 기다려."

아직 사태 파악을 못한 채 리더 격이 당하자 그 동료들은 완전히 전의를 상실했다. 무기를 손에 들지도 못한 채 자신들을 바라보는 리로이한테 겁먹은 듯 뒤로 물러나기 시작했다.

남은 남자들 가운데 대머리 남자가 자신들의 리더를 가리키며 말했다.

"돈이라면 돌려줄게. 그럼 됐지?"

"난 너희들한테 돈을 빌리지 않았어."

리로이는 대머리 남자에게 다가가 그 허리에 차고 있던 몽둥이를 손에 들었다. 대머리 남자는 뱀한테 붙잡히기 직전의 개구리처럼 꼼짝도 못했다.

"방금 전엔 네놈들한테 돈을 돌려줬을 뿐이다. 그것을 다시 내가 돌려받게 된 거야."

리로이는 몽둥이의 그립을 확인하고 가볍게 손바닥을 때려 강도를 확인했다. 그것으로 어떡할 것인지, 도저히 상상하고 싶지 않은 동작이었다.

대머리 남자는 곧 죽게 될 거라고 느꼈는지 엄청난 땀을 흘리면서 목소리를 쥐어짜냈다.

"그럼 왜 당신은 이런 짓을――."

"강한 놈이 맘대로 할 수 있다며, 이 동네는."

리로이는 말했다.

"그래서 하고 싶은 대로 하려고."

그리고 대머리 남자가 변명하려는 것보다 빨리 타격음과 부서지는 소리가 동시에 작렬했다.

리로이의 손에 쥐어진 몽둥이가 땀으로 가득한 머리를 내려쳤다.

관자놀이를 얻어맞은 남자는 옆으로 몸이 날아가 머리부터 땅바닥에 격돌했다. 그리고 두세 바퀴 구른 후 땅바닥에 누운 채 움직이지 못했다.

관자놀이는 크게 함몰됐고 코에서 피와 섞인 다른 액체가 흘러나왔다.

몽둥이는 충격으로 끝부분이 부서졌고 리로이가 쥐고 있는 부분만 남아 있었다.

건달들은 아연실색해 선 채로 움직이지도 못했다.

약한 자를 확인하고 폭력을 휘두르던 놈들은 막상 자신이 당하는 상황이 되면 대개 이렇다. 불합리하고 압도적인 폭력에 노출돼버리면 사고가 정지돼버린다.

제일 빨리 정신을 차린 것은 리로이로부터 가장 멀리 떨어진 위치에 있던 장발머리 남자였다. 몸을 돌려 이곳에서 도망치려고 했다.

하지만 그는 한 발을 움직인 후 이어지는 두 번째 발걸음을 내딛을 수가 없었다.

도주의 낌새를 곧바로 알아챈 리로이가 남자들 사이를 빠져나가 그의 긴 뒷머리를 움켜잡았던 것이다.

남자가 한 발을 내미는 사이에 리로이는 십 수 미터를 질주했던 것이다.

장발머리 남지는 애원하는 말을 했지만, 리로이는 듣지 않았다. 재빨리 남자의 허리 벨트에서 단검을 빼앗았다. 손질을 하지 않아 녹이 슬어 날이 들지 않는 칼이었다.

그 칼에 힘을 주어 장발머리 남자의 견갑골 사이로 비틀어 넣었다.

칼에 찔린 남자의 목에서 비명이 뿜어져 나왔다.

그것에 동요됐는지 우두커니 서 있던 다른 남자가 의미 불명의 말을 내뱉으면서 도망쳤다.

리로이는 서두르지 않고 방금 찌른 단검을 비틀어 뽑았다.

발밑으로 쓰러지는 장발 남자를 쳐다보지도 않은 채 몸을 돌려 단검을 던졌다.

한계까지 팽팽하게 당긴 활에서 쏘아진 화살처럼 단검은 공간을 꿰뚫고 도망치는 남자를 멈춰 세웠다. 후두부에 날밑까지 박혀버린 그것은 확실하게 골수까지 파괴했다.

그 남자는 단검이 격돌한 충격으로 전방으로 몸이 밀리다 땅바닥 위를 앞 구르듯 굴렀다. 안면을 강하게 부딪쳐 긁혔을 텐데, 그가 일어나 고통을 호소하는 일은 없었다.

도저히 도망치는 것은 불가능하다는 것을 깨달았는지, 남아 있던 두 사람 중 눈이 찢어진 남자가 외쳤다.

"당신을 화나게 만들어서 미안해. 사과할게. 좀 봐줘."

그는 그 자리에 무릎을 꿇고 상반신을 깊이 숙였다. 그것을 본 다른 한 명도 급하게 똑같은 행동을 취했다.

리로이는 불쾌한 듯 입가를 일그러뜨렸다.

몸을 둥글게 말고 작아진 두 명의 건달들한테서 엄청난 긴장감이 전해졌다. 도망칠 수도 없고, 그렇다고 싸워 이길 상대가 아니라는 것을 뼈저리게 깨달았을 것이다. 이대로 저항도 못한 채 죽게 되는 걸까, 아니면 이렇게까지 비참한 사죄를 통해 살게 될 것인가――.

리로이라는 인간을 잘 알고 있다면 이렇게 재수 없는 도박을 하지 않았을 텐데.

"너희들은 용서해준 적이 있어?"

그것은 질문의 형태를 취하고 있지만, 결코 질문이 아니었다.

하지만 눈이 찢어진 남자는 광명이라도 본 것 같은 표정을 지으며 고개를 들더니 입을 열려고 했다.

그 머리를 리로이가 양손으로 잡았다.

그리고 단번에 비틀어 올렸다.

말라버린 나무를 모아 부러뜨리는 듯한 소리는 목뼈가 부서지는 울림이다.

단말마의 비명은 없었다.

완전하게 등 뒤를 향하게 된 그의 얼굴에는 고통의 표정이 아닌 경악이 서려 있었다.

마지막 한 명이 비명처럼 우렁차게 외쳤다.

엄청난 공포와 절망으로 정신이 나간 것처럼 충혈된 눈으로 리로이한테 덤벼들었다. 그 손에 쥐어진 것은 무기라기보다는 생활용품에 가까운 작은 칼이었다.

지근거리의 급습으로 나쁘지 않은 동작이었다. 날이 잘 안 드는 칼이더라도 목줄기를 베어버리면 각도에 따라 대량 출혈에 의한 손상을 입힐 수 있을 것이다.

하지만 압도적으로 느렸다.

칼을 쥔 그의 손은 리로이한테 곧바로 붙잡혀버렸다.

"억울하면 강해져라——고 말해주고 싶지만." 리로이는 웃었다. "금방 죽을 테니 의미가 없구나."

죽음으로 인도하는 자가 마지막으로 보게 될 미소라고 하기엔 너무나도 모질지 않나?

소리가, 났다.

그것은 찢어진 눈 남자의 손가락이 부러지는 소리다. 눌려 꺾이고 찌부러뜨려지고, 부서지는 그의 손가락 끝에서 칼이 떨어졌다.

리로이는 그것이 땅에 떨어지기 전 허공에서 붙잡더니 비명을 지르는 남자의 왼쪽 눈을 찔렀다.

무딘 칼 끝이라도 부드러운 안구와 그 안에 있는 얇은 뼈를 충분히 뚫을 수 있었다. 남자는 반사적으로 리로이의 팔을 잡고 밀어내려고 했지만 위력의 차이는 역력했다.

불쌍하게 들리는 남자의 비명은 칼끝이 뇌에 도달하는 기성으로 변했다.

칼이 도려내듯이 움직이다가 갑자기 딱 멈췄다. 리로이의 팔을 붙잡고 있던 손가락 끝에서 힘이 빠져나가 실이 끊어진 꼭두각시 인형처럼 쓰러졌다.

건달이긴 하지만 다섯 남자를 살해한 리로이는 얼굴색 하나 변하지 않았다. 손가락 끝에 묻은 피와 액체를 남자의 옷으로 닦고 맨 처음 죽인 단발머리 남자한테 다가갔다.

그 품을 뒤져 꺼낸 것은 자신의 지갑이었다.

"결국 되찾아 왔군." 내가 그렇게 말하자 리로이는 웃었다. "죽은 놈은 쓰질 못할 테니까."

그것은 방금 사람을 죽인 인간이 지을 표정이 아니었다.

어쩌면 건달들을 인간 이하로 생각했던 게 아닐까.

해충을 박멸할 때 인간은 죄책감을 느끼지 않는다.

"──당신, 엄청 강하구나."

주저앉은 채로 바라보던 스웨인은 너무 놀라서 상처의 통증까지 잊었는지 멍하게 입을 벌린 채로 홀린 표정을 지었다. 하지만 곧바로 "그럼 왜 돈을 건넨 거야?"라고 묻는 것을 보면 대범한 면이 있다.

"빌린 것은 돌려주는 것이 맞으니까." 지갑을 재킷 안쪽 주머니에 넣으면서 리로이는 말했다.

흠, 리로이한테서 인간다운 의견을 듣는 것은 감개무량한 일이다.

하지만 소년은 주변에 쓰러져 있는 남자들을 둘러보고 납득하지 못하겠다는 표정을 지었다. "하지만 결국 다 죽여 버렸잖아." 그것 역시 올바른 의견이다.

파트너는 뭐라고 대답할까.

"기분이 나빴으니까."

매우 난폭하고 교육상 좋지 않은 말이 튀어나왔다.

"너도 좀 상쾌해졌지?"

더군다나 어린애한테 그 짐을 떠넘길 줄이야.

스웨인마저도 그 말에는 수긍하지 못했다. 곤란한 듯 쓴웃음만 지을 뿐이었다.

곧바로 얼굴을 찡그린 것은 긴장이 풀리면서 상처의 통증을 자각했기 때문이리라.

"우선 병원에 가야겠구나." 리로이가 그렇게 말하자 스웨인은 고개를 옆으로 저었다. "이 정도는 내버려두면 금방 나아."

거짓말이라는 것은 바로 알 수 있었다. 뇌진탕을 일으킬 정도로 맞았는데 괜찮을 리가 없다.

"안심해라." 리로이도 그것은 알고 있었다. 바지 주머니에서 구깃구깃하게 구겨진 지폐와 동전을 꺼냈다. "부상을 입힌 놈들한테서 받으면 될 일이니까." 아마도 건달들의 주머니에서 꺼낸 것 같았다. 그 빠른 일처리와 빈틈없음에 스웨인은 감탄한 듯 한숨을 쉬었다.

정서 교육의 나쁜 견본 같은 남자로군, 이놈은.

"자, 병원까지 업어주지."

리로이는 스웨인 앞에 등을 보이며 웅크리고 앉았다.

소년은 큰 등을 깜짝 놀란 표정으로 바라볼 뿐 움직이지 않았다.

"사양하지 마." 리로이가 재촉하자, 약간 거북한 표정을 지었지만 리로이의 등에 업혔다.

벌써 구경꾼들이 죽어버린 건달들한테 모여들고 있었다. 몇 분 지나면 완전히 다 벗겨먹을 것이다.

불쌍하다는 생각도 들었지만 자업자득, 인과응보다.

스웨인도 마음에 조금도 담지 않았다. 리로이한테 업혀 낯 간지러운 듯 있던 그가 주변을 둘러본 것은 건달들의 종말을 지켜보기 위해서가 아니었다.

"저기, 당신의 파트너는?"

"있다. 바로 여기에."

리로이는 거짓을 말한 것은 아니지만, 방금까지 함께 달리고 돌아다니던 상대가 검이 돼 벨트에 걸려 있다는 것을 누가 상상이나 할 수 있을까.

"없어." 예상한 대로 다시 한 번 주변을 둘러본 스웨인이 눈썹을 모으며 말했다.

"녀석은 존재가 희미하니까."

리로이의 대답은 정말 짜증을 불러일으킨다.

나 정도로 아름다운 미청년한테 존재가 희미하다니, 우매함의 극치다.

"그렇지 않아." 하지만 작은 원군은 든든했다. "그렇게 눈에 확 띄는 사람도 드물어." 스웨인은 파트너의 어리석음을 정확하게 지적했다. 역시 장래성이 있는 소년이었다.

"그렇게 이상한 차림은 태어나서 처음 봤으니까."

그렇지도 않은 것 같다.

리로이가 작게 웃음을 터뜨렸다.

난 화나지 않았다.

복장 센스는 시대와 함께 변하는 것이다. 지금 시대를 살아가는 그들이 이해하지 못하는 것은 어쩔 수 없는 일이고, 또 그 죄를 질책하는 것은 속 좁은 일일 것이다.

"그런데." 자신이 용서받았다는 것도 모른 채 스웨인은 말했다.

"──당신, 대체 누구야?"

그러고 보니 우리들은 자기소개조차 하지 않았다는 것을 늦게나마 깨달았다.

"그냥 용병이야." 리로이의 대답은 지극히 간결했다. 하지만 이 남자를 아는 자라면 그냥이라는 말은 절대 쓰지 않을 것이다.

스웨인도 그중 한 명이었다.

이름을 질문 받은 리로이가 답하자 "리로이 더 라이트닝 스피드ㅣ?!"라고 경악했던 것이다.

유명한 용병의 별명은 어린 애들이 동경심을 품고 입에 담는다. 목숨의 위험이 동반되는 직업 특성상, 부모가 아이한테

추천하거나 응원해주진 않지만, 그렇더라도 악한이나 「다크 원」한테서 모두를 지키는 영웅, 이라는 측면은 부정하기 어렵다.

물론 용병 길드가 착실한 홍보활동을 게을리 하지 않은 성과이기도 했다.

예를 들어 SS 중에서도 최강이라고 불리는 「아그날 더 그림 엣지」나 사상 최연소로 SS급이 된 「비스트」 이누가미 아즈사 등은 누구나 아는 용병일 것이다.

하지만 리로이의 경우는 길드에게 어떤 의미로 오점이기 때문에 아는 사람만 아는 존재다.

그래서 스웨인이 "아버지한테 들은 적이 있어."라고 말을 이은 것은 납득이 됐다. 신문기자였다면 그런 뒷사정에 정통했다 하더라도 이상할 게 없다.

"SS급이 충분히 될 수 있는데 그만둔 거지? 왜?"

어린이답게 거침없이 솔직한 의문을 입에 담았다.

아니면 신문기자였던 부친의 피를 이어서인가?

"아무것도 없어."

그 건에 관해 리로이의 입은 무거웠다.

하지만 드물게도 오늘은 말을 이어갔다.

"다만 그곳에 있을 의미가 없어졌기 때문에 그만둔 거야."

그렇긴 해도 애매한 표현이라는 사실에는 변함이 없다. 더 추궁해볼까도 생각했지만, 스웨인은 리로이의 말투에서 뭔가를 느꼈는지, "그래."라며 고개만 끄덕일 뿐이었다.

그리고 금방 화제를 바꿨다.

"하지만 그만뒀다는 것은 현재 자유계약이라는 거네."

"뭐야, 의뢰할 거라도 있는 거냐?"

자유계약 용병을 고용하는 금액은 당연히 천차만별이다. 위험도에 따라 크게 달라진다.

엄밀하게 말하자면 슬럼가에서 혼자 살아가는 소년은 용병 길드의 최저 랭크인 E급 용병을 한 명조차 고용할 수는 없을 것이다.

하물며 리로이는 원래 S급이다.

스웨인도 그런 점은 알고 있는 듯 리로이가 재촉을 해도 곧바로 말하지 못했다.

"말해봐." 등 뒤의 기척에 뭔가를 느낀 리로이가 가볍게 재촉했다. "말만 하는 것은 돈이 들지 않는다."

그 말은 나에겐 공짜로 일하겠다고 말하는 것으로만 들렸다.

꽤나 적당한 가격에 고용 가능한 원래 S급인 것이다.

"──구해줬으면 하는 사람이 있어."

리로이의 말에 등 떠밀린 스웨인은 사정을 말하기 시작했다.

그 소녀를 본 것은 일주일 정도 전으로 되돌아간다.

음식점이나 유흥업소가 많이 늘어선 슬럼가에서 그는 심야에 평소처럼 쓰레기를 뒤지고 있었다고 했다. 스웨인 왈, 먹을 수 있는 것뿐만 아니라 팔아서 푼돈을 벌 수 있는 고철 등도 생각보다 주울 수 있었고 그것을 생활비로 썼다고 했다.

그런 곳에 숨어 들어가면 위험한 상황에 처할 수도 있고, 범죄를 목격하는 일도 일상다반사일 정도로 위험하지만, 그와 같은 상황의 어린이가 살아남으려면 주변의 원조가 없는 한 어쩔 수 없는 일이기도 했다.

그날, 큰 봉투를 안고 이동하는 남자들을 봤지만 스웨인은 평소처럼 그늘에 숨을 뿐 관여할 생각조차 하지 않았다.

갑자기 봉투 안의 뭔가가 날뛰었고 남자들이 급하게 그것을 막으려고 힘을 쓰는 사이에 입구가 느슨해져서 주루륵 하고 소녀가 튀어나왔고, 숨어서 상황을 살피고 있던 스웨인과 눈이 마주쳤다──는 것이 그의 주장이었다.

스웨인은 평소였다면 휘말리지 않을 사건에 스스로 가깝게 다가갔다.

그는 재차 봉투 안으로 밀려들어가게 된 소녀의 뒤를 따랐고 그녀가 운반된 곳까지 특정해낼 수 있었다.

"스칼렛 레이디는 이 근방에서 행세깨나 하는 가게야."

이름을 통해 유추했을 때 매음굴 종류일까. 리로이는 대개 어느 동네에 가더라도 익숙한 가게가 있지만 바이텐에서는 그곳을 방문한 적이 없었던 것 같다고 생각했다.

"분명 회원제로 매우 비싼 가게겠군." 리로이의 그 말을 듣고 과연, 하고 나는 납득했다.

이 남자는 서비스가 좋은 비싼 가게보다 서민적인 쪽을 좋아하는 경향이 있기 때문이다.

금전적으로 못 갈 곳은 아니었지만, 그 이유를 물어봤을 때 "이쪽이 더 편해."라고 했다. 성장기 환경 때문이라고도 말했다.

"난 그 애랑 대화를 해봤어."

스웨인이 그렇게 말하자, "어떻게?"라고 리로이가 질문했다. 이 남자는 이런 이야기를 좋아하는 경향이 있다.

이런 이야기라는 것은 결코 연애담을 말하는 게 아니다.

"그 가게 뒤뜰에, 지하실에 햇빛이 들게 할 용도의 작은 창문이 있어." 아마도 그 여자애와 접촉하기 위해 그는 밤이면 밤마다 가게 주위를 살펴본 듯했다. 그 결과 발견한 것이 잡초로 덮여서 거의 의미가 없어져버린 작은 창문이었던 것이다.

살펴보니 그곳은 창고로 사용되고 있는지, 수많은 상자와 짐이 어지럽게 놓여 있었다. 작은 창문에는 철로 된 격자가 끼워져 있어서 진입은 불가능. 시험 삼아 작은 목소리로 말을 걸어보니 응답이 있었다——얘기의 전말은 대략 이해가 됐다.

세스타, 라고 소녀는 이름을 밝혔다.

그녀는 어느 조직한테 납치당했고, 그곳에 감금됐다며 스웨인한테 사정을 설명했다. 그리고 도와줄 사람을 데리고 와 달라는 부탁을 받았고, 그는 현실을 깨달았다.

자기 혼자서는 격자조차 버거웠다.

도와줄 법한 인간은 주변에 한 명도 없었다.

애초에 슬럼가의 인간이 인연이 없는 상대를 위험을 감수 하면서까지 구해줄 리가 없는 것은 본인 스스로도 뼈저리게 알고 있었을 것이다.

"그런데 아버지가 말했어. 곤란스러운 여자애가 있으면 구해주는 것이 남자다."

"멋진 부친이시구나."

리로이의 말투는 진지했다. 특히나 어린이는 그런 점에 민감하다.

"그래." 스웨인은 기쁜 듯이 웃었다. 그런 표정을 지으니 아무래도 나이에 상응하는 치기가 드러났다.

"좋아, 그럼 구하러 가볼까."

그건 너무도 긴박감이 부족한 결단이었다.

"어?" 기쁘게 받아들였어야 할 스웨인이 당혹스러워 하는 것도 무리가 아니다. 근처에 산책이라도 가는 것 같은 말투였던 것이다.

"잠깐 기다려." 하지만 다른 이유로 그는 구원의 손길에 곧바로 달려들지 못했다. "「스칼렛 레이디」는 「크림슨 디스페어」의 가게야. 당신 카틸하고 싸우는 중이잖아?"

그것은 소년에게 아무런 이득이 없는 정보였다. 그것을 숨기고 리로이한테 도움을 받는 것은 그의 양심이 허락하지 않은 것일까.

"구해준다면 좋겠지만, 그래도——."

스웨인은 입고 있는 상의 주머니를 뒤적거리기 시작했다.

마침내 꺼낸 것은 한 장의 찢어진 지폐와 세 개의 동전이었다.

"돈도 이것밖에 없어."

"그래서 놈들한테 빌렸던 거냐?"

리로이가 묻자 스웨인은 고개를 가로저었다. 그들에게 돈을 빌린 것은 훨씬 전의 이야기고, 조금씩 갚아 왔지만 가끔씩 이런 식으로 얽혀들었다고 했다.

스웨인은 모친이 병에 걸렸기 때문에 그 치료비가 필요했다고 한다.

얘기를 듣고 있던 리로이는, "그래."라며 끄덕일 뿐이었다. 특별한 위로의 말은 하지 않았다. "그 돈은 넣어둬." 대신에 이렇게 말했다.

스웨인은 이것을 의뢰가 거절당한 것이라고 착각했다.

"얼마가 필요한 건지 모르겠지만, 조금씩 벌어서 갚을게."

자신한테 불리한 정보를 솔직하게 말해서 거절당한 후 곧바로 포기할 수는 없는 듯했다. 리로이의 생각을 바꿔보겠다는 마음이 그 말에 담겨 있었다.

"재주는 좋으니까 일만 구하면 돈은 구할 수 있어. 당신만 괜찮으면 용병 일도 도와줄 수 있고. 어린애만 가능한 정보수집 방법도 있을 테니까."

"출세하면 갚는단 말이로군."

리로이는 왠지 옛일이라도 생각하는 듯 서글픈 표정으로 웃었다.

향수가 그 얼굴을 스쳐 지나갔다.

"안 될까?"

스웨인의 목소리에 낙담의 빛이 서렸다.

"역시 카틸한테 이 이상 찍히는 것은 힘들겠지?"

체념 섞인 소년의 중얼거림을 들은 리로이는 웃었다.

설마 웃을 거라고는 생각도 못했던 스웨인은 눈을 깜빡였다.

"그건 틀렸다, 스웨인."

리로이는 대담한 미소를 지었다.

그 얼굴에 과거를 생각하던 그림자는 이미 사라졌다.

"찍힌 것은 그쪽이니까."

이 동네에서 카틸이 얼마나 절대적인 존재인지를 아는 자가 들었다면 목숨 아까운 줄 모르는 태도라고 생각했을 것이다.

내 입장에서 보면 평소대로이고, 아무것도 달라진 게 없지만.

"그리고 또 한 가지 틀린 게 있다."

할 말을 잃은 스웨인에게 리로이는 말을 이어갔다.

"어린이는 말이야, 도와줘, 라는 말만 하면 돼. 돈 걱정 따위 하지 않아도 된다고."

애초에 누군가를 도와주겠다고 결정했을 때 그것에 어떤 장애가 기다린다고 해서 태도를 바꿀 남자가 아니다.

"그럼 정말로──!" 스웨인은 그 사실을 곱씹어먹는 듯이 천천히 말을 자아냈다.

"도와줄 거야?"

"그래. 맡겨주면 돼."

맡겨달라는 리로이의 말엔 힘이 굉장히 실려 있었다.

그것만으로도 소년의 얼굴에 안도의 빛이 커졌다.

하지만 의외였다.

스웨인이 리로이한테 의뢰를 한다면 목표는 아버지를 죽음으로 내몬 카틸의 살해, 그리고 「크림슨 디스페어」의 괴멸이 아닌가, 라고 생각했던 것이다.

그것을 설마 붙잡힌 소녀의 구출 때문에.

만약 그녀와 만나지 못했다면 그는 어떻게 했을까, 라고 생각할 수밖에 없었다.

만남은 항상 우연 속에 일어난다.

하지만 그런 우연이 겹쳐졌을 때 마치 필연처럼 인간의 운명을 농락할 때가 있다.

리로이는 그 운명을 바꿀 힘과 의지가 있지만, 이 소년한테는 이제야 싹이 트기 시작했다. 그것이 꺾이지 않기를 신이 아닌 나로서는 기원할 뿐이다.

물론 나한테는 기원할 신이 없긴 하지만…….

제2장

1

　바이덴의 영주로부터 리로이한테 도착한 의뢰서는 분명 진짜였다.

　ID를 컴퓨터로 관리하는 게 불가능한 시대, 왕후 귀족부터 작은 마을의 촌장까지 그 공적 신분을 보증하는 것은 문장이다. 각국각지의 문장은 여러 가지 크기로 편집돼 송부 시와 수령 시 각지의 우편 사무소에서 확인된다. 그 시스템을 신뢰한다면 리로이를 「크림슨 디스페어」가 꾸민 덫에 빠뜨린 것은 바이덴의 영주라는 얘기가 된다.

　아니면 영주가 리로이한테 의뢰하리라는 것을 파악한 「크림슨 디스페어,가 끼어든 것일까.

내 입장에선 후자이길 바란다.

"바이덴의 남부 변경지역이라는 중요성을 이제 와서 설명할 필요는 없겠지."

"무슨 소리야? 아닌 밤중에 홍두깨도 아니고."

리로이는 주변의 시선을 한껏 받고 있었다.

슬럼가 안에서도 특히나 가난한 사람들이 모여 있는 지역이다.

삶에 지쳐버린 체념이 무거운 안개처럼 깔린 가운데 패기와 생기로 가득한 모습은 너무나 눈에 띄었다. 주민들은 온통 새까만 남자가 무슨 목적으로 이곳에 있는지 의아하고 두려워하는 느낌으로 둘러싸고 있었다.

"이 대도시가 기능 불능에 빠지면 변경지역이 큰 타격을 입게 된다는 말이야."

"사람을 재해 취급하지 마."

리로이는 웃었지만, 나는 웃을 수 없었다.

이 남자가 도시 기능을 파괴한다, 라고까진 말할 수 없지만, 그것에 준하는 막대한 인적 피해를 일으키는 것은 충분히 가능하다. 속았다는 이유로 영주와 그 측근들을 몰살해버리면 바이덴은 간단히 가사상태가 되버릴 것이다.

그리고 내 파트너는 상대가 영주든 국왕이든 겁먹지 않고 주저함도 없을 것이다.

"범죄조직을 깨부수는 것과는 다른 일이야."

"똑같아."

리로이는 즉답했다.

"당하면 갚아준다. 단지 그뿐이야."

"진짜 그런 건지, 확인해봐야지."

내가 그렇게 못을 박았을 때 눈앞에 있는 폐가의 문이 삐걱댔다.

나타난 것은 큰 가방을 등에 멘 스웨인이었다.

"기다렸지?"

"──그 큰 짐은 뭐냐?"

리로이의 질문에 스웨인은 "전 재산."이라고 답했다.

아직 부기가 남아 있는 그 얼굴에는 소년다운 솔직함과 결의가 담겨 있었다. 뼈에 이상이 없었기 때문에 찢어진 피부를 붕대로 묶는 치료만으로 끝난 것은 불행 중 다행이었다.

"응?"

전 재산, 이라는 말을 들은 리로이는 곧바로 대화를 이어가지 못했다.

등에 질 정도의 재산밖에 없다는 것보다 왜 그것을 등에 지고 있는지 이해가 안 됐던 것이다.

병원에서 치료를 받은 후 스웨인은 리로이와 함께 자택으로 돌아갔다.

집이라고는 해도 비바람을 간신히 피할 수 있는 지붕과 벽이 있을 뿐이었다.

"이제 이곳에는 돌아오지 않을 거니까."

스웨인은 별일 아니라는 듯이 말하고 집 문을 닫았다.

그리고 "자, 가자."라며 걷기 시작했다.

"여행을 가는 게 아니라고."

리로이가 곤란하다는 듯 지적하자 스웨인은 돌아봤다. 그 박자에 등 뒤에 짊어진 짐의 무게 때문에 비틀거렸다.

"알고 있어."

스웨인은 모자를 고쳐 쓴 후 말했다.

"하지만 「크림슨 디스페어」와 맞선다고 말했으니까. 적어도 이곳에서는 살 수 없게 된 거지. 놈들이 영주와 이어져 있다는 것도 공공연한 비밀이고."

내가 염려하고 있던 사실을 스웨인은 선뜻 입에 담았다.

"그래서 그 애를 도우려면 나도 이 동네를 뜨기로 결심했거든."

이건 놀랄 일이다.

이 소년은 리로이보다 훨씬 확실하게 자신의 행동이 어떤 결과를 불러일으킬지 고려하고 있는 게 아닌가.

손톱의 때를 갈아 마시게 하고 싶을 정도다.

"너는 이곳에 있어도 된다."

리로이의 제안에 스웨인은 고개를 가로서었다.

"당신이나 그 파트너와 함께 있는 것을 벌써 여러 사람들이

봤고, 애초부터 난 찍혀 있었으니까. 이러는 편이 좋아."

비장감 없이, 어딘가 속 시원함마저 느껴지는 각오였다.

솔직히 아직 어린 소년이 혼자 집을 나온다는 것은 자살행위나 다름없다.

누구라도 그 무모함을 막든지 비웃을 것이다.

"그래?"

하지만 리로이는 웃지 않았다.

설령 어린 아이라 하더라도 자기 스스로 생각한 후에 내린 결단이라면, 이 남자는 바보취급하지 않았다.

"그럼 이 집하고도 이별이겠구나." 리로이는 집, 이라고 말하기도 어려운 그것을 바라봤다.

"이거, 네가 지은 거냐?"

"빈집이었어."

비슷한 폐가들이 수없이 많은 이 주변은 아마도 토지나 건물의 소유권이라는 개념이 없을 것이다. 누군가가 나가버리든지, 혹은 사망하면 금방 다른 누군가가 멋대로 들어와 살기 시작하는 느낌일까.

"갈 곳이 없어져서 길거리에서 자야 할 상황이 생기면 이곳이 비어 있으니까 들어오라고 브란데스 씨가 말했거든."

다행히 지붕과 벽만 조금 수리하고 침실로만 쓴다면 길바닥보단 훨씬 쾌적했을 것이다.

"이상한 아저씨들하고 귀찮아질 일도 없었고."라고 소년은 덧붙여 말했다.

"그 브란데스라는 사람한테 인사는 하지 않아도 되냐?"

리로이가 드물게도 배려 섞인 말을 했지만 스웨인은 고개를 저었다.

"지난 달에 살해당했어."

그것 역시 이곳에서라면 일상다반사일 것이다.

소년의 말투에 괴로움은 느껴지지 않았다.

건조한 슬픔만이 느껴졌다.

"그럼 갈까."

리로이는 소년의 작은 어깨를 살짝 두드린 후 걷기 시작했다.

도중에 동년배 아이들과 그 부모들, 또는 노인들이 스웨인한테 작별인사를 했다. 등에 짊어진 짐과 표정을 보고 그가 이곳을 떠나는 것이라고 알았던 것이리라.

한 노파는 주름 가득한 손에 쥐고 있던 동전 하나를 억지로 건네줬다.

말은 없었다.

하지만 모두가 이곳을 떠나려는 소년에게 기도하는 듯한 눈빛을 보내주는 것이 인상적이었다.

"갈 곳은 정해졌냐?"

손바닥 위의 동전을 바라보고 있던 스웨인은 리로이의 질문에 살짝 늦게 반응했다.

"당연하지. 버나드 왕국이나 아스가르드 황국이야."

변경에 사는 모든 이들이 그렇듯 스웨인 역시 대륙 중앙의 2대 대국에 대한 강렬한 동경을 품고 있었다.

프레이야 여왕이 통치하는 버나드 왕국은 대륙에서 가장 오래된 역사를 자랑하고, 국민 모두의 생활을 보호하고 교육의 권리가 주어졌기 때문에 대학이나 학술기관의 수준이 높은 것으로 정평이 나 있다.

오랜 역사를 자랑하는 건축물이나 사적이 많은 것으로도 유명하고, 이와 관련된 보전과 연구가 활발하다.

그것들은 관광 자원으로서도 굉장히 가치가 높아서 겨울에 펼쳐지는 아름다운 경관은 대륙 제일이라고 일컬어지고 있다.

한편 황제 발트로메우스가 지배하는 아스가르드 황국 역시 버나드 왕국에 필적하는 역사와 영토를 지닌 대국이다. 제일 먼저 증기기관의 실용화에 성공했고, 그것에 의해 비약적인 발전을 이루어냈다. 황국 전역에 증기기관을 이용해 전력을 공급했고 황도인 엑셀베른은 해가 지면 오히려 더 휘황찬란하게 반짝인다.

실로 불야성인 것이다.

하지만 증기기관의 연료가 되는 석탄을 채굴하기 위해 탄광에서는 항상 노동력을 구하고 있지만, 그것은 가혹한 노동 환경과 나아가서는 인신매매로까지 발전하고 있다고 들었다.

생활과 교육의 보장에 힘을 실어 빈곤층을 없애겠다는 왕국하고는 대조적이다.

왕국에서는 근래 들어 증기기관 개발이 급하게 진행되고 있다. 재능 있는 자를 적극적으로 등용해온 황국과 달리 교육 수준을 높인 왕국은 팀에 의한 연구로 수많은 성과를 거두고 있었다.

친척도 없는 어린 아이한테 어느 쪽이 좋은 국가인지를 묻는다면 나는 버나드 왕국을 권해주고 싶지만, 어쨌든――.

"아니야." 리로이는 딱 잘라 말했다. "돈이 없으면 당연히 걸어서 가는 거잖아?"

"무리일까?" 소년의 얼굴에 처음으로 불안감이 감돌았다.

"무리가 아니야." 그 불안을 지우려는 듯 리로이의 말은 강했다. "그런 마음이라면 어디라 하더라도 걸어갈 수 있다."

그 말을 들은 스웨인의 표정이 밝아졌지만 리로이는 다만, 이라고 덧붙였다.

"산적한테 짐을 뺏기고 야생의 육식동물한테 잡아먹히든지, 「다크 원」한테 살해당할 수도 있다――그런 위험을 회피할 수 있다면."

어리기 때문에, 같은 애매한 대답은 하지 않는 남자다.

겁을 줘서 의지를 꺾어버릴 의도가 없는 만큼 그 말에는 단순한 조소가 아니라 상대방의 마음을 꺾어버리는 힘이 있었다.

"어려울까?"

스웨인은 중얼거렸다.

영리한 만큼 스스로도 어렴풋이나마 분명하게 알고 있을 것이다.

가혹한 사실을 확인받았어도 그 얼굴에 낙담한 빛은 보이지 않았다.

"간단하진 않지."

리로이는 고개를 끄덕였다. 조심스럽게 말하면 거의 불가능한 일이지만, 내가 끼어들 문제는 아니었다.

"──그래도 해보지 않으면 모를 일이지." 자포자기하고는 다른, 어린 아이다운 무모함으로 스웨인은 말했다. "대상에라도 섞여 들어가는 방법도 있고──."

"그래."

리로이는 스웨인의 머리에 손바닥을 얹었다.

"하지만 스웨인. 네가 잊은 게 있다."

뭐를? 하고 고개를 갸웃하는 소년에게 리로이는 웃었다.

"방금 말했잖아. 어린이는 말이야 도와줘, 라는 말만 하면 된다고."

스웨인은 눈을 동그랗게 뜨고 할 말을 잃었다.

"──나도?"

"어딜 보더라도 너는 어린애다."

엉뚱한 대화였지만 스웨인은 붙잡혀 있는 소녀는 어린애로 인식하면서도 자신은 그 범주에 들어가 있지 않은 듯했다.

열악한 환경은 아이로서 누려야 할 응석과 비호를 그로부터 빼앗았던 것이다.

"그리고." 리로이는 말을 이었다. "크림슨 디스페어와 영주가 없어지면 서둘러 이 동네를 떠날 필요도 없으니까."

그 말이 의미하는 바가 스웨인의 뇌에 스며드는 데까지 약간의 시간이 걸렸다.

그가 둔해서가 아니라 설마 그런 일을 하려는 인간이 있을까라는 상식이 이해를 방해했던 것이다.

그것이 당연하다.

나도 좋아서 이해하는 것이 아니니까.

"진심으로 하는 말이야?"

스웨인이 그렇게 묻는 것도 지극히 자연스러운 일이다.

이 동네의 모든 인간이 똑같은 반응을 보이든지, 아니면 비웃어댈 것이다.

모든 것을 엉망진창으로 만들어버리는 것은 아닐지에 대해 진심으로 걱정하는 것은 아마도 나뿐일 것이다.

"난 언제나 모든 일에 진심이다."

리로이의 말투에 장난기는 전혀 없었다.

어떤 의미로 이 남자가 제일 어린애다.

스웨인은 지금까지의 인생에서 만난 적이 없는 인종을 목격한 충격을 받았다.

동시에 그 푸른 눈동자에 떠오른 것은 동경이었다.

소년이라면 누구라도 강한 남자를 동경할 수밖에 없다.

가능하면 리로이 안에 있는 희소한 장점만 따라주길 바랄 뿐이다.

2

스웨인은 리로이를 난도질 거리의 환락가로 안내했다.

리로이가 감금돼 있었던 것도 음식점이 늘어선 지역이었지만, 그쪽은 돈이 없는 인간들이 모여드는 장소였다.

시가지와 슬럼가의 경계선상에 펼쳐진 이곳은 훨씬 화려하고 훨씬 시끄럽고 음탕하고 오락적인 곳임에 틀림없다.

여기저기서 들려오는 것은 취한 남자의 목소리와 여자의 교성, 비밀스러운 속삭임, 그리고 욕설이었다.

대부분 나체에 가까운 차림의 여자들이 손님을 불러들였고, 또는 으슥한 골목길로 유혹했다. 타인의 시선 따윈 신경 쓰지 않는 것인지, 아니면 숙박비를 다 써버린 것인지, 어두운 곳에서 겹쳐 있는 남녀의 모습은 이미 이곳 풍경의 일부처럼 보였다.

가장 심한 것은 냄새였다.

음식물과 술, 향수, 체취 등이 섞여 끈적하게 피부에 흡수되는 듯한 착각을 불러일으킬 정도의 농밀한 악취가 피어오르고 있었다. 그것은 골목길을 하나 지날 때마다 때로는 썩은 냄새가 나고, 쓰레기 냄새가 나고, 또는 피 냄새가 나는 등 수많은 냄새를 섞어버리고 있었다.

이곳의 주민들은 분명 후각이 마비돼 있음이 틀림없다.

시각, 청각, 후각, 그 모든 것이 없더라도 스웨인 나이대의 소년을 데리고 가기에 어울리는 장소가 아니었지만, 그는 원래부터 이런 장소에 드나들었기 때문에 주변의 분위기에 동요하는 모습은 보이지 않았다. 복잡하게 구성된 미로 같은 길을 스웨인은 아무런 거리낌 없이 걸어갔다.

「스칼렛 레이디」는 그 환락가 중에서 가장 고급스러운 구역에 자리 잡고 있었다.

저속한 짓들이 내부에서 행해지고 있다고는 생각하기 어려울 정도로 장엄하고 관리가 잘된 아름다운 건물이었다.

높은 벽과 경비를 맡은 남자들 여러 명이 주위에 배치돼 있어서 손님 이외의 인간이 들어갈 수 없는 것 같았다.

스웨인은 가게 근처에 있는 골목길로 리로이를 안내했다.

지금까지 본 슬럼가와 비교하면 골목길이긴 해도 쓰레기의 양이 훨씬 적었다. 자고 있는 것인지 죽은 것인지 알 수 없는 인간도 보이지 않았다.

"여기를 통해 들어갈 수 있어."

소년이 찾아낸 것은 배수로와 접한 외벽의 부서진 부분이었다. 오래돼 균열이 생긴 외벽에 배수로의 물이 흘러들어가 부식돼 있었다. 배수구를 통해 몸을 집어넣으면 리로이도 지나갈 수 있을 것 같았다.

응급처치로 세워져 있는 나무판을 치우고 두 사람은 가게 부지 안으로 잠입했다. 스웨인은 몇 번이고 드나들며 소녀와 얘기를 나눈 듯 리로이를 안내하는 발걸음에 아무런 주저함이 없었다.

도착한 곳은 별다를 게 전혀 없는 가게 내부였다.

이미 해는 졌다.

밤이 되면 대부분의 인간은 그 벽을 신경 쓰지 않을 것이다. 길게 자란 풀을 헤치자 땅바닥과 마찬가지 높이에 쇠창살을 끼워둔 작은 창문이 있었다.

"세스타, 일어났어?"

스웨인이 몸을 낮추고 속삭이는 듯 이름을 부르자, 안에서 누군가가 몸을 뒤척이는 소리가 들렸다. 아마도 그 지하실에 불빛은 없는 듯했고 안에서 누가 어떻게 움직이는지는 전혀 보이지 않았다.

"──스웨인?"

목소리는 분명 소녀의 것이었다.

그 음색은 몽롱하면서도 맑고 아름다웠다.

"너무 자주 오면 위험해. 보초도 돌아다닌단 말이야."

"오늘은 도와줄 사람을 데리고 왔어."

스웨인의 약간 상기된 목소리에 어둠 속에서 "뭣!" 하고 작게 놀라는 소리가 흘러나왔다.

어쩌면 스웨인한테 도움을 요청한 것은 단순한 농담이었을 뿐이고, 그녀 자신은 그것에 과대한 기대를 품지 않았을지도 모른다.

슬럼가에서 생활하는 아이한테 붙잡힌 소녀를 구출해낼 힘이 없다는 것은 누구라도 알 수 있는 빤한 일이기 때문이다.

그리고 그런 아이한테 힘을 빌려줄 별난 사람이 없다는 것도 사실이고.

"도와줄 사람이라니, 무슨 말이야?"

소녀——세스타의 음색에 명백하게 수상쩍어 하는 그림자가 서려 있었다.

"누가 구해준다는 거야?"

"나다."

유난히도 별난 내 파트너는 스웨인 옆에 무릎을 꿇고 보이지 않는 소녀에게 말했다.

"너를 구해주기 위해 스웨인한테 고용됐다. 지금부터 그쪽으로 갈 테니 기다려라."

"당신, 누군데요?"

세스타의 목소리는 굳어 있었다. 구해준다고 말하는 상대에 대한 의심만 가득한 것처럼 보였다.

"이 사람은 리로이라고 해. 들은 적 있어? 「블랙 라이트닝」이야."

중재를 하는 듯이 스웨인이 말했다.

암흑 속에서 숨을 삼키는 기척이 있었다.

하지만 반응은 없었다.

십 몇 초, 침묵이 이어졌고 스웨인은 불안한 표정을 지었지만, 리로이는 태연하게 대답을 기다렸다.

어둠 속에서 다시 나타난 아름다운 목소리에는 늠름하면서도 희미한 동요가 느껴졌다.

"당신이 정말 그 리로이 슈발처? 진짜 「리로이 더 라이트닝 스피드」?"

"그래, 맞다."

일부러 다른 두 개의 별명을 말한 것을 보면 그녀 역시 용병 리로이 슈발처를 알고 있는 듯했다.

"본인이라는 증거는?"

"없는데."

리로이는 당당하게 말했다.

길드 소속의 용병이라면 입회 시에 발행되는 ID카드가 신분을 증명해주지만, 자유 계약 신분이 되면 그런 것은 존재하지 않는다.

"이 사람은 엄청나게 강하니까 진짜가 맞는 것 같아."

스웨인이 거들었지만, "강하기만 한 사람은 얼마든지 있잖아?" 세스타의 대답은 냉담했다.

"뭐, 어차피 당신이 가짜든 진짜든 상관없지만——."

아무래도 그녀는 우리들을 전혀 신용할 마음이 없는 듯했다.

"스웨인은 돈이 없어요. 대체 얼마를 받기로 하고 이 일을 받아들인 건가요?"

"이 녀석이 어른이 되면 술 한 잔 얻어먹지."

리로이는 농담처럼 말했지만 어둠 속의 소녀는 전혀 웃지 않았다.

"너, 속았어. 스웨인."

단정적으로 잘라 말했다.

"뭐……?" 그녀의 날카로운 기세에 주눅이 들어버린 스웨인은 할 말을 잃었다.

"이 녀석을 속여서 내가 얻을 게 뭐지?"

리로이는 쓴웃음을 지었지만, 세스타의 목소리는 매우 진지했다.

"어머, 잘생긴 아이는 성별을 불문하고 수요가 있으니까요."

정중한 말투에서 좋은 환경에서 자란 게 느껴지는 세스타였지만, 결코 세상 물정을 모르는 것 같지 않았다.

오히려 세상살이에 익숙한 스웨인 쪽이 얼굴이 붉으락푸르락했다.

"믿어달라고는 말하지 않겠다."

리로이의 목소리는 짜증난 기색 없이 차분했다.

"다만 그 방의 문을 열었을 때 나오기만 하면 된다."

"──자신감이 대단하시네요."

어둠 속에서 세스타가 코웃음을 쳤다.

"적어도 험한 꼴을 보지 않기를 기도하도록 하겠습니다."

"그건 마음 든든하군."

그녀의 빈정거림에 태연하게 답한 리로이는 자리에서 일어났다.

채광창은 창살이 없어도 너무나 작아서 소녀라고는 해도 인간이 지나다닐 넓이가 아니었다. 그렇다면 리로이가 말한 것처럼 직접 가게 내부를 통해 지하실 문을 여는 수밖에 없을 것이다.

"저기, 잠깐 기다려."

빠르게 걸어가기 시작한 리로이를 스웨인은 황급히 쫓아갔다. 그는 거대한 가게를 가리키며 말했다.

"숨어들어가려면 사용하지 않는 방으로 들어가는 게──."

"갇혀 있는 여자애를 구하는 일이 나쁜 짓이냐, 스웨인?"

리로이는 스웨인의 말을 끊고 물었다.

물론 소년은 고개를 좌우로 흔들었다.

리로이는 만족스럽게 고개를 끄덕였다.

"올바른 짓을 하는 거니까 숨어서 할 필요는 없다. 정면으로 들어가면 돼."

너무도 당당한 말투에 스웨인은 머릿속으로는 아니라고 느껐을지도 모르지만, 표면상으론 납득한 것처럼 긍정했다.

리로이와 스웨인은 「스칼렛 레이디」의 정면 현관으로 이동했다.

"여기서 기다려라." 리로이는 스웨인한테 말했다. "나중에 부를 테니까 멋대로 들어오면 안 돼."

기묘한 표정으로 알았다고 말하는 소년을 뒤로 하고 리로이는 가게 정면 현관으로 향했다.

"정면돌파를 하는 것은 뭐, 항상 그랬으니까."

투지로 가득한 상황에 찬물을 끼얹는 게 미안했지만, 난 파트너로서 못을 박아둬야만 했다.

"구해준 후 그 소녀를 어쩔 생각이야?"

스웨인의 증언을 통해 보면 납치당했을 가능성이 농후하지만 빈곤을 이유로 부모가 아이를 팔았을 경우도 있다. 후자라고 한다면 이곳에서 구출해내 부모한테 보내더라도 달가워하지 않을 수도 있다.

리로이는 내 지적을 조용히 들었지만, 「스칼렛 레이디」의 호화로운 건축물을 올려다보고 중얼거렸다.

"집으로 돌아가고 싶다면 데려다주면 돼. 누가 뭐라고 하든."

여전히 타인의 사정에 전혀 관심이 없다는 투다.

남한테 폐를 끼치는 존재라는 것은 분명하지만 한 가지 옹호를 한다면 리로이는 항상 확실하게 행동할 뿐이다.

누구의 입장에 설지에 대해서도.

그래서 난 충고를 하더라도 막지 않는 것이다.

어차피 내가 막는다 하더라도 이 남자의 걸음을 멈추는 것은 어려운 일이니까.

"다만 매춘부로 만들기 위해 납치한 것 같지는 않아."

매음굴에서 매춘부는 상품이다. 그것을 어떻게 취급하는지에 대한 엄격한 룰은 없지만 함부로 취급하는 것은 밑바닥 가게들이나 그렇고, 「스칼렛 레이디」처럼 고급스러운 가게는 돈을 벌어다주는 상품으로 소중히 취급한다고 리로이는 말했다.

"저렇게 불빛도 없는 지하실에 가두는 것은 보통 3류 이하의 방식이야."

"3류 이하?"

겉모습은 반짝거리더라도 그 속을 알 수 없는 것은 인간과 똑같지 않은가──내 의견에 리로이는 입 끝을 사악하게 일그러뜨렸다.

그리고 당당한 발걸음으로 전진했다.

문 좌우에 검은색 옷을 입은 남자 두 명이 서 있었다. 슈트 밑에 근육질 육체가 숨겨져 있는 것은 일목요연했다. 둘 다 리로이만큼 키가 컸고 근육도 두꺼웠다. 이 위험한 곳에서 보초를 설 정도라면 실력도 좋다고 생각하는 게 맞을 것이다.

리로이가 다가가자 오른쪽에 서 있던 볼에 상처가 있는 남자가 자연스러운 동작으로 문 앞을 막아섰다.

"소개장을."

정중하면서도 위압감이 담긴 음색이었다. 초대장을 보여주지 않으면 어떻게 될지 일부러 말하지 않아도 알 수 있었다.

당연히 리로이는 소개장 따위 갖고 있지 않았다.

그럼 어떻게 할까.

"없다."

파트너는 당당하게 말했다.

"애초에 갇혀 있는 여자애를 구하러 왔는데 그딴 것이 필요하진 않잖아?"

"이 자식 무슨 말을 하는 거야?"

볼에 상처가 있는 남자는 의아한 표정으로 리로이를 가리키면서 왼쪽에 서 있던 동료──검은 피부의 남자를 쳐다봤다.

그는 "동네 바보겠지."라고 조소를 지으며 들개라도 쫓는 듯이 손을 흔들었다. "소개장이 없으면 오른쪽으로 돌아가. 험한 꼴 보고 싶지 않으면." 스스로의 실력에 굉장한 자신이 있어서 그런지 도발적인 동작이었다.

볼에 상처가 있는 남자도 바보 취급을 하는 표정으로 "자자, 일하는 데 방해되니까 빨리 집으로 돌아가 스스로 해결해."라며 씨익 웃었다.

──나로선 이게 참 불가사의한 일이다.

리로이의 키는 180센티미터가 넘고 단련된 육체는 옷을 입어도 일목요연하다. 안광도 날카롭고 무장까지 해 다루기 쉬어보이지 않다.

스웨인을 괴롭히던 건달들도 그렇다. 일부러 자극하고 싶은 상대로 보이지 않을 텐데, 도대체 왜 그들은 항상 그런 식으로 도발하고 덤벼드는 걸까.

대체 왜 그럴까.

난 그 소녀──릴리의 말이 제일 정답에 가깝다고 생각했다.

위험하다고 알고 있으면서도 왠지 그것을 잊어버리고 만다.

잊어버리고 일반적인 남자처럼 대하고 만다.

난 이것을 일종의 의태라고 생각하고 있다.

그것도 매우 위험한 의태.

남자들의 매도를 조용히 듣고 있던 리로이를 보고 볼에 상처가 있는 남자는 그 의태를 유지한 채 자신들이 포식자라도 되는 양 어금니를 드러냈다.

"빨리 꺼지라고 했잖아."

그 두꺼운 팔로 리로이의 어깨를 있는 힘껏 밀었다.

그때 처음으로 그 남자의 얼굴에 이상하다는 색깔이 떠올랐다.

평소라면 이 동작만으로도 상대방이 넘어지든지 비틀거렸

을 텐데, 리로이가 꿈쩍도 안 했기 때문이다.

"뭐야?"

리로이가 맥이 빠졌다는 표정으로 말했다.

"험한 꼴이라는 게 이거냐?"

이 말을 들은 두 남자의 표정에서 웃음기가 사라졌다.

이쪽 부류의 인종은 상대가 깔보는 것을 극단적으로 싫어한다.

그것을 잘 알고 있는 리로이는 오히려 불을 붙였다.

"그렇다면 진짜로 험한 꼴이 뭔지 가르쳐줄까?"

예측대로 웃음기가 사라진 남자들의 얼굴에 전혀 다른 표정이 떠올랐다.

흉폭한 살의다.

"우쭐거리지 마라, 상복 새끼가." 볼에 상처가 있는 남자는 목소리에 힘을 주며 리로이의 멱살을 움켜잡았다. 격렬한 분노와 함께 그 눈에는 폭력에 대한 기대로 가득했다.

하지만 그대로 무너졌다.

그는 들었을까.

몸을 때리는 무거운 울림을.

"상복에는 시체가 필요하지." 발밑에 쭈그리고 앉아 토혈하는 남자한테 리로이는 냉혹한 미소를 지었다. 나라면 순서가 바뀌었잖아, 라고 말했겠지만, 볼에 상처가 있는 남자한테는 들리지 않을 것이다.

까만 피부의 남자는 그제야 눈앞의 남자가 어떤 존재인지 이해한 듯했다.

인상을 덮고 있던 사나움이 벗겨 떨어지기 시작했다.

하지만 맹수의 간격 안에서 그 위험성을 깨닫는 것에 무슨 의미가 있을까.

피부가 검은 남자는 옆구리에 리로이의 무릎을 맞고 소리도 내지 못하고 호화로운 문에 격돌했다. 문에 사용된 나무를 부수며 남자의 몸이 가게 안으로 굴러갔다. 무릎의 타격은 그의 내장을 파열시켰고, 문과의 충격은 그 뼈를 부쉈다. 신음 소리조차 내지 못한 채 가게의 정면 홀에 쓰러져 움직이지 못했다.

홀에는 종업원과 손님들이 많이 있었지만 갑작스러운 소동에 할 말을 잃었다. 각자 몸이 굳은 채 느긋하게 들어오는 검은 남자를 응시했다.

"방해 좀 할게." 리로이가 그들과 그녀들을 둘러보자 잘 차려입은 남자들은 황급히 가게 밖으로 뛰어나갔고 반짝거리는 의상을 입은 여자들은 허둥지둥 가게 안으로 사라졌다.

그것과 교대하듯 무장한 검은 옷의 남자들이 홀에 한가득 집결했다. 리로이의 등 뒤, 부서진 문 쪽에서도 가게 주위를 지키고 있던 남자들이 뛰어 들어왔다.

수십 명에게 둘러싸여도 리로이는 태연했다. 같은 숫자의 「다크 원」한테 둘러싸였어도 겁먹지 않는 리로이한테 이런 것은 위기적 상황이 아닌 것이다.

검은색에 둘러싸인 새까만 내 파트너는 그들을 둘러보고 입을 열었다.

"지하실에 갇혀 있는 여자애를 구하러 왔을 뿐이다."

일방적인 발언.

"구석에서 떨든 아파서 떨든 좋을 대로 해라."

불에 기름을 붓는 것은 바로 이럴 때를 말하는 것이리라. 「스칼렛 레이디」의 검은 옷들은 욕지거리를 내뱉었다.

그 손에 쥐어진 것은 전부 타격에 적합한 무기였다. 외곽을 지키는 놈들의 무기와 다른 이유──가게 안을 혈액으로 더럽히지 않기 위해서일 것이다.

하지만 그런 걱정은 하지 않아도 된다.

5분도 걸리지 않았다.

그들은 전부 피바다에 잠겼다. 신음소리가 발밑에 가득했다.

홀에서 2층과 지하로 이어지는 계단, 그리고 안으로 이어진 복도가 있었지만 향해야 할 곳은 명백했다.

정숙이 더 이상 방해할 자가 없다는 것을 알려줬다.

하지만 왠지 리로이는 몸을 돌렸다. 빨간 발자국을 남기며 문이 파괴된 입구로 돌아가기 시작했다.

"어머."

그 발걸음을 멈추게 한 것은 여자의 목소리였다.

돌아보는 리로이의 얼굴에는 살짝 경악한 빛이 있었다.

홀에 갑자기 나타난 그녀는 검은 옷들이 전멸해 있는 광경을 보고서도 안색이 전혀 변하지 않았다. 다른 여자들은 피부가 많이 노출된 드레스를 입고 보석 등으로 한껏 장식했는데 비해 그녀는 수수한 팬트슈트 차림이었지만, 빈틈없어 보이는 모습은 다른 의미로 아름다웠다.

기척도 소리도 없이 나타난 그녀를 난 알고 있다.

지붕을 무너뜨렸을 때 앞에 있었던 속옷 차림의 여자다.

그녀는 천천히 다가오면서 리로이를 흥미진진한 표정으로 관찰했다.

바이덴과 「크림슨 디스페어」, 그리고 「스칼렛 레이디」의 관계를 그녀가 알고 있다면 그런 곳에서 행패를 부린 남자가 누군지 흥미를 보여도 이상할 게 없다.

"당신, 이곳의 인간인가?"

리로이의 질문에 여자는 고개를 가로저었다. 그것을 예측하고 있었는지 리로이는 "그렇겠지."라고 입속으로 중얼거렸다. 그 독백을 어떻게 들었는지, 그녀는 멈춰 서서 이상하다는 듯이 "왜 그렇게 생각한 거야?"라며 고개를 갸웃했다.

"걷는 모습만 봐도 알아."

리로이는 말했다.

"신체를 특이하게 움직였으니까. 인간이라기보다 굳이 말하자면 짐승에 가까워."

그것은 첫 대면하는 여성한테 매우 무례한 발언이었지만, 그녀는 왠지 입술 끝을 살짝 치켜 올렸다.

"그런 당신은 누구야? 온몸이 새까만 것을 보면「블랙 라이트닝」의 흉내라도 내는 거야?"

"흉내 낼 필요도──." 본인이다, 라고 말하는 것처럼 리로이는 말을 끊었다. 이런 곳에서 자기소개를 하는 것도 바보 같다고 생각한 듯했다.

하지만 그녀의 귀는 그 잠깐의 머뭇거림의 의미까지 파악했다. "혹시 진짜?" 그녀는 유유히 뻗어 있는 남자들을 곁눈으로 보고 잠시 생각에 빠진 듯 턱에 손가락 끝을 댔다. 그것은 단순히 리로이가 진짜인지 아닌지를 파악한다기보다 진짜라면 어떡할까를 생각하는 듯했다.

리로이는 아무 말 없이 어깨를 으쓱였다. 그리고 관계자가 아니라면 볼일 없다는 듯 다시 몸을 돌렸다.

"──진짜라면 기쁜 일이네."

등 뒤에서 들린 여자의 목소리는 위험한 울림을 띠고 있었다.

리로이를 돌아보게 만들 정도로.

하지만 그 눈앞에 내밀어진 것은 손바닥으로 쥘 수 있을 정도의 카드──명함이었다. 발차기나 주먹이 날아올 거라고 생각했던 리로이는 허를 찔린 표정으로 그것을 받았다.

"──바르하라?"

명함을 바라본 리로이는 눈썹을 모았다.

바르하라라면 대륙의 총 제조공정을 독점하고 있는 드벨그사와 더불어 가장 유명한 기업 중 하나다.

대륙 각지에 지사를 두고 증기기관과 관련된 제품이나 기술 등을 중심으로 인재 파견이나 부동산, 건설업 등을 하고 있다. 중앙의 버나드 왕국과 아스가르드 황국, 그리고 북쪽 알브하임 공화국까지 걸쳐 있는 철도망을 만들고 지금도 계속 확대하고 있는 것으로 유명하다.

"당신, 회사원인가?" 마치 그것이 어울리지 않다고 말하는 것 같은 리로이의 말투에 이번엔 그녀가 어깨를 으쓱였다.

명함에는 회사명과 그녀의 이름만 기입돼 있어서 직함 등은 알 수 없었다.

"그보다 당신은 정말로 진짜?" 그녀——카렌 디아만트는 탐색하는 듯한 눈빛으로 리로이를 위에서 아래로 자세히 관찰했다. 그녀한테도 리로이 정도의 통찰력이 있다면 스스로 이해했을 것이다.

"진짜라면 쭉 시험해보고 싶은 게 있었어. 개인적으로." 카렌의 두 눈동자가 날카롭게 반짝였다. 혀끝이 예리하게 튀어나온 어금니를 핥았다. 일부러 개인적이라고 덧붙이는 것은 묘했지만, 그녀의 온몸에서 뿜어져 나오는 공기가 그 작은 의문을 삼켜버렸다.

"그건 즐거운 일인가?" 코웃음을 친 리로이는 말꼬리만 물고 늘어지는 것처럼 보였지만, 사실 온몸의 긴장감을 유지하고 있었다. 순식간에 최고 속도로 움직이기 위해 근육을 쥐어짰고 그 기회를 놓치지 않기 위해 뇌가 초고속 처리로 가동하기 시작했다.

평소엔 거의 기능을 정지한 것 같은 이 남자의 머리도 이럴 때만은 고성능 컴퓨터를 뛰어넘는 연산능력을 발휘했다.

카렌은 살짝 자세를 낮추면서 말했다. "분명 즐거운 거야." 그 선언 그대로 입술 끝을 치켜 올렸다.

"나와 당신, 어느 쪽이 빠를까──궁금하지 않아?"

그리고 그녀의 모습이 시야에서 사라졌다.

3

첫 발에 탑스피드까지 올린 그녀의 움직임은 아마도 보통 인간의 눈으론 포착할 수 없을 것이다.

내 센서조차 그녀의 존재를 놓쳐버렸다.

리로이는 반응했다.

전진해서 왼쪽 비스듬한 방향을 요격하듯 발차기를 내질렀다.

그것이 공기를 찢었다고 생각한 순간, 격렬하게 회전하던 카렌이 리로이의 머리 위에 출현했다.

쾅, 하고 바람이 휘몰아쳤다.

회전력을 더한 발차기가 내려쳐졌다.

실로 완벽한 타이밍에.

그렇기 때문에 더욱 필살의 일격에 대한 손맛이 없다고 느낀 순간, 카렌의 얼굴에 깜짝 놀란 표정이 떠올랐고, 찰나의 틈이 생겼다.

리로이는 이미 그녀의 사각으로 미끄러져 들어갔다. 그리고 착지하는 카렌의 발밑에 예리한 후리기가 들어갔다. 발목을 통타당한 카렌의 신체는 둥글게 원을 그리며 어깨부터 바닥에 격돌했다. 어깨뼈가 부서지든지 탈골하더라도 이상할 게 없는 기세였지만, 그녀는 순식간에 뛰어올랐다.

리로이는 이미 주먹을 내지르고 있었다.

「다크 원」을 몰살했던 주먹이다.

인간의 몸 정도는 쉽게 파괴해버릴 흉기라는 것은 홀에 뻗어 있는 남자들의 참상이 증명하고 있다.

그것을 아는지 모르는지 카렌은 리로이의 주먹을 막지도 않고 멋진 발놀림으로 피해버렸다. 그녀의 귀가 보통이 아니라는 것은 알고 있었지만, 아마도 동체시력과 반사신경도 예사롭지 않은 듯했다.

리로이의 오른주먹을 더킹모션으로 피한 직후 왼쪽 추격을 백스텝으로 회피, 그리고 뛰어들어 발차기를 내질렀다. 리로이는 휘두른 왼주먹을 되돌리며 옆구리를 노린 일격을 곧바로 막아냈다.

움직임이 멈춘 순간은 반격의 좋은 기회지만, 그녀의 발차기는 예상 외로 무거웠다. 왼손의 근육이 휘고 뼈가 삐걱댔다.

카렌은 곧바로 내지른 발을 되돌리고 빠른 스텝으로 반원을 그린 후 타격을 줬다고 판단한 리로이의 왼손 쪽으로 발끝을 내질렀다.

의표를 찔린 것은 이번엔 그녀 쪽이었다.

리로이가 주저하지 않고 왼손으로 그녀의 발차기를 처리한 것이다. 수평으로 날아든 발차기에 대해 왼손을 돌려 올리듯이 그녀의 장딴지를 붙잡았다. 내지른 발이 들려 올려진 카렌은 균형을 잃고 몸이 젖혀진 상태로 하늘에 떠올랐다.

그곳에 리로이가 어깨부터 파고들었다.

등에 몸통박치기를 먹은 카렌은 나선으로 떨어지면서 날아갔다——.

공중에서 재주 좋게 자세를 다시 잡더니 양손양발을 사용해 사뿐히 홀의 벽에 착지했다. 먹이를 확인하는 것처럼 리로이를 향한 두 눈동자가 반짝였다.

그리고 시간을 주지 않고 벽을 박차며 도약했다.

충격으로 벽에 균열이 생겼고, 홀에 무거운 울림이 울렸다. 대체 어느 정도의 각력일까. 그녀의 신체는 실로 탄환처럼 리로이한테 날아왔다. 받을까, 피할까를 판단할 시간은 거의 없는 것과 비슷한 타이밍이었지만, 리로이는 땅을 기는 듯 옆쪽으로 몸을 날렸다. 카렌이 곧바로 옆을 통과한 풍압을 느끼면서 회전한 후 일어난 리로이가 본 것은 거의 눈앞까지 육박한 그녀의 적갈색 눈동자였다.

벽에서 리로이한테 도약한 카렌은 리로이가 피하자 착지와 동시에 다시 바닥을 차올려 간격을 좁혔던 것이다.

역시나 감탄할 만한 스피드라고 할 수 있다.

리로이의 품속 깊이 들어온 카렌은 날카로운 움직임으로 주먹을 내질렀다. 머리를 숙여 그걸 피하면서 리로이는 그녀의 복부에 일격을 때려 넣었다. 절묘한 타이밍으로 내지른 그 주먹은 허공을 찢었고 동시에 리로이는 그 팔을 되돌린 후에 팔꿈치를 내질렀다.

방금 전까지 눈앞에 있었던 카렌이 리로이의 등 뒤에서 그 팔꿈치를 주먹으로 막아냈다.

그녀는 막아낸 리로이의 팔꿈치를 수도를 뒤집어 뿌리치면서 리로이의 무릎 뒤를 발로 찼다. 그렇게 강한 리로이도 무릎이 꺾였지만 곧바로 그 자세에서 카렌의 복부를 돌려찼다.

그녀는 그것을 피하기 위해 몸을 크게 숙였지만 무리해서 자세를 바로잡지 않고 그대로 바닥에 쓰러졌다.

기세를 죽이지 않고 뒤로 굴러 충분히 거리를 취한 뒤에 펄쩍 뛰어 일어났다.

"——과연 빠르네." 카렌은 희미하게 웃었다. 확신의 웃음이었다. 자신의 눈앞에 있는 남자가 가짜가 아니라고 기뻐하고 있었다.

나의 경우는 그저 놀랄 뿐이었다. 그녀의 신체능력이 빼어나다는 것은 처음 만났을 때부터 알고 있었지만, 이건 상상 이상이다. 리로이에 필적하는 스피드의 인간을 보게 될 줄 몰랐는데, 스피드뿐만 아니라 기량도 발군이다. 높은 랭크의 용병에 이기면 이겼지 뒤처지지 않는 전투기술이라고 해도 결코 과언은 아니었다.

"그렇다면 리로이 슈발처." 카렌은 기뻐하는 얼굴에 의아함을 띠고 있었다.

"당신은 이런 곳에서 뭘 하는 거야?" 만약 놀러 온 거라면 건달들을 피의 축제로 만들 이유가 없다.

"납치당한 애를 구하러 왔다." 리로이의 말투는 놀러 왔다고 대답하는 것과 다르지 않았다.

카렌의 표정이 순간 험악해졌다가 금방 곤혹감으로 바뀌었다. 농담인지 진담인지 곧바로 판단하기가 어려웠던 것이리라.

"──혹시 너도 납치에 일조한 건 아니겠지."

잠깐 망설이는 틈을 노려──그만큼 리로이는 심리전에 뛰어나진 않지만 상황을 판단해 아무렇지 않게 내뱉은 그 말이 그녀를 약간 힘들게 만들었다.

리로이는 그 틈을 놓치지 않았다. 홀 중앙에 있는 접수처를 향해 질주했다. 그곳은 벨벳으로 장식돼 있었다. 리로이는 뛰어가자마자 벽을 장식하고 있는 벨벳을 잡아 뜯었다.

그 순간 카렌은 이쪽의 의도를 깨달았을지도 모르지만 타이밍은 완전하게 리로이가 장악하고 있었다.

그래도 도망치지 않고 공격을 시전한 것은 어떤 작전이 있다기보다는 그녀의 성격 탓이리라.

리로이는 덤벼드는 카렌한테 벨벳을 크게 펼쳐 공중으로 내던졌다. 그 순간 서로 상대방의 모습이 시야에서 사라졌다. 상대방의 위치를 포착하려면 발소리와 공기의 흐름, 그리고 경험에 의한 예측이다.

카렌은 아마도 막무가내로 돌아가 리로이의 측면부터 배후에 걸친 위치를 잡으려고 했을 것이다.

보통은 그렇다.

하지만 내 파트너는 가속해서 정면으로 몸을 날렸다. 궤도를 바꾸려고 했던 카렌은 아주 조금이었지만 속도가 떨어졌다. 선택한 행동 때문에 생긴 스피드의 증감——리로이가 벨벳 너머로 카렌의 팔을 잡았을 때 그녀의 위치는 리로이의 정면이었다.

카렌의 놀라움이 희미하게 내뱉는 입김을 통해 전해졌다.

하지만 움직임의 정체는 없었다. 곧바로 포박된 팔을 축으로 몸을 회전시켰고, 리로이의 손가락을 낚아채려고 했다. 하지만 리로이도 붙잡은 카렌의 팔, 그 근육의 움직임을 통해 그녀의 행동을 읽었다.

그녀가 회전하는 것과 거의 동시에 자신의 손가락을 풀었다. 그리고 대신에 벨벳을 붙잡고 비틀어 올렸다.

천은 순식간에 강력한 밧줄이 됐고 공중에 뜬 상태의 카렌한테 덤벼들었다. 디딜 곳이 없어진 공중에서는 아무리 신체 능력이 높아도 피할 수가 없다.

벨벳 밧줄은 그녀를 때리는 것이 아니라 그 신체를 묶어버렸다.

손발을 구속당한 카렌은 낙법도 취하지 못한 채로 바닥에 낙하했다.

으르렁거리는 목소리는 낙하의 충격에 아파서 그렇다기보다 무력화된 것에 대한 분노 때문일까.

리로이는 그녀에게 섣불리 다가가지 않고 거리를 유지한 채 땅바닥 위의 카렌을 내려 봤다.

"그래서 어떻게 된 거냐?"

"뭐가?"

불복하는 표정으로 카렌은 리로이를 노려보듯이 올려봤다.

"납치에 관여했냐?" 따져서 묻는 정도의 말투는 아니었다. 하지만 질문을 받은 쪽은 그렇지 않았다.

"웃기지 마. 죽여 버릴 거야."

거친 말투는 아니었지만 고양이 같은 눈동자가 호랑이처럼 험악해졌다. 그녀에게 그 의혹은 굴욕처럼 느껴졌던 것이리라.

"그래? 미안하군."

리로이는 그 말이 거짓이 아니라고 판단한 듯 솔직하게 사과했다.

하지만 사죄는 의심한 것에만 국한됐다.

벨벳 밧줄로 묶여버린 카렌을 풀어주지 않고 몸을 돌렸다. "잠깐 기다려!" 카렌의 항의가 등 뒤로 날아왔다.

리로이가 다시 발을 멈춘 것은 그녀한테 반응해서가 아니었다.

귀찮다는 듯 한숨을 쉬고 돌아봤다.

"꽤나 난폭한 손님이네."

홀에서 2층으로 이어지는 계단 위에 여자가 서 있었다. 화려한 드레스는 가슴골이 강조돼 있었고, 드레스자락의 터진 곳을 통해 아름다운 다리를 보란 듯이 드러내고 있었다. 30대 후반으로 보이는 그 미녀는 피바다 위에 뻗어 있는 검은 옷들을 갈색 눈동자로 내려 보면서 난간 위에 얹은 손가락 끝을 두 번, 세 번 야릇하게 꿈실거렸다.

"우리 가게에서 뭔가 실수라도?" 물어보는 눈빛은 요염하지만 날카로웠다. 이 정도의 피해를 입었음에도 평정심을 유지하는 것은 대단하다고 할 일이다.

"당신이 이곳의 주인인가?" 리로이가 확인하자, 그녀는 미소를 지었다. 아름다움에 관록이 있다는 것은 이런 모습을 두고 하는 말이다.

"젤베스예요.「스칼렛 레이디」를 책임지고 있어요." 이름을 말하는 것만으로도 유혹하는 음색이었다.

"그럼 알겠군. 세스타를 풀어줘." 리로이는 그녀의 미모에 동요하지 않고 단도직입으로 말했다.

"무슨 말이죠?「블랙 라이트닝」."

젤베스는 그 질문을 정면으로 되받아쳤다. 이쪽이 누군지 이미 알고 있는 듯했다.

알고서도 이런 여유를 보이는 걸 보면 겉모습과 달리 대담하다.

그녀는 어깨까지 내린 풍성한 흑발을 우아한 동작으로 만지며 계단을 천천히 내려왔다.

"그런 것보다 우리 가게의 서비스는 어땠나요?"

카렌의 움직임이 야성미 넘치는 아름다움이라면 젤베스의 그것은 남자의 정욕을 유혹하는 계산된 동작이었다.

"분명 만족했을 거라고 봐요."

"──알았다." 리로이는 고개를 끄덕인 후 차가운 눈빛으로 가게 주인을 노려봤다. "알아서 데리고 가주지."

그리고 경고하는 것처럼 젤베스한테 손가락 끝을 가리켰다.

"검은 옷들한테도 말했지만──그대로 2층으로 돌아갈지, 여기서 비명을 내지를 것인지 마음에 드는 쪽을 골라."

젤베스는 요염하게 눈을 가늘게 떴다.

"비명을 지르는 게 누구일까요?"

리로이의 발밑에서 날카롭게 튀기는 소리가 들렸다. 충격 파가 온몸을 때렸고, 공기 타는 냄새가 비강을 자극했다.

그녀의 손에는 가죽제 채찍이 쥐어져 있었다. 달인이 휘두 르는 채찍은 때때로 채찍 끝의 속도가 음속을 넘어선다고 하 지만, 그녀의 그것은 틀림없이 음속을 넘어섰다. "내 채찍은 당신보다 확실히 빨라요." 젤베스의 목소리에도 자신감이 묻 어나 있었다. "시험해볼래요?"

이 고혹적인 도발에 리로이는 얼굴을 찡그렸다.

"결과를 아는데 누가 일부러 시험까지 해."

젤베스의 등 뒤에서 리로이는 짜증난다는 듯 말했다.

그녀는 돌아볼 수조차 없었다.

리로이의 이동 때문에 생긴 열풍이 그녀의 아름다운 머리 카락을 격렬하게 어지럽혔다.

뼈 부서지는 소리를 비명이 지워버렸다.

젤베스가 채찍을 쥐고 있던 손을 등 뒤에서 일격으로 파괴 한 리로이는 채찍을 재빠르게 빼앗았다. 그것을 그녀의 목에 두르고 무릎으로 등을 고정한 후 끌어당겼다. 목이 졸려 새우 처럼 몸이 휜 젤베스는 그 아름다운 얼굴을 고통으로 일그러 뜨렸다.

"넌 내가 제일 싫어하는 놈들의 냄새가 나."

그녀의 몸에서 풍기는 고급 향수 속에 리로이는 대체 어떤 냄새를 느꼈을까. 용서 없이 젤베스의 기도를 압박하면서 그녀의 귓가에 속삭였다.

"찬스를 주겠다. 세스타를 무슨 이유로 어디에서 납치한 것인지 말하면 팔만으로 봐주지." 그리고 말을 할 수 있게끔 그녀의 가녀린 목을 묶었던 채찍을 느슨하게 풀었다. 젤베스는 격렬하게 기침을 하면서 몸을 비틀었다.

그 왼손이 반짝였다.

허벅지의 가터벨트에 숨기고 있던 폭 좁은 단검이었다.

칼을 빼는 동작은 막힘없었고 칼로 베는 궤적도 아름다웠다.

리로이는 투박한 동작으로 수도를 내질렀다.

그 수도에 단검을 쥔 젤베스의 손목이 부러졌고, 폭 좁은 단검은 바닥에 튕긴 후 굴러갔다.

동시에 채찍을 잡고 있는 리로이의 팔에 힘이 들어갔다. 그녀의 목에서 짓눌린 신음소리가 울렸다.

"체념을 모르는 것은 싫어하지 않아."

리로이는 냉혹한 미소를 지었다.

"하지만 아쉽게도 난 너희들을 매우 싫어해. 언동을 조심해서 하라고."

기도와 경동맥이 완전히 막혀 젤베스는 격렬하게 경련했다. 과연 리로이의 말이 정확하게 뇌로 전달됐는지 의심스러웠지만, 다시 채찍을 풀었을 때 적어도 그녀는 호흡하는 것만으로도 힘들어 저항할 기색을 보이지 않았다.

겨우 말할 수 있게 되자 젤베스는 숨을 헐떡이며 말했다.

"살아서 이 거리를 나갈 순 없을 거야."

그리고 그것이 마지막 말이 됐다.

채찍이 목뼈를 파괴할 기세로 그녀의 목에 파고들었다. 순식간에 목이 찌부러지고 단말마의 비명조차 내지 못했다.

"조심하라고 말했다."

리로이는 목숨이 끊어진 그녀를 아무렇게나 던져버렸다.

그러자 낙담과 비탄이 섞인 신음소리가 리로이의 발밑에서 들려왔다.

"무슨 짓을 한 거야?"

카렌이었다.

그녀의 눈동자가 격노로 흔들렸다.

"내가 이곳의 출입 허가를 받는 데 얼마나 걸렸는지 알아?!" 분노로 그녀의 머리카락이 거꾸로 서는 것처럼 보였다. 적의나 살의엔 익숙하지만 화를 내거나 혼난다는 체험이 적은 리로이는 곤란한 듯이 머리를 긁어댔다.

"그딴 건 미리 말하라고."

"말했으면 안 죽였을 거야?!"

험악한 카렌에게 리로이는 어깨를 으쓱이며 말했다.

"아니."

"──그렇겠지."

그녀는 피곤한 듯 들어 올렸던 고개를 떨구고 깊은 한숨을 쉬었다. 그리고 중얼중얼 입속으로 욕지거리를 내뱉었지만, 리로이가 다시 몸을 돌리는 것보다 빨리 "뭐, 됐어."라고 포기한 듯 중얼거렸다.

"우선 이것 좀 풀어줘."

더 이상 덤비지 않을 테니까, 라고 카렌은 덧붙였다.

이대로 이곳에 방치되면 사회에 폐를 끼칠 가능성이 있기 때문에 그것만은 피하고 싶다고 그녀는 주장했다.

리로이는 수상쩍은 눈빛으로 카렌을 내려 봤다.

갑자기 덤벼든 여자한테 신용하라는 말을 듣고 네, 알겠습니다, 라며 바로 고개가 끄덕여지진 않았다. 그녀도 그것은 이해했는지 진지한 표정 속에 괴로움이 섞여 있었다.

나 개인적으로는 그녀가 나쁜 인간으로 여겨지지 않았지만 과연 리로이는 어떻게 판단했을까.

"목적이 뭐냐?"

질문은 매우 심플했다.

카렌의 얼굴에 망설임의 그림자가 드리워졌다.

무엇을 생각하는 것인지 알 수 없었지만 그 다음 떠오른 표정에는 구속에서 해방되기 위한 계산이 섞여 있지 않았다.

"이곳을 통해「크림슨 디스페어」에 접촉하려고 했어."

이 말에 나는 역시, 라고 납득했다. 리로이도 이해가 됐는지, "그래서 나한테 덤빈 거냐?"라고 중얼거렸다.

침입자를 격퇴해 점수를 얻으려는 생각이었을 것이다. 그녀는 순순히 고개를 끄덕이면서 "그 이유만 있는 건 아니지만."이라고 입속으로만 중얼거렸다.

그 말을 놓치지 않고 들은 리로이는 얼굴이 일그러졌다.

"혹시 진심으로 어느 쪽이 빠른지 시험해보고 싶었던 거냐? 저 여자처럼?"

리로이는 이미 숨이 끊긴 젤베스를 가리켰다. 말투에는 바보 아니냐는 울림이 있었다.

카렌의 눈에 날카로움이 돌아왔다. "──그럼 안 돼?"

"안 될 것은 없지만."

리로이는 질렸다는 듯 말했다.

"달리기 일등상이라도 받고 싶었던 거냐? 애도 아니고."

카렌은 분노로 얼굴이 조금 빨개졌지만, 아무 말 없이 고개를 돌렸다.

리로이의 말은 틀리지 않았다.

하지만 왜일까.

이 남자가 어른스럽게 정론을 입에 담은 것이 엄청나게 화난 듯했다.

"뭐, 확실히 적의나 살의는 없었어."

리로이는 납득한 듯이 검을 칼집에서 뽑았다.

"있었다면 어떻게 되는데?"

호기심이 든 카렌이 그렇게 물어보자 리로이는 뽑아든 검

끝으로 젤베스를 가리켰다.

보통 사람이라면 얼굴이 굳어졌겠지만, 그녀는 미소를 지었다.

자유의 몸이 된 카렌은 젤베스처럼 쓸모없는 반격을 하지 않고 부드러운 움직임으로 일어났다.

리로이는 방심하지 않고 그것을 확인하면서 검을 칼집에 넣었다.

"크림슨 디스페어와 접촉하려는 이유는 뭐냐?"

"기업 비밀."

카렌은 즉답한 후 어깨를 으쓱였다.

"이라고 말하고 싶지만, 솔직히 잘 몰라. 내 일은 연줄을 만드는 것까지였으니까." 그리고 그 얘기는 거기서 끝났다는 듯이 화제를 바꿨다. "그래서 그 세스타라는 애가 있는 곳이 어딘지 아는 거야?"

"지하다." 리로이는 그렇게 말하고 지하로 이어지는 계단에서 등을 돌렸다. 카렌은 당황하면서,

"지하——라고 했잖아?"라며 의아한 표정을 지었다.

"갇혀 있는 공주님을 구하는 것은 왕자님의 역할이니까."

돌아보지도 않고 말하는 리로이한테 "뭐?"라고 얼빠진 목소리가 들렸다.

"성가신 일이 돼버렸어."

홀에서 밖으로 나가는 리로이한테 내가 말했다.

"바르하라는 표면상으로는 일반적인 민간기업이지만, 뒤에서는 여러 가지로 비합법적인 일에도 손을 뻗고 있다고 들었어. 게다가 바이덴과 「크림슨 디스페어」까지 상대하는 것은 무모한 것 같지 않아?"

"안 그런데."

예측한 대로 그 목소리에 불안이나 두려움은 전혀 존재하지 않았다.

이 남자 한 명이라면 그래도 괜찮을 것이다.

"넌 이미 스웨인을 보호하고 있고 지금 한 명이 더 늘어나. 그것을 잊지 마."

"잊지 않았는데."

리로이는 허리에 찬 검 손잡이를 손바닥으로 두드리며 씨익 웃었다.

"나와 네가 있는데 못할 거라고 생각하는 거야?"

"──그러니까 너보고 폭주하지 말라는 말이야."

이 남자는 때때로 이쪽의 충고를 무시하는 게 아니라, 나까지 부추기려고 들기 때문에 질이 더 나쁘다.

그리고 그것을 받아들이고 마는 것은 내가 물러서다.

"내가 도와주는 것도 한계가 있다는 것을 잊지 말라고."

나 스스로를 일깨우는 말은 리로이에게 본래의 의도가 전달되지 않았다.

"괜찮아." 근거 없이 자신만만하게 내 파트너는 내뱉었다.

"한계가 보이면 전력으로 무시해라. 깨달았을 때는 이미 지나가버릴 테니."

"그럴 리 있냐."

지나가게 내버려두질 않으니, 한계라고 말한 것이다.

바보라는 개념을 인간 형태로 형성하고 오징어 먹물이라도 집어넣으면 이 남자가 만들어질 게 분명하다.

충고를 더 해야 할 상황이라고 생각했지만, 이 이상 오징어 먹물한테 뭘 말하든 쓸모가 없을 것이다. 그래서 난 "그녀는 얼마 안 되는 동료가 될 인물일지도 몰라."라고만 말해뒀다.

"그렇게 교묘하게 말을 돌려 요구하지 마."

리로이는 쓴웃음을 지었다.

자신이 뭐든 가능하다고 스스로에게 빠져 있는 만큼 어쩔 수 없을까.

부서진 문을 통해 밖으로 나선 리로이는 이쪽 상황을 살펴보고 있던 스웨인을 손짓해 불렀다.

큰 짐을 짊어진 채였던 스웨인은 약간 어색한 발걸음에도 급하게 달려왔다.

"이제 끝난 거야?"

"문을 여는 것은 너의 몫이다."

두 사람이 홀 안으로 들어가자 카렌이 그곳에서 기다리고 있었다.

큰 짐을 진 소년을 본 그녀는 눈썹을 모았지만, 금방 알아

차린 듯했다.

목소리를 낸 것은 스웨인이 먼저였다.

"속옷 여자."

저도 모르게 입에서 튀어나온 말에 리로이가 눈살을 찌푸렸다.

"너 어린 애한테 무슨 짓을 한 거야?"

"그럴 리 없잖아."

카렌은 리로이를 노려보면서 스웨인 앞에서 무릎을 꿇었다.

"상처가 생겼네." 스웨인을 향한 그녀의 음성은 부드럽고 다정했다. "그는 어떻게 됐어?"

스웨인은 고개를 저었다.

"어디 있는지는 모르겠지만, 리로이의 파트너라고 했어."

"──과연."

그 사실을 알아버린 카렌의 목소리에는 불길한 울림이 있었다.

스웨인의 상처 치료에 대해 확인한 후 그녀는 리로이한테 말했다.

"너희들 아는 사이였어?" 리로이가 묻는 것과 겹쳐져, "그 사람이 당신의 파트너였구나."라고 카렌이 말했다.

"그라니, 누구를 말하는 거냐?"

"하늘하늘하고 이상한 옷차림에 속세를 떠난 듯한 느낌에 살짝 무례한 그 말이야."

리로이의 목에서 이상한 소리가 났다.

웃음을 참는 것이리라.

웃고 싶으면 웃으면 될 일이다.

어차피 그녀도 시대의 흐름을 거스를 수 없는 존재라는 얘기일 뿐이다.

"그는 내가 빌린 방의 천장을 뚫고 내려왔거든." 웃음을 참는 리로이를 눈을 반쯤 감고 험악한 눈빛으로 노려보면서 카렌은 말했다.

"파트너라면 대신에 변상해줄 수 있겠지?"

"하하하, 거절한다."

리로이는 즉답했다.

이렇게까지 깔끔하게 부정할 것이라고는 예상하지 못했는지, 카렌은 다음 말을 잇지 못했다.

"뭐——?"

벌려진 입에서 맥 빠진 듯한 한숨이 새어나왔다. 당연히 화를 낼 거라고 생각했지만, 그녀는 그것을 억지로 참는 듯 보였다.

상황 파악이 된 건지, 아니면 리로이의 바보 같음에 질린 것인지.

아마도 후자일 것이다.

"——파트너를 도와준다는 생각 같은 건 없는 거야?"

마치 아이의 장난을 질책하는 듯한 말투였다.

새까만 아이는 왠지 득의양양하게 콧소리로 말했다.

"도와주는 것에도 한계라는 게 있으니까."

전력으로 무시한 거잖아! 너란 놈은.

교묘하게 말을 돌려서 하지 말라고 말했지만, 이건 교묘하냐 아니냐 이전의 문제가.

"당신은……." 일단 담아두고 있었던 분노의 불꽃이 카렌의 속에서 용솟음치기 시작했다.

촉발 직전에 그것을 막은 것은 초조한 스웨인의 목소리였다.

"저기 싸움할 때가 아니잖아."

그것은 지극히 당연한 의견이었기 때문에, 카렌은 목까지 튀어나오던 욕지거리를 간신히 삼켰다.

"그렇지, 서두르자."

유들유들하게 말하고 지하 계단으로 향하는 검은 등짝을 그녀의 시선이 노려봤다.

지하로 가는 계단은 어슴푸레했다.

지하 부분에는 전기에 의한 불빛이 공급돼 있지만, 계단과 그 끝을 밝히는 것은 벽에 설치된 촛불이었다.

지하 부분이라고 했지만 전기가 공급된다는 것은 변경지역, 게다가 슬럼가라면 특례 중의 특례이기도 했다.

대륙 중앙의 두 대국 아스가르드 황국과 버나드 왕국, 아니

면 북쪽의 알브하임 공화국 등과는 다르다. 서남쪽 변경지역
에서는 촛불이나 램프 정도가 주류다.

변경지역 중에서도 바이덴 정도의 대도시가 되면 전멸이라
고까지 말하긴 어려워도, 공적 기관이나 고급 호텔, 용병 길
드 등의 중요시설에 한해 송전되고 있었다. 「스칼렛 레이디」
가 중요한가에 대해서는 이론의 여지가 많겠지만, 그것은 영
주와 「크림슨 디스페어」의 유착에 신빙성을 더하는 사례이기
도 했다.

"어느 방인지 알아?"

"이쪽이야."

방금 전 세스타와 대화를 나눈 장소와 가게 구조를 머릿속
으로 맞춰보면 그녀가 갇혀 있는 장소는 대략적으로 추측 가
능하다.

일부러 스웨인한테 확인한 이유는 조금이나마 그에게 세스
타 구출에 있어서 역할을 하게 만들려는 배려일 것이다.

어째서 그런 배려가——아니, 관두자.

스웨인이 도착한 곳은 통로 제일 안쪽에 있는 문 앞이었다.

문 손잡이를 한 번 돌려봤지만 역시나 잠겨 있었다.

"자물쇠 정도는 열 수 있어." 카렌이 슈트 안주머니에서 뭔
가를 꺼내려고 했지만, "이쪽이 빨라." 리로이가 갑자기 손잡
이 부근에 발차기를 내질렀다. 단 일격에 손잡이는 함몰했고
자물쇠가 부서졌다. 나무와 금속 파편이 암흑 속에 흩어졌다.

본래라면 문을 날려버릴 수도 있었겠지만, 안에 있는 세스타를 고려해 힘 조절을 한 것이다.

이 남자치고는 매우 훌륭한 행동이다.

충격으로 기울어진 문을 밀자 삐걱거리며 천천히 열렸다.

리로이는 스웨인의 등을 밀었다.

"세스타, 있어?" 불빛이 없는 방안에 소년의 목소리가 공허하게 울렸다. 창고로 사용되던 방이었는지, 상자가 어지럽게 쌓여 있었고 여러 가지 물건이 놓여 있었다.

"……스웨인?"

어둠 속에서 은방울 같은 목소리가 들렸다.

옷 스치는 소리가 천천히 다가왔다.

마침내 나타난 이는 스웨인보다 두세 살 위인 소녀였다.

어렴풋이 떠오른 섬세하고 깔끔한 얼굴은 앞으로 5년 안에 세상 모든 남자들의 마음을 사로잡을 가능성으로 반짝이고 있었다. 비취색 눈동자에는 지성이 담겨 있었고, 꼭 다문 작은 분홍색 입술에서 강한 의지가 느껴졌다.

"그 짐은 뭐야?"

구원을 받은 인간이 처음 할 만한 대사는 아니었지만, 그녀의 늠름한 모습에 포로가 돼서 겪은 마음고생과 쇠약함은 느껴지지 않았다.

정성이 들어간 자수로 장식된 원피스는 절대 싸구려 물건이 아니었고, 발밑을 보니 귀여운 리본이 붙어 있는 구두를 신고 있었다.

금전적으로 힘들어 시골마을에서 팔린 것으론 보이지 않았다.

오히려 그 용모를 봤을 때 어딘가의 귀족 영애라고 하는 게 맞을 것 같았다.

"신경 쓰지 마." 스웨인은 그보다 빨리 이곳을 나가자고 세스타를 재촉했다.

언제나 듬직한 소년이다.

하지만 세스타는 왠지 머뭇거렸다. 유괴되고 이곳에 감금돼 있었다면 탈출에 주저할 이유는 없을 터다.

"자, 가자."

자유를 향한 첫 발을 내딛지 못하는 소녀에게 스웨인은 손을 내밀었다.

어둠 속에서도 아름답게 반짝이는 세스타의 눈동자가 망설이는 듯이 흔들렸다.

하얗고 가느다란 손가락 끝이 스웨인의 손바닥을 살짝 건드린 것은 다시 한 번 그가 재촉하려던 직전이었다.

감금돼 있던 창고에서 밖으로 걸어 나온 세스타는 시선을 들어 뭔가 할 말이 있는 듯 리로이를 직시했다.

"왜 그러지?" 하지만 리로이가 물어도 대답하지 않았다. 대신에 그녀는 리로이한테서 카렌으로 시선을 이동했다.

"당신은 대체 누군가요?"

"나?"

세스타의 어른스러운 말투에 약간 당황하면서도 그녀는 슈트 안에서 명함을 꺼냈다. "난 이런 사람이야." 건네받은 명함을 바라본 세스타는 예쁜 눈썹을 살짝 치켜 올렸다.

"대기업에서 근무하네요."라는 칭찬을 받자 어떻게 반응해야 좋을지 곤란한 듯 카렌은 애매한 미소를 지었다.

"그럼."

세스타는 어깨에 걸친 작은 핸드백에 명함을 넣은 후 앞가슴을 내밀며 선언했다.

"저를 구출한 것은 스웨인이라고 해도 되는 거죠."

"——왜?"

제일 먼저 이의를 제기한 이는 당사자인 스웨인이었다.

"난 아무것도 하지 않았어."

"애초에 네가 없었다면 이 검은 사람이 이곳에 오지 않았을 거야."

세스타는 매우 자연스럽게 리로이를 경시하는 발언을 하면서 스웨인의 공적을 주장했다.

"도의적 친절함을 처음 발휘한 네가 나를 구한 거야. 명예롭게 생각할 일이야."

"그, 그런가……."

스웨인은 눈을 깜빡였다.

"뭐, 분명 맞는 말이다."

세스타한테 검은 사람이라고 불린 리로이는 별다른 반론 없이 고개를 끄덕였다.

찬성을 했는데도 세스타가 쓸데없는 말이라도 한 것처럼 노려봤기 때문에 동정심마저 들었다.

카렌은 어쩌다 함께 어울렸을 뿐이라는 것을 스스로도 알고 있었기 때문에 더더욱 할 말이 없었다.

"여러분, 그럼 된 거죠?"

선언하는 그녀에게 이의를 제기하는 자는 없었다.

이렇게 거만한 피구출자를 본 적이 있었을까.

뭐, 구출해낸 리로이가 괜찮다면 내가 끼어들 문제는 아닐 것이다.

"좋아, 그럼 가자." 방금 전 대화에 아무런 감흥이 없어 보이는 리로이는 몸을 돌렸다. 세스타의 에스코트는 그대로 스웨인한테 맡긴 듯했다.

"저 남자애는 이 동네에 살아?" 옆에서 나란히 걷는 카렌이 목소리를 낮춘 상태로 물었다. 리로이가 고개를 끄덕이자, "여자애는?"이라고 되물었다.

"글쎄."

이 솔직하다면 솔직하지만 무책임하게도 들리는 대답에 카렌은 어른으로서 당연한 의문에 도달했다.

"어떡할 거야?"

"스웨인은 왕국이나 황국으로 가고 싶어 하는 것 같아." 카렌의 말투에서 전해지는 핵심에 비해 리로이의 답은 너무나도 경솔하게 들렸다. "세스타에 대해선 이제부터겠지. 아직 이름밖에 모르니까."

"──어이없어."

더 이상 질책할 마음은 없어 보였지만 일말의 불신감을 담아 카렌은 말했다.

"항상 이렇게 되는 대로 행동해?"

"그럴 리 없지."

그럴 리 있다고 생각하지만, 나와 리로이의 견해는 하늘과 땅만큼 떨어져 있다.

"어쩌다보니 항상 예상치 못한 사태가 일어날 뿐이다. 임기응변이지."

틀린 주장을 하는 것은 아니지만, 인생 자체가 무계획인 이 남자가 말하면 설득력이 없다.

애초 계획을 세우고 행동한 적이 없잖아, 너는.

"정말 무계획이네."

그것을 꿰뚫어봤는지, 카렌은 제대로 상대할 마음이 사라졌다.

리로이는 반론하지 않고 어깨를 으쓱였다.

"그렇게──."

그때 세스타가 등 뒤에서 끼어들었나.

"깊이 생각하지 않고 저지른 언동으로 사람을 구하기는커녕 상처를 입힌 적도 있지 않나요?"

어딘가 공격적인 느낌마저 드는 말투였다. "응?" 리로이는
그 의도를 확인하려는 듯 되물었지만, 그녀는 시선을 돌리고
무시했다.

리로이는 곤란한 표정으로 다시 앞을 쳐다봤다.

"뭔가 원망 받을 짓이라도 한 거야?"

작은 목소리로 묻는 카렌에게, "그런 기억은 없는데."라며
리로이는 고개를 갸웃했다.

여자한테 원한을 살 만한 짓을 전혀 안 했다고 부정할 순
없지만, 어린애를 상대로 그런 적은 없다.

리로이는 석연찮은 표정을 지었지만 지상의 홀로 이어지는
계단 중간에서 발을 멈춘 그의 얼굴에 예리함이 돌아왔다.

옆에 있던 카렌 역시 그것을 느끼고 뒤쪽의 두 사람한테 움
직이지 마, 라고 몸짓만으로 전달했다.

특별한 눈짓이나 말없이 리로이와 카렌은 계단을 올라갔
다.

가게는 고요했다.

홀에 남은 것은 검은 옷들과 그 주인인 젤베스의 시체뿐이
었는데——그곳에 한 명의 남자가 우두커니 서 있었다. 모피
로 장식된 코트를 두른 마른 체형의 청년이었다.

리로이보다는 나이가 어려 보였다. 아름답지만 병약해 보
이는 이목구비가 퇴폐적인 인상을 안기는 그 남자는 젤베스

의 시체를 내려다보다가 천천히 고개를 들었다.

긴 속눈썹 안에서 어두운 눈동자가 천천히 반짝이고 있었다.

"리로이 슈발처——."

붉은 입술이 생기 없는 묘지 안에서 들려오는 비탄과 비슷한 목소리를 자아냈다.

4

"무슨 용무지?"

리로이의 거만한 대응은 마치 이 가게의 주인처럼 보였다.

"좀 바빠서 중요한 일이 아니라면 나중에 하자." 마치 파리라도 쫓아내는 듯이 손을 흔들었다.

"장난이 심한 남자로군."

아름다운 청년의 표정은 시체처럼 어두웠다.

"이렇게 다 죽여 놓고 무슨 용무냐고?"

분명 그의 말은 마땅한 것이었다.

하지만 젤베스를 비롯한 검은 옷들의 시체를 보는 남자의 눈에 슬픔과 분노, 애석함은 없었다. 그의 목소리가 머금은 희미한 아픔은 적어도 눈앞의 참극에 의한 것이 아닌 것처럼 느껴졌다.

"덤비다 죽었을 뿐이다."

그에 대해 간파했는지 안 한 것인지, 리로이는 당연한 듯이
말했다.

"멍청한 말은 지껄이지 마라, 졸때기."

"——듣던 대로 방약무인이구나."

대부분의 인간은 이 정도 말을 들으면 격앙하겠지만, 그의
담담한 말투는 흔들림이 없었다.

"그렇게까지 말한다면 본인이 덤비다 죽어도 할 말이 없겠
군."

"그런데 졸때기."

리로이는 남자의 말을 완전히 무시했다. 옆에서 보기엔 도
발에 응하지 않는 남자를 어떡해서든 화나게 만드는 것처럼
보이지만, 그건 아니었다.

"카틸이라는 놈한테 전할 말이 있는데, 너, 기억력은 좋은
편이냐?"

그저 단순하게 이 남자가 남의 말을 듣지 않을 뿐이다.

그리고 하필이면 타인의 기억력을 의심하는 것을 보면.

이렇게까지 자신을 무시하는 발언을 지금까지 들어본 적은
없을 것이다.

퇴폐적인 미모의 남자는 살짝 코웃음을 쳤다.

"말해봐라."

리로이는 이보라는 듯이 검 손잡이를 천천히 쥐었다.

"얼마 남지 않은 인생을 열심히 즐기라고——전해라. 기억

하기 쉽게 짧게 말했는데, 너무 긴가?"

"──안심해라." 남자의 얼굴에 드디어 표정이 나타났다. 미소──불길하고 어두운 미소였다.

"너의 시체에 새겨 보내줄 테니까."

"글자도 쓸 수 있구나. 굉장하네."

리로이도 웃었다.

피에 굶주린 야수처럼.

온화한 말투와 달리 험악한 말이 칼날이 부딪치는 것처럼 불꽃 튀었다.

"실비오."

일촉즉발로 보이는 두 사람 사이에 카렌이 끼어들었다.

"저 사람과 싸우는 건 상관없지만." 어쩌면 그것은 그녀 나름대로의 「스칼렛 레이디」에 대한 최소한의 예의일지도 모른다. "어린애들을 밖으로 데리고 나간 다음에 해줄 수 있을까?" 왜냐하면 거절을 당하더라도 그녀는 두 애를 안고 순식간에 이곳을 이탈할 능력이 있기 때문이다.

남자──실비오는 처음으로 리로이한테서 시선을 돌려 카렌을 쳐다봤다.

"멋대로 해라."

갈라진 목소리는 그녀들에게 아무런 흥미가 없다는 증거일까. 세스타를 가둬둔 것이 누구든 그는 관여하지 않았든지, 아니면 어찌 되든 상관없는 것 같기도 했다.

"너는 같이 와라."

곧바로 탁한 눈빛을 리로이에게 향했다.

"묻고 싶은 게 있다."

그렇게 말한 실비오는 이쪽의 반응을 기다리지 않고 등을 돌렸다.

이것은 치명적인 범실이다.

리로이는 뒤에서 베는 것을 주저하지 않는다.

역시 파트너는 검을 칼집에서 천천히 뽑았다. 그걸 아는지 모르는지 실비오는 돌아보지 않았다.

1초도 걸리지 않아 그의 머리는 몸과 이별을 고할 참이었다.

하지만 뽑아든 검은 피와 지방에 젖지 않고 다시 칼집으로 돌아갔다.

단념한 것은 아니다.

검은 세 번 번뜩였다.

하지만 그것은 실비오의 목이 아니라 아무것도 없는 허공을 베었다.

──아무것도 없다는 말은 어폐가 있다.

검의 번쩍임은 금속이 스치는 듯한 소리와 작은 불꽃을 만들었다. 눈에 보이지 않는 뭔가를 절단한 것이다.

실비오의 다리가 멈췄다.

그 손가락 끝이 뭔가를 조종하는 듯이 꿈틀거렸다.

하지만 돌아보지 않고 다시 걸음을 재개했다.

"저 애들은 내 방으로 데리고 갈 거야."

카렌이 리로이의 등에 대고 말했다.

"장소는 파트너한테 물어봐."

"알았다."

돌아본 리로이는 카렌의 등 뒤, 계단에서 이쪽의 모습을 살펴보고 있는 스웨인과 시스타를 봤다.

"너희들은 얌전히 있어라."

불안해하는 스웨인과 변함없이 날카로운 시선을 던지는 세스타에게 말했다. 이 상황에서 자신한테 가능한 일이 없다는 것을 알고 있는 스웨인은 순순히 고개를 끄덕였지만, 세스타는 역시나 고개를 돌려버렸다. "당신한테 명령을 받을 이유는 없습니다."라고 화난 듯이 중얼거렸다.

리로이는 쓴웃음을 지으면서 실비오의 뒤를 따랐다.

안내받은 곳은 일반 객실이 아니라 사무소 같았다. 가구는 고급이었지만 화려하지 않고, 발밑의 카펫은 복사뼈까지 털이 올라왔지만 색은 절제돼 있었다. 당연하지만 침대는 없었고 거대한 방 한가운데 가죽으로 된 응접세트가 놓여 있었다.

방으로 들어간 리로이는 권하기도 전에 소파에 몸을 깊이 묻고, 유리 테이블에 흠집이 생기든 말든 아무렇게나 신발을 얹어 놨다.

무례한 것도 정도가 있다.

캐비닛에서 술병과 잔을 꺼낸 실비오는 그 무례함에 대해 질책하지 않았다.

"의외네." 오히려 그는 리로이의 태도에 화가 난 게 아니라 감탄했다. 잔에 호박색 액체를 따르면서 "얌전히 따라올 줄은 몰랐는데."라고 혼잣말을 했다.

"모든 일에 날뛴다고 해서 좋은 건 아니니까."

리로이는 경악스러운 말을 내뱉었다.

어떤 입으로 저런 말을 한 것인가, 라고 딴죽을 걸 뻔했다.

이 남자, 가끔 내 인내력을 시험하는 듯한 언동을 갑자기 하는 점이 무섭다.

"너의 유머는 내 이해의 영역을 벗어나 있다."실비오는 자신의 말 그대로 전혀 웃지 않았다.

그 점에 대해서는 나도 동의한다.

그는 리로이에게 다가가 술을 따른 잔을 내밀었다.

"차이를 알 정도의 미각은 없겠지만, 맛을 봐라. 비싼 술이니."

리로이는 소파에 거만하게 몸을 젖힌 채로 그것을 받고 입끝을 살짝 일그러뜨렸다.

"비싸면 맛있는 거냐? 촌스러운 입이로군."

그렇게 말하고 술을 마셨다.

한 모금에 반 잔 정도가 사라졌다.

실비오는 그 모습을 차가운 눈으로 쳐다본 후 소파에 앉지 않고 방 안에서 존재감을 드러내는 흑단으로 만든 책상에 걸터앉았다. 술은 마시지 않았고 잔은 책상 위에 둔 채다.

"그래서 하고 싶은 얘기가 뭐냐?"

리로이는 차분했다. 이럴 때 서두르면 정신적 우위에 설 수 없다는 것을 잘 알고 있다. "유언이라면 나한테 말하지 말고 종이에 잘 적어둬. 시시한 말들을 기억할 자신은 없으니까."

실비오는 그 도발에도 반응하지 않았다.

"네놈을 살려둔 채로 카틸 님께 데리고 갈 생각은 없지만." 억눌린 감정이 단어와 단어 사이에 흘러나왔다. "그분은 그러길 원하신다."

"너한테 듣지 않아도 안다."

리로이는 잔 속의 술을 천천히 흔들었다.

"나한테 죽는 게 소원이잖아? 지금 바로 불러오라고."

"──말이 많은 놈이군." 실비오의 음색에서 숨기려고 해도 숨길 수 없는 속마음이 점점 드러났다.

떨릴 정도의 분노──아니면, 너무 슬픈 나머지 생겨버린 증오.

실비오는 검은 가죽장갑을 낀 손가락 끝으로 잔을 들었다.

"역시나 오체를 다 찢어버린 후에 데리고 가는 게 좋겠군."

"할 말이 그것뿐이라면──."

리로이는 흉폭한 눈동자를 반짝이면서 남은 술을 단숨에

마셨다. 그리고 비어버린 잔을 카펫 위에 내던지며 일어났다. "이제 죽을 시간이다."

"서두르지 마라." 실비오는 잔을 입가로 가져갔다. "서둘러 죽을 이유가 너한테 있다면 상관없지만." 호박색 액체를 마시고 비어버린 잔은 리로이와 마찬가지로 바닥에 내던졌다. 털이 긴 카펫은 잔이 떨어졌는데도 소리가 거의 나지 않았다.

"네놈은 10년 정도 전에 야토에 간 적이 있을 것이다." 혼잣말처럼 중얼거렸다. "그곳에서 뭘 했는지 기억하는가?"

10년 전이라면 리로이는 10대였고, 아직 나와 만나기 전이었다. 뭐라고 대답할지 흥미가 없다면 거짓말일 것이다.

리로이는 잠깐 생각한 후 말했다.

"파트너의 발을 부러뜨렸다."

넌 대체 뭔 짓을 했던 거냐?

나는 진심으로 질려버렸지만, 남자는 그렇지 않은 듯했다. 경이적인 자제심으로 억누르고 있던 감정이 참을 수 없다는 듯 넘쳐나기 시작했다. "그게 아니지. 그게 아니라고." 실비오는 금속이 스치는 것 같은 목소리로 말했다. 리로이를 노려보는 눈동자에는 갈망에 가까운 열기가 있었다. "넌 그곳에서 만났을 것이다. 그와."

"기억에 없는데." 리로이는 냉담하게 말했다.

그 말 끝은 뒤로 흘렀다.

편하게 앉아 있는 것처럼 보였던 리로이였지만 결코 방심했던 것은 아니다.

뭔가에 반응한 리로이는 발뒤꿈치로 바닥을 차 소파의 등받이 쪽으로 몸을 회전시켰다. 착지한 리로이는 이미 검을 뽑아들고 있었다. 그 눈앞에 방금 전까지 앉아 있던 소파가 두 갈래로 나뉘어져 있었다.

예리한 날붙이로 절단된 것처럼 매끄러운 단면.

뭔가가 공기를 찢는 소리가 불길하게 울리고 있었다.

"술로 둔해진 머리도 조금은 깼나?" 남자는 책상에 기댄 채 움직이지 않았다. 내 입장에서는 파트너의 머리가 술 때문은 아니라고 주장하고 싶었지만, 그보다 빨리 리로이가 움직였다.

아무것도 없는 공간을 향해 검을 휘둘렀던 것이다.

그것은 한 번에 그치지 않고 계속 이어지며 여러 방향에서 칼날이 번뜩였다. 잘 모르는 사람이 보면 리로이가 혼자서 검을 휘두르는 기이한 광경으로 생각했을 것이다.

하지만 리로이의 참격이 허공을 찢을 때마다 강철이 부딪치는 소리가 튀기듯 들렸다.

주위에는 더더욱 불가사의한 현상이 일어났다.

카펫의 긴 털이 절단돼 허공에 날렸고, 커튼이 찢겨지고, 벽에 균열이 생겼다. 리로이의 참격으로 잘려진 뭔가가 사무소 안의 곳곳을 건드렸고 그 모든 것을 길라버렸던 것이다.

남자는 흑단나무 책상 앞에서 검은 손가락 끝을 기묘하게 움직이고 있었다. 대체 그의 무기는 무엇이고 어떻게 리로이를 공격한 것일까.

방어 일색의 리로이였지만 결코 아무 공격도 못하는 상태는 아니었다. 눈에 보이지 않는 뭔가를 막으면서 틈을 살피고 있었던 것이다.

지금까지보다 큰 동작으로 천장에 여러 줄의 균열을 만든 순간 리로이는 움직였다.

방어에서 공격으로의 전환은 큰 틈을 만들어내지만 리로이는 매끄럽고 빨랐다.

전진하기 위한 첫 번째 동작은 엄청난 기세의 발차기로 카펫의 털을 파도치게 만들었다.

파고드는 소리가 울리는 가운데 검은 그림자가 질주했고 피아의 거리를 순식간에 좁혀버렸다.

하지만——.

본래라면 본인이 자각하기 전에 목이 절단됐을 남자가 의연하게 서 있었다. 리로이는 그 눈앞, 목 근처에 검을 쥔 채 움직임을 멈추고 있었다. 이상한 점은 움직임을 멈춘 그 신체 곳곳에서 피가 분출됐다는 것이다.

"실을 견뎌내다니." 남자는 재미없다는 듯 말했다. "보통은 사지절단인데——굉장한 반사신경이군."

나도 그때 처음으로 남자가 뭘 조작했는지 알았다.

실이다.

그것도 평범한 실이 아니라 강선(鋼線)을 한계까지 가늘게 만들어낸 철실이었다. 그것이 리로이의 전신을 묶고 육체로 파고들었다. 그가 말한 대로 딱 한 발만 안으로 더 파고들었다면 예리한 실이 리로이의 신체를 분해했을지도 모른다.

철실을 사용해 모습도 보이지 않고 먼 곳에서 표적을 살해하는 암살술은 동방의 야토에서 예로부터 전해진 비기 중의 비기다. 얘기로는 들었지만 설마 그것을 이런 곳에서 직접 보게 될 줄이야.

"──아니, 그게 아니군." 리로이에 대한 찬사를 스스로 부정하는 남자의 목소리, 그 속에 어둡고 음험한 감정이 숨겨져 있었다. "그한테 배운 거지?" 그는 온몸이 예리한 철실로 묶여 있는 리로이에게 걸어갔다. 뻗어진 손가락 끝이 실 사이로 빠져나가 리로이한테 도달했다.

"우리, 철실술사하고의 싸움법을." 묻는 것이 아니라 단정적으로, 남자는 갈라진 목소리로 속삭이듯 말했다. "그리고 그를 죽였어."

움직이지 못하는 리로이는 궁지에 몰린 표정이 아니라 오히려 냉철하게 사태를 관찰하는 듯 보였다.

그것과 대조적으로 궁지로 몬 남자 쪽이 자아를 잃은 것처럼 눈이 충혈돼 있었다. 이미 평정심을 유지하는 게 불가능해졌는지 증오의 시선을 정면의 리로이한테 보냈다. "네가 죽인 거야." 저주하는 듯한 음색은 실을 조금씩 떨어 리로이의 피부를 찢기 시작했다.

"──넌 도망쳤구나."

왜일까, 도발하지 않고 담담한 말투로 리로이는 말했다.

"죽이지 못했어."

"당연하지……!"

실비오는 피를 토하듯이 말했다.

"죽일 수 있을 것 같아!" 그의 손가락 끝이 리로이의 이마로 파고들었다. "죽일 수가 없고말고!" 당장이라도 분해서 죽을 것처럼 실비오의 증오는 가열 찼다.

하지만 격렬하게 감정을 토로한 후, 갑자기 목소리에서 격렬함이 사라졌다.

"네놈을 죽이는 것만 생각하며 살아왔다."

실비오는 중얼거린 후 얇은 미소를 지었다.

"드디어 그날이 온 거야."

"복수냐?"

대조적으로 리로이는 차분하게 말했다.

"그렇다면 빨리 죽이면 될 일이잖아, 졸때기."

말하자마자 리로이의 발이 차올려졌다. 신발에 장치해둔 칼날이 튀어나와 실비오의 신체를 밑에서 위로 세차게 지나갔다.

분노와 경악이 섞인 욕지거리가 그의 목에서 튀어나오면서 크게 뒤로 물러났다. 그 발차기는 그뿐만 아니라 리로이를 붙

잡고 있던 철실도 절단했다. 팔이 자유로워지면 검으로 베어 버릴 뿐이다. 온몸이 묶여 있는 것처럼 보였던 리로이였지만 다행히도 오른발만은 실의 지배에서 벗어나 있었다. 그것도 남자가 말한 것처럼 철실술사한테 배웠던 경험이 만들어낸 것 같았다.

본래라면 추격의 호기였겠지만, 리로이는 점점 후퇴했다. 검을 회수하고 주변에 불꽃을 튀게 만들었다.

낮은 웃음소리가 흘러나왔다.

실비오는 얼굴의 왼쪽을 피로 적신 채 새된 웃음소리에 어깨를 들썩였다. "죽여 버리겠어." 그는 리로이의 발차기로 찢어진 볼에 손가락 끝을 대고 입 꼬리를 치켜 올렸다.

"온몸을 찢어발겨지는 고통 속에 죽어라."

"변명은 생각해뒀냐?" 더 이상 숨기지 않고 마음껏 드러내는 실비오의 살의를 느끼며 리로이는 도발적으로 웃었다. "지옥에서 그와 만났을 때 필요할 테니."

"지옥에서 그한테 사과할 것은 네놈이다. 리로이 슈발처!" 실비오의 외침은 수없이 공기를 찢는 소리로 변해 리로이를 둘러쌌다.

눈에 보이지 않는 철실이 리로이를 찢어발기기 위해 어금니를 드러냈다.

요격에 나선 리로이는 미친 듯이 검을 사방팔방으로 휘둘렀다.

멈춰 있어도 눈으로 인식할 수 없이 극세한 철실은 고속으로 휘둘러졌을 경우 인간의 동체시력으로 쫓아가는 게 거의 불가능하다. 리로이도 눈으로 확인하며 그것을 쳐내는 것이 아니다.

그렇다면 어떻게 보이지 않는 공격을 막는가 하면, 그것은 소리다.

철실이 공기를 찢으며 다가오는 소리로 방향과 위치, 그리고 각도를 순식간에 계산하고 그곳으로 칼을 휘둘렀던 것이다. 뇌 기능의 대부분을 싸우는 것에 할애하고 일상생활을 얼간이처럼 살아가는 리로이이기 때문에 가능한 곡예다.

그리고 조금씩이긴 하지만 전진하고 있었다. 숫자적으로 봤을 때 실비오는 양손의 손가락을 사용하고 있기 때문에 철실이 10개——단순하게 봤을 때 리로이의 10배다. 때때로 후려치는 각도가 무르면 볼이나 어깨, 손이나 발 등에서 피가 튀었다. 그렇더라도 경탄할 만한 속도와 기량으로 비처럼 쏟아지는 철실을 헤쳐냈다.

공격하는 실비오의 얼굴이 방금 전의 흥분한 표정이 아니라 오히려 극도의 집중으로 굳어지고 있었다. 수많은 철실을 이렇게 빠른 속도로 조종하는 데 대체 얼마나 정밀한 기술과 흔들림 없는 정신력이 요구되는 것일까.

철실술사의 수가 암살자 중에서도 압도적으로 적은 이유는 후계자를 쥐어짜서 그런 게 아니라 계승하기에 적합한 인간의 절대수가 너무도 적었기 때문이라고 들은 적이 있는데, 이 공방을 눈앞에서 보니 그것이 사실이라는 것은 일목요연했다.

고속으로 움직이는 검의 궤적에 금속 간의 격돌이 만드는 불꽃을 튀기며 리로이는 간격을 줄여갔다. 철실을 조종하는 실비오한테 가까이 다가가면 다가갈수록 철실의 움직임은 빨라졌지만, 리로이의 동작도 그것에 맞춰 고속화됐다. 숨 돌릴 틈도 없이 움직이는 철실은 리로이의 주변에 있는 것——바닥과 벽, 천장까지도 두 갈래로 만들어버렸다. 소파를 너덜너덜하게 날려버리고 안에 들어가 있는 비싸 보이는 술병째로 캐비닛을 파괴했다.

그것들의 파편이 허공에 날리는 가운데 카펫의 잘려진 털이 미친 듯이 날아다녔다.

드디어 리로이가 자신의 간격으로 실비오를 끌어들였다.

미친 듯이 철실을 조종하여 리로이의 신체를 찢어발기려는 실비오였지만 그것에만 너무 집착한 나머지 자신의 몸에 닥친 위기를 느끼는 데 살짝 늦었다.

철실을 차례차례로 튕겨낸 검이 다음 철실을 떨쳐낼 때까지의 찰나의 순간, 궤도를 바꿨다.

검 끝이 실비오의 배를 찌르고, 곧바로 뽑아졌다. 치명상을 입히려면 보다 깊이 찌르든가, 아니면 칼을 비틀어 상처를 크게 만들어야만 하지만, 그렇기 위한 찰나의 시간이 역으로 리로이에게 치명상을 입힐 수 있다.

분출되는 피보라를 맞으며 철실이 날아왔다.

검을 뽑은 그 동작으로 철실을 튕겨내고 반대 방향에서 날아오는 실은 자세를 낮춰 피했다. 그리고 단숨에 간격을 좁히면서 머리 위에서 떨어져 내려오는 철실을 후려쳤다.

필살의 간격까지 이제 한 발──그때 밑에서 두 줄의 실이 튀어올랐다.

몸을 돌리면서 하나를 피했고 다른 한 줄은 받아 흘리면서 실비오의 측면으로 돌아 들어갔다. 칼을 철실이 깎아 세로로 불꽃이 튀었다. 그것이 칼끝에서 위로 빠져나간 순간 검신은 실비오의 목줄기에 비스듬히 들어갔다.

「다크 원」을 양단하는 칼에게 인간의 육체는 종이를 써는 것과 같다.

그런데 아무것도 썰지 못하고 정지했다.

그의 육체가 「다크 원」을 넘어서는 경도일 리가 없다. 그것이 필살의 일격이라고 순간적으로 판단하고 공격을 포기한 채 10줄의 철실 전부를 방어로 돌린 것이다. 실비오의 목과 검의 날 사이에 철실이 있었고, 실의 두께로 간신히 막아낸 것이다.

막아낸 직후 반격의 실이 날았다. 지근거리에서 움직임을 멈춘 리로이한테 모든 실이 날아들었다. 하늘을 가르는 금속음이 리로이의 온몸으로 집약됐다. 그것들이 겹쳐졌을 때 검은 그림자는 사방으로 흩어질 터였다.

하지만 엄청난 바람이 일었다. 열풍의 근원은 검이었다. 날이 아니라 칼등으로 겨누는 리로이는 자신의 몸을 통째로 선회했다. 칼날로 튕겨내는 것이 아니라 한곳으로 모아 붙잡고 그대로 회전력을 이용해 마루 위로 때려버렸다.

철실 다발은 카펫을 잘게 다졌고 그 밑에 있는 마룻바닥을 차례차례로 파괴하고 걷어 올렸다. 실비오의 제어에서 벗어난 철실은 사무소의 마룻바닥 위에서 날뛰었고 방의 반 정도가 요란한 소리를 내며 함몰했다. 이미 파괴됐던 캐비닛과 흑단 책상이 차례차례로 그 구멍 속으로 빨려 들어갔다. 대량의 먼지가 피어올랐고 시야를 덮어버렸다.

리로이는 착지와 동시에 무너지는 바닥에서 도약해 검에 붙어 있던 철실을 털어냈다. 자유를 되찾은 실은 곧바로 자제력을 되찾았지만, 실비오 자신은 마루의 붕괴에 휘말려버렸다.

리로이는 비스듬하게 기운 바닥 위를 질주했다.

자세가 무너져 넘어진 실비오는 일어서지도 못한 채 철실을 움직였다.

철의 마찰이 만들어내는 불꽃이 리로이의 궤적으로 격렬하게 튀었다.

철실하고의 격돌이 연속으로 이어졌고, 금속의 절규가 울려퍼졌다.

리로이의 급소를 노리는 실 공격은 정확했지만, 실비오 자신의 자세가 무너진 탓인지 공격 범위에 빈틈이 생겼다.

그곳으로 검은 탄환이 돼 달려드는 리로이.

검을 휘두른 것은 날아오는 철실이 아니라 정지해서 눈에 보이지 않는 실을 절단했기 때문이다. 그 잘라낸 끝을 회전시켜 실비오의 방어 틈새로 일격을 내리쳤다.

칼날은 매끄럽게 그의 왼팔을 어깨부터 썰어버렸다.

손가락 끝으로 조종하던 철실은 곧바로 생명력을 잃었고 허공에 나부꼈다. 절단된 혈관에서 대량의 선혈이 뿜어져 나왔다. 리로이는 그 피를 맞으며 비틀거리듯 후퇴하는 실비오하고의 간격을 좁혔다. 격통으로 몸부림치든지 곧바로 의식을 잃어도 이상할 게 없었는데 철실술사는 이를 악물고 남아 있는 오른손의 철실로 반격했다.

하지만 생기가 사라진 공격은 전부 리로이에 의해 떨쳐내졌다.

벽과 천장으로 튕겨진 철실이 다시 공격으로 옮겨지는 것보다 빨리 리로이의 회심의 일격이 실비오의 머리 위에서 내려쳐졌다.

피하는 것도 받아내는 것도 그에게는 불가능했다.

그래서 왜 갑자기 리로이가 공격을 중단하고 도약했는지 나로서는 알 수가 없었다.

이유를 깨달은 것은 뒤로 풀쩍 뛰면서 검을 휘둘러 전후좌우에서 불꽃을 날리는 가운데 리로이의 어깨부터 옆구리까지 피가 뿜어져 나오는 것을 본 후였다.

그것은 분명 철실에 의한 공격이었다.

하지만 실비오의 남아 있는 오른손이 아니었다.

절단된 왼손이 철실에 생명을 불어넣었고 끝장을 내려고 덤벼드는 타이밍에 등 뒤로 공격했던 것이다.

크게 간격을 벌린 리로이는 고통의 표정을 조금도 짓지 않고 대범한 미소를 지었다.

"설마 그런 기술이 있었다니."

하지만 그 목소리에는 틀림없이 놀라움이 숨겨져 있었다.

나도 간신히 인식할 수 있었다.

실비오의 어깨 절단면과 잘려나간 팔을 뭔가가 잇고 있었다.

그것은 피 색깔을 띠고 있었다.

그걸 깨달은 순간 난 전율했다. 실비오는 절단된 신경 대신에 철실로 어깨와 팔을 이었고 마치 원격조작이라도 하는 것처럼 손가락 끝의 실을 조종했던 것이다.

실로 인간의 영역을 벗어난 기술——어느 정도의 재능과 단련이 있어야만 그것이 가능할 것인가.

아니면 견디기 힘들 정도의 절망이 초래한 결과인가.

피를 많이 흘려 창백해진 실비오의 얼굴에서 두 눈동자만이 절절한 의지를 담아 반짝이고 있었다.

"잘게 썰어주지."

그것은 리로이에 대한 선언이 아니라 자신의 결의의 토로일 뿐이었다.

"무리다."

리로이는 도발이 아니라 냉철하게 찢겨진 가죽재킷에 배인 피를 가리키며 말했다.

"이것이 마지막 기회였다. 닿지 못했지만."

실비오는 말로 대답하지 않았다.

10줄의 철실이 그의 의지가 담긴 것처럼 맹렬하게 리로이를 향해 뻗어져 나왔다.

5

이때에 이르러 철실의 움직임이 가속됐다.

리로이는 발밑에서 튀어 올라오는 실을 떨쳐냄과 동시에 등 뒤에서 날아 들어오는 두 줄도 연이어 튕겨냈다.

그리고 전진하려다가 몸을 젖혔다.

목을 절단하기 위해 횡으로 뿌려진 실을 간발의 차로 피한 것이다.

그 불안정한 자세를 실비오의 실은 놓치지 않았다. 흩뿌려지는 방의 파편을 부수며 추격했다.

리로이는 젖혀진 자세를 무리해서 유지하지 않고 후방으로 도약했다.

그것을 쫓듯이 함몰된 바닥이 부서지고 날아오른 파편이 바로 잘렸다. 착지와 함께 절묘한 타이밍으로 끼워 넣듯이 철실이 날아왔다.

리로이의 좌우에서 비스듬하게 불꽃이 내달렸다. 시차가 거의 없었다고 해도 좋을 정도의 협격이었다. 그것을 고속의 검격으로 떨쳐냈고 그 칼끝은 쉬지 않고 튀어 올랐다.

머리 위에서 몸을 양단하려고 하는 일격을 받아내고 튕겨 냈다. 반동으로 몸부림치는 철실이 리로이의 주변을 파내고 바닥이 더 붕괴됐다. 방 전체가 격렬하게 진동했고 벽에서 천장까지 닿는 균열이 점점 확대됐다.

당장이라도 방 자체가 무너질 것 같았다.

하지만 실비오의 공격에는 아무런 주저함이 없었다.

리로이의 사각을 찌르기 위해 그 진로 상에 있는 것을 계속해서 절단했다. 천장을 베고 벽을 깎아내고 이미 붕괴된 마루를 분쇄했다.

리로이는 전진했다.

그는 등 뒤로 돌아 들어온 줄을 돌아보지도 않고 칼등으로 때려 떨어뜨렸고, 측면으로 연이어 들어오는 참격을 떨쳐내면서 돌진했다.

실비오는 이대로 리로이가 간격을 좁혀 들어오는 것에 대해 아무런 의문도 품지 않았을 것이다.

나조차 그렇게 생각했다.

하지만 설마 철실의 엄청난 연속공격 가운데 생명선인 검을 손에서 놓을 거라고 어떻게 예측했을까.

발밑에서 튀어오르는 철실을 떨쳐냈다고 생각한 다음 순간 갑자기 검을 투척한 것이다.

만약 실비오 본인을 노린 것이라면 아무리 의표를 찔렸다고 해도 10줄의 철실로 막아냈을지도 모른다.

하지만 탄환처럼 그 칼끝이 포착한 것은 그의 왼팔이었다.

부서진 마룻바닥 사이에 낀 채로 철실에 의해 조종하던 왼팔로 검이 떨어져 내렸다. 충격으로 주변의 나무가 부서져 휘날렸고 찢겨진 카펫의 털이 먼지와 함께 피어올랐다.

검이 관통한 팔도 튀어 올라 벽에 격돌했다.

손가락 끝의 철실이 이 순간 실비오의 제어에서 이탈해 여러 방향으로 뿌려졌다.

날카로운 철실이 엄청난 기세로 튀었다. 공기를 절단하는 새된 소리가 현기증이 날 정도로 실내에서 난폭하게 울렸다.

실의 참격은 벽면을 종횡무진으로 갈라냈고 이것을 깨부수었다. 복도로 튀어나온 철실은 멈추지 않고 건드리는 모든 것을 분해했다.

튀어 오른 실은 천장에 깊이 박혔다. 천장은 벽보다 튼튼했지만 철실은 그 이름 그대로 예리한 흉기다. 목조 건물은 이것을 버텨낼 수가 없다.

천장이 찢겨졌다.

방 전체가 격렬하게 진동했고 목재의 마른 비명소리가 울려 퍼졌다. 이미 붕괴돼 있던 마룻바닥이 불협화음을 연주하기 시작했다.

한층 커다란 파괴음이 머리 위에서 울려 퍼졌다. 나무가 부러지는 소리와 함께 천장이 기울었고, 비명과 가구가 하나가 돼 떨어졌다. 침대와 캐비닛은 공중에서 해체돼 흩어졌다. 대량의 기왓장이 격돌하면서 굉음이 밀려왔다.

투박한 색조 가운데 빨간색과 녹색의 화려한 드레스가 날아다녔다.

위층 방에 있던 불운한 매춘부들이었다.

3미터 정도 낙하를 하면 부상으로 끝난다.

하지만 밑에는 철실이 날뛰고 있었다. 그녀들의 신체가 아래층 바닥에 부딪치는 것보다 빨리 찢겨져버릴 것은 불을 보듯 뻔했다.

리로이는 주저하지 않았다.

언제 뽑았는지 그의 손에는 총이 쥐어져 있었다. 왼손의 철실을 잃은 실비오한테 단숨에 공격해 들어갈 단계였지만, 그 생각을 곧바로 떨쳐버렸다.

총을 재킷 안주머니로 다시 넣으면서 기왓장 사이를 내달려 도약한 후 그녀들의 가는 허리를 붙잡았다.

그때 철실이 공기를 가르는 소리가 위아래에서 덤벼들었

다. 리로이는 도약의 기세로 바닥에 박힌 거대한 천장 파편에 도달했고 이것을 발판 삼아 위쪽으로 뛰어올랐다.

내리쳐진 실은 리로이의 어깨를 스쳐 바닥을 잘랐다. 튀어오른 또 다른 실은 허벅지를 파내고 위층 복도를 차례차례로 찢어댔다.

매춘부들을 안은 채의 리로이가 착지한 순간 마룻바닥이 붕괴했다. 이미 함몰돼 있던 곳에 무너져 내린 위층의 무게가 더해져 한계를 넘어선 듯했다.

귀청을 찢는 소리가 주위의 모든 것을 아래층으로 세차게 내려쳤다.

연쇄적으로 통로도 부서지고 그것에 이어진 방의 벽까지 찢겨져 떨어졌다. 목재가 부러지고 부서지고 찢겨지는 소리가 계속 이어졌다.

대량의 분진으로 시야가 나빠지는 가운데 리로이는 옆구리에 두 명의 매춘부를 안고서도 안전하게 착지했다. 떨어지는 기왓장이나 파편을 교묘하게 피하면서 이동했다.

세스타가 갇혀 있던 지하실로.

"스스로 도망칠 수 있겠냐?" 리로이는 두 명을 지하 통로에 내려줬다. 그녀들은 생각보다 겁먹은 모습을 보이지 않았지만 굳어진 얼굴로 확실하게 수긍했다.

두 명의 매춘부가 지하통로를 빠져나가는 것을 바라보고 있던 리로이의 배후에서 쌓여 있던 기왓장이 기세 좋게 휘날렸다.

공기를 찢는 소리가 육박했다.

검을 놓고 있던 리로이는 피할 수밖에 없었다.

소리와 살의가 겹쳐지는 곳이 실의 궤도다.

리로이는 몸을 굽혀 공격을 피한 후 단숨에 가속했다. 검은 잔상을 두 번째, 세 번째 철실이 찢어버렸다.

실비오의 모습은 산처럼 쌓여 있는 기왓장과 분진에 숨겨져 있었다. 철실의 움직임은 천차만별로 공격의 방향만으로 그의 위치를 찾을 수는 없었다.

그럼에도 불구하고 파트너가 주저하지 않고 향하는 곳에 있는 것은——당연히 나다.

철실술사는 스스로가 조종하는 실의 감각만으로 상황을 파악하고 확실하게 표적의 목을 떨어뜨렸다. 그들에게 보이지 않는 것은 아무런 문제가 되지 않았다. 질주하는 리로이를 놀랄 정도의 정확함으로 실이 공격했다.

내가 실체화한다는——선택지도 없는 건 아니지만, 솔직히 이 레벨의 공격에 내 존재는 발목만 잡을 뿐이다.

리로이는 평범한 인간에게는 지각하는 것조차 불가능한 실의 맹공을 계속해서 피해냈다. 주위의 기왓장과 가구의 파편이 리로이 대신 절단돼 날아다녔다.

나는 실비오의 왼팔에 박힌 채로 부서진 마룻바닥 위로 굴렀다. 철실로 조종하고 있던 그 왼팔은 이미 조금도 움직이지 않았다. 완전히 실비오의 제어에서 벗어난 듯했다.

그렇게 생각했다.

리로이가 철실의 공격을 피하면서 나한테 도착한 순간, 그 왼팔에 갑자기 숨이 불어넣어질 때까지.

다섯 개의 손가락에서 뻗어 나온 철실이 지근거리에서 리로이를 공격했다.

내가 찌르고 있는 탓인지 정밀함은 떨어졌지만 속도는 충분했다. 처음부터 이 타이밍을 노리고 있었는지, 후방에서도 철실이 날아들었다. 실비오는 리로이가 검의 회수를 최우선할 거라고 생각해 덫을 쳐놨던 것이다.

생각할 여유 따윈 없었다.

리로이는 자신을 향해 날아드는 왼손의 철실을 향해 그대로 돌진했다.

자살행위다.

피가 통하지 않는 나조차도 핏기가 사라지는 듯했다.

하지만 리로이는 자승자박의 행동을 했던 게 아니었다.

그 몸을 찢어발기려는 철실에 대해 아무 것도 들고 있지 않은 오른손을 뻗었다. 나는 그 손가락 끝부터 철실로 찢겨지는 파트너의 모습이 보이는 것 같았다.

리로이의 손가락 끝이 나마저도 인식할 수 없는 속도로 움직였다.

내가 인식할 수 있는 것은 실비오의 왼팔이 경련을 일으켰

다고 생각한 다음 순간에 터져버렸고 주변에 여러 개의 금속
음이 불꽃을 만들어냈다는 것뿐이었다.

리로이는 상처 하나 없는 모습으로 나에게 손을 뻗었다. 찌
르고 있던 실비오의 왼팔은 너덜너덜 찢겨져 있었고 검을 집
어 들자 스륵 빠지면서 떨어졌다.

"어떻게 한 거야?"

"옛날에 익힌 솜씨라는 거지."

재미없다는 듯이――라기보다 어딘가 불쾌한 듯이――리
로이는 말했다.

아마도 말하고 싶지 않은 느낌이었다. 이렇게 되면 입을 꼭
다물어버릴 것이고, 애초에 그것을 추궁할 상황도 아니다.

뭐, 나로서는 이 남자가 무사하다는 것만으로도 충분했다.

하지만 답은 다른 인물이 말해줬다.

"실 토하기인가."

실비오의 목소리였다.

큰 기왓장 뒤에서 모습을 드러낸 그는 마치 오니 같았다.
왼쪽 어깨의 상처는 어떻게 했는지 이미 지혈이 돼 있었다.
하지만 피를 많이 흘려 얼굴이 창백했고, 서 있는 모습도 힘
이 없어 보였다.

"설마 그 기술까지 가르쳐줬단 말인가, 그는……." 그 사실
이 그에게 굉장히 큰 충격이었는지 크게 뜬 눈은 충혈됐고 입
술이 떨리고 있었다.

실 토하기라는 단어는 들은 적이 있다.

철실술사가 조종하는 실의 지배권을 빼앗아 상대방의 팔뿐만 아니라 온몸을 찢어버려 죽게 만드는 필살기 중의 필살기지만 기술의 난이도가 너무 높아서 철실술사 중에서도 지극히 소수의 제한된 자만 체득했다는 얘기였다.

애초에 수가 압도적으로 적은 철실술사끼리 적대 상태가 되는 일이 적어서 거의 전설화된 기술이라고 해도 좋을 것이다.

설마 파트너가 그것을 체득했다는 것은.

"이 기술이 없었다면 죽이지 못했을 것이다."

리로이는 오른손의 손가락을 천천히 흔들면서 말했다.

"이제 더 이상 쓰고 싶지 않은데."

기억해내고 싶지 않았던 일인지 리로이의 볼이 일그러졌다.

실비오도 볼을 일그러뜨렸다.

"됐다."

증오를 떨쳐낸 듯한 음색으로 실비오는 오른손을 천천히 들어 올렸다.

"스승을 죽인 기술을 내가 깨부순다. 이것으로 막을 내리자."

"미안하지만."

리로이는 실비오의 비장한 결의에 대해 냉담하게 응했다.

"더 이상 쓸 마음은 없다."

그리고 동시에 오른손의 철실을 내던졌다.

실 토하기는 본래 상대방의 공격을 반격함으로써 최대의 성과를 올리는 기술이다. 실비오도 당연히 자신의 공격에 대해 리로이가 반격할 것이라고 예측했을 것이다.

살짝 반응이 늦었다.

하지만 실이 향한 곳은 실비오가 아니었다.

「스칼렛 레이디」의 건물이었다.

아직 무너지지 않은 벽, 복도, 천장과 마루를 무차별로 절단했다.

이미 대부분이 붕괴 직전이었다.

간신히 지탱하고 있던 부분을 철실이 절단하든 안 하든 눈처럼 무너져 내려 리로이와 실비오의 머리 위로 서로가 부딪치면서 낙하했다.

대량의 파괴음이 쏟아져내려오자 실비오는 "제정신이냐?"라고 중얼거렸지만, 곧바로 대응했다.

당연한 얘기지만 떨어지는 낙하물을 피하기 위해 그 범위권 밖으로 이동하려고 했다.

물론 리로이한테 틈을 보이지 않기 위한 경계는 느슨히 하지 않았다──그럴 생각이었는데, 그것은 어디까지나 기와에 깔리지 않는 상황을 만든 후로 상정했었다.

리로이가 낙하물을 무시하고 똑바로 덤벼들 거라고는 생각도 못했던 것이 틀림없다.

실비오도 리로이의 행동에 대응하지 못했다.

모든 상황에서 공격을 최우선시하는 결단은 맹수로는 생존 본능이 결여된 것이고, 인간으로서는 이성이 결여된 것이다.

순식간에 육박해오는 검은 남자에 대해 실비오는 무슨 생각을 했을까.

그런데도 곧바로 철실을 움직여 반격에 나선 것은 대단하다고 표현할 수밖에 없었다.

맹진해오는 리로이한테 다섯 줄의 실이 호를 그렸다.

검을 손에 쥔 리로이는 실 토하기가 아니라 참격으로 그것을 떨쳐냈다. 좌우 동시에 불꽃이 튀었고 그 불꽃에 첫 번째 기왓장이 격돌했다.

리로이의 후방이었다.

실비오의 시선이 살짝이지만 지근거리에서 깨지는 마룻바닥 일부로 이동했다.

리로이는 한쪽 어깨로부터 비스듬히 내리 베려는 살을 검신으로 튕겨냈다.

그 실이 두 사람 사이로 낙하하는 벽의 파편을 두 동강냈고, 각각 회전하면서 바닥에 처박혔다.

실비오의 손끝이 미세하게 반응했다. 자신의 몸에 맞으려 했다면 실로 막으려고 했던 것이다.

발밑으로 뻗어오는 철실을 쳐내는 리로이 옆에서 거대한

벽장이 파괴됐다. 무수한 나무 파편이 휘날렸고 안에 들어 있던 색색의 드레스가 흩뿌려졌다.

거대한 천장 일부가 실비오의 등 뒤에서 폭쇄했고 발밑이 흔들렸다.

실비오는 잠시도 멈추지 않고 리로이를 계속 공격했지만, 밀려드는 폭음과 먼지가 그 손끝의 움직임을 아주 조금 늦췄다.

하지만 리로이는 순식간에 자신을 짓누를지도 모르는 기와 따위를 전혀 신경 쓰지 않았다.

실비오의 말처럼 제정신이 아닌 것 같다.

날아오는 작은 파편이 관자놀이를 직격해도 꿈쩍도 하지 않았고 철실의 연속 공격을 전부 밀어냈다.

그 간격에 파고들었다.

칼은 실비오의 목을 목표로 최단거리를 답파했다.

불꽃이 튀었다.

이 절대적인 일격을 놀랍게도 실비오는 철실로 막아냈다. 그것을 예견한 것도 아닌데 리로이는 곧바로 몸을 회전시켜 반대쪽 몸으로 검신을 집어넣었다.

실비오의 바로 뒤에서 창틀이 붙은 벽면이 부서졌고 새된 울림과 함께 유리 파편이 흩날렸다.

그의 몸을 절단하지 못한 검격 역시 철실이 막아낸 것처럼 보였지만 살짝 약했다. 칼은 그의 옆구리에 도달해 그 육체로 들어갔다.

계속해서 떨어져 내리는 천장이 마루에서 부서졌고, 그 가운데 하나가 두 사람에게 그림자를 드리웠다.

반사적으로 실비오는 뒤로 물러나려고 했다.

리로이는 더욱 파고들었다.

검에 의한 참격이 아니라 손톱 끝을 내밀었다.

의식이 검과 기왓장에 향해 있던 실비오에게 이것은 예상 밖의 한 수였던 듯했다. 철실로 요격당하면 검과 다르게 리로이의 발이 절단된다. 그만큼 무의식 상태에서 실비오도 무기에 의한 공격 이외의 가능성을 적게 봤던 것이리라.

아니 떨어지는 기왓장이 없었다면 아마도 그 역시 반응을 했을지도 모른다.

「다크 원」의 단단한 골격마저도 쉽게 부러뜨리는 리로이의 발은 방어를 못한 실비오의 복부로 들어가 그의 몸을 멀리 날려버렸다.

동시에 리로이는 내뻗은 발을 돌리면서 검을 휘둘렀다. 베는 것이 아니라 칼등으로 직격 직전의 바닥을 산산조각으로 만들었다.

발에 차여 날아간 실비오는 잔해로 가득한 바닥 위를 굴러 격렬하게 회전하면서 벽에 격돌했다.

즉시하더라도 이상힐 게 없는 타격이었다.

하지만 그는 다시 일어나려고 했다. 격렬하게 기침을 하고 피를 토하면서 벽에 달라붙어 몸을 일으켰다.

엄청난 증오가 그 두 눈동자에서 튀어나왔다.

"위험하다."

리로이는 그의 머리 위를 가리켰다.

대량의 기왓장이 마지막인 것처럼 떨어져 내려왔다.

실비오의 눈동자에 담겨 있던 끝을 알 수 없는 증오 속에서 절망의 그림자가 퍼져갔다.

그리고 그의 신체는 강렬한 충격과 분진에 삼켜졌다.

폭풍이 밀려오고 작은 파편이 돼버린 건축 자재가 비처럼 쏟아져 내렸다.

시야를 덮어버렸던 먼지가 가라앉기를 기다린 후 리로이는 천천히 걷기 시작했다.

얼마 지나지 않아 실비오는 금방 발견됐다.

크고 작은 기왓장으로 몸의 대부분이 짓눌린 상태로 반쯤 죽어가는 상태였다.

그런데도 리로이를 올려다보는 눈에는 저주와 같은 음험한 반짝임이 담겨 있었다.

"한 가지 확인해두고 싶은데." 더 이상 말하는 것조차 불가능해진 남자에게 리로이의 말투에는 아무런 감정이 담겨져 있지 않았다. "홀에서 떠날 때 스웨인을 비롯한 두 여자한테 실을 뻗은 것은 죽일 생각이었던 거냐?"

과연, 그때 리로이가 취했던 불가사의한 행동은 그 때문이었던 것이다.

실비오는 역시 답하지 않았다.

그저 피투성이 입술이 살짝 치켜 올라갔다.

그것이 모든 것을 말해주고 있었다.

리로이는 검 끝을 실비오에게 향했다.

"그대로 둬도 죽겠지만 끝장을 내주마."

자비로 하는 말이 아니라는 것은 해충이라도 보는 것 같은 눈빛으로 알 수 있었다. 자신의 손으로 그의 죽음을 맛봐야만 하는 것이다.

당장 실비오의 목숨을 끊을 것처럼 보였던 리로이였지만 움직이지 못하는 그의 가슴에 검 끝을 가져간 채 "후지카는……."이라고 툭 말했다.

"네가 죽여주길 바랐어." 아무런 악의가 없는 중얼거림이었다.

하지만 마치 심장을 뚫린 것처럼 실비오의 눈이 커졌다.

눈동자 안에서 뿜어져 나온 분노는 곧바로 절망과 비탄에 삼켜져 버렸다.

그 목에서 괴이한 소리가 새나왔다.

목안에 뭉쳐 있던 피가 성대의 진동으로 떨렸던 것이다.

입 끝에서 검붉은 피가 뚝뚝 떨어졌다.

마침내 실비오가 말을 내뱉었다.

"죽어버려, 바퀴벌레 자식."

리로이는 조용하게 웃었다.

그때 지하에 있는 리로이 일행을 위에서 내려다보는 인물이 나타났다.

"기다려, 슈발처!"

낯익은 허스키 보이스가 다급하게 들렸다.

하지만 리로이는 기다리지 않았다.

검 끝은 실비오의 가슴뼈를 절단하고 심장에 도달했고 아무런 저항도 받지 않은 채 뚫어버렸다.

실비오는 온몸을 떨었다.

힘이 빠져나가자 마지막으로 작은 숨을 내뱉고 더 이상 움직이지 않았다.

리로이는 검을 뽑은 후 목소리의 주인을 찾아 뒤를 돌아봤다.

벽과 마루가 사라져서 확 트인 1층에 키 큰 여자가 서 있었다.

"기다리라고……!"

그녀는 화난 모습으로 이를 악물고 말했다.

이 목소리는 들은 기억이 있다.

분명, 프리지아, 라고 릴리 일행한테 불렸던 여인이다.

"기다릴 이유가 없다."

리로이는 쌀쌀맞게 말하고 검을 칼집에 넣었다.

한편 프리지아는 허리 벨트에 찬 칼 손잡이를 만질 듯 말

듯한 위치에 손끝을 멈추고 있었다.

수수한 셔츠와 겉옷 안에 단련된 갈색 육체가 긴장하고 있는 게 느껴졌다. 화장기 없는 날카로운 얼굴에는 울분이 강하게 서려 있다.

"하고 싶으면 덤벼도 된다."

그녀의 마음을 파악했는지, 리로이는 권하듯이 말했다.

프리지아는 이를 악물며 떨리는 손끝을 칼 손잡이에서 떼어냈다. "──물어볼 게 있는데." 동료를 살해당한 분노를 참아내며 프리지아는 건조한 목소리로 말했다.

"거절한다."

리로이는 그렇게 내뱉고 겹겹이 쌓여 있는 기왓장을 밟으며 지상으로 나왔다.

프리지아는 급하게 리로이를 쫓아갔다. 붕괴된 가게 주변에는 구경꾼들이 잔뜩 몰려 있었다.

모두 주변에서 바라만 볼 뿐 택지 안으로 들어오지 못한 이유는 「크림슨 디스페어」의 영향력 때문일까.

"기다려, 슈발처!"

"뭐야, 시끄럽게."

달려오는 프리지아를 리로이는 귀찮다는 듯이 돌아봤다.

"어디로 갈 생각이냐?"

"네가 상관할 일이 아니다."

말붙일 염도 못 낸다는 건 바로 이런 경우다. 프리지아는 저도 모르게 리로이의 팔꿈치를 붙잡았다. 그리고 다른 손으로 「스칼렛 레이디」의 참상을 가리켰다.

"이런 짓을 저지르고도 상관이 없다고?"

"너는 바보냐?"

아아, 이 남자한테 저런 말투로 바보 취급을 받았다면, 나의 경우는 분해서 죽을 것이다.

"멋대로 끼어든 것은 네 쪽이잖아. 그렇게 끼어들고 싶으면 여기서 너도 죽여줄까."

하지만 확실히 이 상황에 있어서 리로이의 말에도 억울하지만 일리가 있다.

맹수를 포획하러 가서 역습을 당해 목숨을 잃은 경우, 그 맹수에 죄가 있을까와 같은 얘기다.

이것이 인간일 경우, 여러 가지 법률적이나 인도적으로 너무했다는 판단도 있을 수 있지만, 리로이를 어떤 범주로 옳은지 그른지 판단하는 것은 매우 어려운 일이다.

프리지아는 협박과도 같은 리로이의 말을 듣고 찡그린 표정을 지었다.

"더 죽이고 싶은 것이냐?"

"부족하냐 아니냐의 얘기가 아니다."

리로이는 팔을 붙잡고 있는 프리지아의 손을 뿌리치고 그녀의 얼굴에 손가락을 내밀었다.

"완전히 때려 부술 때까지다. 네놈들이 두 번 다시 일어설 수 없을 때까지 두들길 거야. 네놈들의 목숨 따윈 저기 널브러진 돌보다 못하니까."

말투는 세지 않았다. 오히려 평온하다고 말해도 될 정도다. 그만큼 담담하게 전해지는 의사표시가 단순한 위협이 아니라 확실하게 실행될 일이라는 것을 듣는 이가 예감토록 만들었다.

프리지아도 그런 듯했다.

그녀는 그녀 나름대로 조직을 위해 행동할 생각이었겠지만, 리로이의 말을 듣고 안색이 변했다.

그 손가락이 칼의 손잡이를 확실하게 쥐었다.

이 남자는 이곳에서 죽여야만 한다——그녀가 그렇게 결심한 것이 손에 쥘 듯이 느껴졌다.

지금까지 리로이가 파멸시킨 수많은 범죄조직, 암살 길드의 인간 중에는 파트너를 부하로 삼을 수는 없더라도 그 능력을 어떤 방식으로든 이용하려고 책략을 쓴 자들도 적지 않았다. 하지만 어느 순간이 되면 누구나 깨달았다.

이 남자를 제어하는 것은 불가능하다고.

그 순간이 프리지아에게는 지금인 것이다.

그녀는 살짝 후퇴한 후, 칼을 뽑으려고 했다.

하지만 칼날이 살짝 나오려던 시점에 그 움직임이 멈췄다. 시끄러운 구경꾼 너머에서 위압적이고 격노한 목소리가 들려왔던 것이다.

하긴 이 정도로 시끄러워지면 슬럼가라고 해도 경찰의 개입은 피할 수 없는 일이다.

하지만 지금까지 입수한 바이덴에서 「크림슨 디스페어」의 영향력을 생각하면 경찰 조직조차도 두려워할 것이 틀림없다.

하지만 프리지아는 칼을 뽑지 않고 그 손잡이에서 손을 떼어냈다.

"가라."

짧은 말이었지만 분노를 억제하고 있다는 것이 확연히 드러났다.

"기다리라고 했다가, 가라고 했다가, 어느 쪽인 거냐?"

리로이는 살짝 웃은 후 몸을 돌렸다.

하지만 조금 걸어가다 발을 멈추고 돌아봤다.

"너, 동료가 죽어서 진심으로 화를 냈지."

지적당한 프리지아는 무슨 말인지 몰라 눈썹을 찡그렸다.

"무슨 말이냐?"

"안 어울린다는 말이다."

그 말만 툭 내뱉고, 리로이는 그 자리를 떠났다.

등 뒤에서 프리지아가 곤혹스러운 듯 욕지거리를 내뱉었다.

가게 정면 부근에는 구경꾼과 달려온 경관 부대가 옥신각신 중이었다. 리로이는 당당하게 그 옆으로 빠져나갔다. 경관이 멈추라고 했지만, 물론 리로이는 답하지 않았다.

쫓아오려고 했지만 모여 있는 구경꾼들을 필사적으로 헤치며 전진하는 경관과 춤을 추는 듯한 발걸음으로 피해가는 리로이는 애초에 경쟁이 되지 않았다.

일단 골목길로 들어가 버리면 더 이상 추격은 불가능하다.

"내 생각에는 말이야."

난 뒷골목을 걸어가는 리로이에게 말했다.

"프리지아라는 여자한테 카틸이 있는 곳까지 안내를 시키는 게 좋지 않았을까. 그 편이 훨씬 빠를 텐데."

"그럼 재미없잖아."

리로이는 좋지 않은 짓을 꾸미는 표정으로 씨익 웃었다.

난 나쁜 예감만 들었다.

"복수라면 역시 직접 쳐들어가서 싸우는 거지. 안내 같은 걸 받으면 창피하잖아."

음, 나한테는 아직도 너의 그런 가치관이 이해가 안 된다.

"하지만 이 거리의 정보통한테서「크림슨 디스페어」의 정보는 구할 수 없을 거야." 일단 실제 경험에 기초해 충고를 해봤다.

알고 있다는 듯 리로이는 고개를 끄덕였다.

"더 자세히 알 것 같은 놈이 있으니까."

과연.

역시 내 나쁜 예감은 맞은 듯했다.

"얘기를 듣는 거겠지?"

"당연하지."

못을 박는 내 말투의 불만이 느껴졌는지, 리로이는 미간에 주름을 새겼다.

"죽은 사람은 말을 못하니까."

"일단 그것까진 알고 있군."

내 빈정거림에 리로이는 허리에 차고 있는 검을 내려 봤다.

거리의 건달들이나 암살자라면 몰라도 대도시의 영주쯤 되면 네, 죽였습니다, 로 끝나지 않는다.

그것을 앞뒤 가리지 않고 처리해버리는 게 이 남자다. 그렇게 되면 변경지대에 수배서가 돌려질 것이고 리로이는 죄인으로 쫓기는 신세가 될 것이다.

고생이 끊이지 않게 된다는 얘기다.

"너한테 발목이 잡혔던 파트너도 힘들었겠어."

그것은 불식간에 입을 통해서 나온 말이었다.

리로이는 잠시 침묵한 후 "어땠을까?"라고 중얼거렸다.

예전 파트너를 말하는 것치곤 남의 얘기를 하는 듯한 말투였다.

무슨 일이 있었는지 궁금함이 일었지만 아무 말도 묻지 말라는 듯 리로이의 얼굴에 부정의 표정이 떠올랐다.

이럴 때는 어린애 같아서 파악하기 쉽다.

"그런데 너 어디로 가는 거야?"

내가 화제를 바꾸자 리로이는 발을 멈췄다.

"스웨인 네를 살피러 가는 게 당연하잖아."

그건 알고 있다.

"어딘지 모르잖아."

내 지적에 리로이는 자신의 코를 가리켰다.

"냄새로 어떻게든 찾아갈 수 있을 것 같은데."

"네가 개냐?"

반사적으로 딴죽을 건 후 반성했다.

개는 훨씬 현명하다.

"옛날에 개한테 물어본 적이 있어. 냄새로 찾아가는 법을."

리로이는 그렇게 말하고 득의양양하게 웃었다.

아아, 어련하시겠어.

"그럼 찾아봐."

분명 리로이는 후각뿐만 아니라 오감 전체가 보통 인간 이상으로 예민하지만, 그냥 있어도 잡다한 냄새로 충만한 이곳에서 그 세 명의 냄새만을 구분해내서 추적하는 게 가능할 리가 없다.

어차피 금방 나를 의지할 것이다.

그렇게 생각했는데,

"여긴가."

내가 시붕을 뚫어버렸던 카렌의 숙박 호텔에 리로이는 정말 도착해버리고 말았다.

"한 가지 충고할게."

난 호텔 로비로 들어가려는 리로이에게 말했다.

"냄새로 이곳을 알았다는 말은 입이 찢어져도 하지 마."

"그닥 냄새가 지독해서 추적이 가능했던 게 아니니까."

오히려 좋은 냄새를 따라 온 건데 뭐가 나빠? 라고 진심으로 말하는 이 남자의 정신상태를 의심하는 것은 대체 오늘 몇 번째란 말인가.

그리고 파트너로서 함께 다니게 된 후 몇 백 번째란 말인가.

난 깊이 한숨 쉬었다.

이 남자가 좀 더 인류와 가까워졌으면 좋겠는데…….

제3장

1

문을 열고 들어온 리로이를 처음 본 순간 "지독한 꼴이잖아."라며 카렌은 얼굴을 찡그렸다.

실비오하고의 전투로 가죽재킷과 바지는 여러 곳이 찢겨져 있었고 끈적끈적한 피가 엉겨 붙어 있었다.

게다가 온몸이 먼지투성이어서 검은 머리카락도 살짝 하얗게 됐다.

"우선 저기로 들어가."

그녀는 욕실을 가리켰다. 리로이는 특별한 불평 없이 시키는 대로 그쪽으로 향했다.

그런 도중 머리 위를 가리켰다.

"이거냐?"

"그래."

내가 밟아서 뚫어버린 천장은 응급처치로 나무판자를 2중으로 겹쳐 박혀 있었다. 이 정도론 비가 내릴 경우엔 방이 침수될 것 같았다.

"파트너가 폐를 끼쳤군."

리로이는 그렇게 말했지만, 큰일로 여기지 않는다는 게 음색을 통해서 느껴졌다.

"아니."

카렌도 무뚝뚝하게 답했다.

그 말투를 봤을 때 이미 수리비 청구는 포기한 듯했다.

너무나 미안했다.

"잠깐 문 정도는 닫으라고."

욕실로 들어가자마자 옷을 벗기 시작한 리로이한테 불만을 말한 카렌은 난폭하게 문을 닫았다. 그리고 바닥이 더러워진 것을 보고 한숨을 쉬었다.

"시설의 아이들이 생각나……."

그녀는 혼잣말을 하면서 리로이가 떨어뜨린 오물을 수건으로 닦아내기 시작했다. 호텔이기 때문에 청소부한테 맡겨도 될 거라고 생각했지만 뭐, 그런 성격인 듯했다.

어느 정도 깨끗해진 후 그녀는 욕실 밖에 세워둔 검을 보고 살짝 어이없다는 표정을 지었다. 용병 일이 가업인 인간이 손이 닿지 않는 곳에 무기를 두는 것은 부주의——한 짓일 것이다.

하지만 리로이 입장에서 보면 나를 욕실로 가지고 들어가는 것은 남자끼리 샤워를 하는 느낌이 들 수도 있다. 큰 목욕탕이라면 몰라도 숙박시설의 작은 욕실에서는 물건을 밖에 두는 습관이 돼 있었다.

"리로이, 다녀왔어?"

복도에서 스웨인이 얼굴을 내밀었다.

곳곳이 기워져 있던 옷은 낙낙한 신상 실내복으로 바뀌었고 길었던 머리카락도 깔끔하게 짧아졌다.

"그래." 카렌은 욕실을 가리켰다. "참 나, 남자가 먼지투성이로 집에 돌아오는 것은 나이가 들어도 똑같다니까."

"무사히 돌아왔구나."

스웨인이 어느 정도 안도한 듯 한숨을 내쉬었다.

"무사한 건가요?"

스웨인 뒤에서 목소리만 들려왔다. "아쉽네요." 여전히 세스타는 리로이가 마음에 안 드는 듯했다.

"그런데 스웨인." 카렌이 팔짱을 끼고 소년을 내려 봤다. "식사는 다 한 거야?"

질문을 빈은 스웨인은 곤란하다는 듯 어깨를 으쓱였다.

"난 어렸을 때부터 당근은 정말 못 먹겠어."

"싫어하는 것을 억지로 먹이는 것을 좋아하진 않지만." 카렌은 위압적으로 보이는 팔짱을 풀고 스웨인에게 다가가 그 얼굴에 손바닥을 얹었다. "스스로가 알지 모르겠지만, 너는 영양상태가 좋지 않아. 건강 상태가 개선될 때까지 남기지 말고 먹어."

"——네."

스웨인은 단념한 듯 카렌을 따라 뚜벅뚜벅 돌아갔다.

욕실 안에서 물소리가 멈췄다.

잠시 후 나온 리로이는 새로운 가죽바지를 입었지만 아직 상반신은 나체였다. 수건으로 머리카락을 닦으면서 가방 옆에 세워져 있던 나를 붙잡고 방 안쪽으로 향했다.

"셔츠 정도는 입는 게 어때?"

일단 그렇게 제안해봤지만, "방 안이니까 괜찮잖아."라고 예상했던 답을 내놨다.

틀린 얘기는 아니지만, 이곳은 네 방이 아니라고.

"좋을 대로 해." 난 평소처럼 그렇게 말했다.

욕실 앞에는 부엌과 거실이 하나로 연결된 큰 방이 있었고 침실은 더 안쪽에 있는 듯했다. 부엌의 테이블에는 배달 요리가 놓여 있었고 스웨인과 세스타가 자리에 앉아 있었다.

스웨인은 복잡한 표정으로 포크로 집은 당근을 바라보고 있었다.

카렌은 커피를 마실 준비를 하는 듯 뒤를 돌아보고 있었다.

기척을 느끼고 돌아본 그녀는 반나체의 리로이를 보고 눈을 가늘게 떴다.

"여자애도 있는데 꼴이 그게 뭐야?"

예상한 대로 혼났다.

"불쾌하군요."

식후 디저트로 케이크를 먹고 있던 세스타는 경멸에 가까운 시선을 리로이에게 던졌다. 유일하게 스웨인만이 "근육이 엄청나."라고 감탄하고 있었다.

결국 리로이는 카렌에 의해 방으로 쫓겨나 욕실로 되돌아갔다. 투덜거리면서 옷을 입는 모습은 어딜 보더라도 어린애 같았다.

그래서 나도 그럴 거라고 했잖아, 라는 말은 굳이 꺼내지 않았다. 너무 불쌍해 보여서.

"누가 불쌍하다는 거야?"

아마도 마지막 부분이 입 밖으로 튀어나온 듯했다.

뭐, 자주 있는 일이다.

이미 벌어진 일이지만, 질문을 받았기 때문에 할 수 없이 토론에 응했다.

"누가 불쌍하다고 묻는다면 나이를 먹고도 옷을 제대로 입으라고 혼나고 있는 너를 말하는 거다, 파트너."

"누가 보더라노 이상한 옷을 입는 너보다는 나아." 리로이는 욕실 문을 열면서 흘려들을 수 없는 폭언을 내뱉었다. "차라리 옷을 벗고 제대로 된 옷을 골라라."

뭐든 한도가 있다. 복장에 관한 조소는 너그럽게 들어줬지만, 방금 이 발언은 뭔가.

자신의 모자람을 모른 채 나를 건드리는 발언은 용서하기 힘들었다.

그렇다면 검은 옷만 입는 너는 어떤가, 전생에 톳이었냐? 라고 되받아치려고 했지만 열려 있는 문 너머에 카렌이 있다는 것을 보고 급하게 말을 삼켰다.

"난, 귀가 밝아."

그녀는 그렇게 말하면서도 의아한 표정이었다.

"처음엔 기분 탓이라고 생각했는데 역시나 들렸던 거야. 당신의 파트너 목소리가."

"없잖아?"

카렌은 리로이 옆으로 빠져나가 욕실 안을 살폈다. 그녀는 물론 그곳에 있는 나를 인식하지 못하고 고개를 갸웃했다.

"이상하네." 자신의 귀에 굉장한 자신이 있는지 보통은 헛소리가 들렸다고 넘어갈 텐데, 카렌은 좁은 욕실 안을 의심스러운 눈빛으로 꼼꼼하게 살폈다.

"설마 당신의 파트너, 닌자는 아니겠지?"

카렌은 농담을 섞어 그렇게 말했다.

닌자는 동방의 섬나라가 근거지인 암살자를 총칭하는 말이고 특수한 훈련과 약물에 의해 육체를 강화하고 인술이라는 정체를 알 수 없는 기술을 구하는 성가신 놈들을 가리킨다.

리로이는 입가에 재밌다는 미소를 지었다.

"그런 차림의 닌자가 있겠어? 숨을 수가 없잖아."

그렇게 바보 취급하는 듯이 코웃음을 쳤다. 해선 안 될 말을 어쩜 이리도 어린애처럼 해대는 건지.

"그도 그렇지." 카렌이 곧바로 동의하는 것도 화가 치민다.

아니, 별로 닌자가 되고 싶다고 생각하는 것은 아니지만.

"그럼 전해줄래, 그한테?"

리로이가 고개를 끄덕이자, 그녀는 말했다. "이제 돈 문제는 해결했으니까, 감사의 말이라도 하러 오라고."

"──라는데."

마치 옆에 있는 것처럼 리로이가 말했기 때문에, 카렌은 수상한 표정을 지으며 다시 주변을 쭉 둘러봤다.

그 반응에 리로이가 싱글벙글 미소를 짓자, 놀렸다는 것을 깨달은 카렌이 날카롭게 노려봤다.

"농담이야. 잘 전해줄게."

리로이가 사과했지만, 그녀는 한참을 더 노려보다 마침내 피곤한 듯 크게 한숨을 내쉬었다.

"──그럼."

카렌의 목소리 톤이 낮아졌다.

"실비오는 어떻게 됐어?"

"죽었어."

타인의 생사를 말하는 데 있어서 너무도 시원스러운 말투였지만, 어느 정도 예상했던 바인지 카렌은 크게 동요하지 않았다.

"그렇다면 이 거리에서 도망치는 것은 어려워졌네."

"아니, 도망치지 않아."

당연한 듯이 말하는 리로이를 카렌은 믿을 수 없다는 듯 바라봤다.

"도망치지 않고 어떡하겠다는 건데?"

뭐, 당연한 의문이다.

리로이는 역시 당연한 듯이 말했다.

"조직을 통째로 깨부술 생각인데."

"뭐어?"

깜짝 놀란 목소리가 카렌의 목에서 튀어나왔다. 그것에 이어 바보 아니야, 라는 말이 이어질 것 같았다.

"일단 묻겠는데, 「스칼렛 레이디」 얘기는 아닌 거지?"

그것은 이미 인적으로도 건축물도 완전 파괴돼 끝났다.

"「크림슨 디스페어」다."

리로이가 고개를 끄덕이자 카렌은 두통이라도 걸린 것처럼 미간을 손끝으로 눌렀다.

이 남자의 언동은 익숙해지지 않으면 심신에 지장을 초래할 정도로 상식을 이탈해 있다.

"당신이 강한 건 분명하지만 인간과 조직은 달라." 누구라도 처음엔 이 남자에게 상식을 설명하려고 한다. 단순히 생각이 모자라서 그런 거겠지, 라며 아픈 머리를 눌러가며 의견을 말하는 것이다.

"똑같다." 그리고 그 대부분이 좌절한다. "한 명씩 죽이다보면 최종적으로 조직도 죽는 거잖아?" 이 남자는 결코 단순히 생각이 없는 게 아니다.

보통 사람과 전혀 다른 전투 능력과 놀랄 만한 생명력, 그리고 무슨 일이 있어도 꺾이지 않는 정신력을 가진 최악의 무뢰다.

"애초에 당신은 세스타를 구하기 위해 「스칼렛 레이디」로 뛰어든 거잖아? 어째서 「크림슨 디스페어」를 깨부수는 얘기로 발전한 거야?"

그녀는 리로이가 「크림슨 디스페어」의 우두머리인 카틸한테 그 신병이 노려지고 있다는 것을 몰랐다.

"세스타를 구한 것은 스웨인한테 의뢰를 받아서다." 그것이 「크림슨 디스페어」로 이어지는 매춘굴이었다는 것은 우연이다. "그 전에 이미 카틸은 나에게 싸움을 걸었고, 그것을 받았을 뿐이야." 리로이의 사고방식에 의하면 굉장히 심플한 얘기가 된다.

"——말도 안 돼."

자세한 사정을 묻는 것이 아니라 카렌은 오히려 감탄한 것처럼 보였다.

"내 회사에도 정체를 알 수 없는 놈들이 수없이 많지만, 당신은 그놈들을 훨씬 넘어서는 바보야."

"그거 고맙군."

리로이의 적당한 대답에 카렌은 순간 짜증이 난 것 같은 표정을 지었다. 하지만 그렇다고 해도 달라질 게 없다는 것을 깨달았는지 곧바로 차분함을 되찾고 말을 이었다.

"당신, 「크림슨 디스페어」를 깨부순다고 말하지만, 어디가 본거지인지 알아?"

"아니."

깨부순다 죽인다고 말하면서도 어딘지도 모르는 꼴락서니를 리로이는 전혀 창피하다고 생각하지 않는 듯했다. 카렌도 점점 이 남자에 대해서 알게 됐는지 그런 태도에 대해 특별히 딴죽을 걸지 않았다. 다만 한 마디, "어쩔 생각인데?"라고 물었다.

"알 것 같은 놈이 한 명 있어. 그놈한테 물을 거야."

그것이 누구인지 카렌은 곧바로 이해했다.

동시에 눈을 감고 뭔가를 참아내는 듯 미간에 주름을 새겼다.

"영주를 말하는 거라면 내 회사에서도 두 명 정도 파견돼 있어. 당신과 같은 이유로."

그렇게 말한 카렌의 목소리에는 피로함이 느껴졌다.

그녀가 괴로운 표정을 짓는 것도 당연한 일이다.

「크림슨 디스페어」와 접촉하기 위한 수단으로「스칼렛 레이디」경유는 이미 소용없게 돼버렸다. 그 외에도 몇 가지 경로를 준비했는지까진 모르지만 바이덴 영주의 선은 마지막 카드에 가까운 게 아니었을까.

그것을 아무 생각 없는 리로이가 무단으로 쳐들어가 깨부수길 바라지 않을 것이다.

최악의 경우, 내가 걱정한 대로 바이덴과 바르하라까지 적으로 돌릴 가능성이 있다.

그것을 덧붙이는 듯이, 하지만 카렌 본인은 결코 그것이 본심이 아니라는 듯이 조용한 말투로 말했다.

"만약 당신이 우리들의 업무를 방해한다면 제거해야만 해."

"무서운 말을 하네." 말투는 익살맞았지만, 검은 눈동자는 웃지 않았다. "이번에는 진심이라는 말인가?" 공기가 아주 살짝 변화했다. 피부를 찌르는 긴장감이 두 사람 사이에 흘렀다.

"──내일 하루만 기다려줘."

무슨 말을 들어도 물러서지 않는 리로이의 의사표시를 느꼈는지, 카렌은 더 이상 설득하진 않았다. "당신이 영주와 만날 수 있게 말해둘게." 그녀는 손끝을 리로이의 얼굴에 들이댔다. "그러니 멋대로 쳐들어가는 짓은 하지 마.", "일단 영주한테 일을 의뢰받아서 이 도시에 왔거든." 리로이는 그렇게 말하고 가방에서 꾸깃꾸깃해진 의뢰서를 꺼냈다.

"뭐라고?" 카렌은 짜증난다는 듯 중얼거린 후 리로이의 손에서 의뢰서를 낚아챘다. 그것이 진짜인지 아닌지를 확인하듯 서면을 쭉 훑어봤다.

"진짜──잖아."

"그런 것 같아."

리로이가 애매하게 답하자, 카렌은 "이런 것을 가지고 있었으면 좀 더 빨리 내놓으라고." 짜증을 담아 말하고 의뢰서를 돌려줬다. 약간의 위화감을 느낀 것 같았지만, 리로이는 별다른 말없이 의뢰서를 가방에 다시 집어넣었다.

"뭐, 그건 그렇다 치고." 카렌은 살짝 감정이 고양됐는지, 헛기침을 해 스스로를 진정시켰다. "쓸데없는 마찰을 일으키지 않기 위해 역시 내가 말을 해두도록 할게. 알았지?"

"뭐, 별로 상관없는데."

리로이는 재밌다는 듯 말했다.

"그건 저 두 사람을 돌봐주고 있으니 시키는 대로 해, 라고 해도 되지 않나?"

그 말을 들은 카렌은 볼이 빨개졌다.

쑥스러워서가 아니라 화가 난 것이다.

"그런 인간으로 보여?"

말투는 온화했지만, 숨겨진 격노가 두 눈동자를 통해 흘러나왔다.

리로이는 미소를 지으며 "안 보여."라고 중얼거린 후 양손을 들었다. "사과할게."

"──정말 무례하구나. 당신들은."

카렌은 분노의 창끝을 우선 거둔 듯했지만, 왜 복수형으로
말했을까.

이 남자와 나란히 예의가 없다는 말을 듣는 것은 아무래도
납득이 힘들었다.

하지만 불만을 토로할 틈을 주지 않고 그녀는 곧바로 욕실
을 나가버렸다. "커피 마실 거지?"

"우유와 설탕도 부탁해."

별명을 생각하면 블랙으로 마시는 것이 정석이겠지만, 리
로이의 미각은 그의 정신상태와 마찬가지로 초딩 수준이다.

카렌도 그렇게 생각했는지 그 입가에 미소가 스쳤다.

부엌에서는 세스타가 우아하게 홍차를 마시고 있었고 스웨
인이 마지막 남은 당근 조각과 격투를 벌이고 있었다.

그것을 곁눈으로 바라본 리로이는 고개를 갸웃했다.

"슬럼가에서 만족스럽게 먹지 못하는 생활을 경험했을 텐
데 음식의 좋고 싫고가 있는 건가?"

이해가 안 된다는 말을 들은 스웨인은 포크 끝에 꽂혀 있는
당근을 응시하면서 답했다. "나도 스스로가 희한하다고 생각
하는데 오랜만에 먹어봐도 역시 안 되는 걸 어떡해?"

그리고 도전해야만 하는 상대로부터 의식을 돌리려는 듯이
리로이를 쳐다봤다.

"리로이는 싫어하는 음식 없어?"

"아니, 걔는 안 먹어."

그건 스웨인이 말하는 좋고 싫고의 범주에 들어가지 않는 답이었다. 마침 커리를 들고 온 카렌이 "나도 안 먹어."라고 차갑게 동의했다.

"그럼 고양이는 먹을 수 있나요? 야만인이로군요."

세스타가 우아하게 홍차를 마시면서 작게 코웃음을 쳤다. 정면에 앉은 그녀에게 시선을 보낸 리로이는 전혀 웃지 않고 고개를 끄덕였다.

"고양이는 꽤나 맛있다. 통구이로 구우면 껍질이 기름져 맛있지."

"……!"

세스타는 설마 그렇게 되받아칠 거라고 생각하지 못했는지 입안의 홍차를 뿜을 뻔했다. 그녀의 당황하는 모습을 보고나서야 리로이는 웃었다.

"거짓말인 게 당연하잖아."

"……!"

억지로 삼킨 홍차가 목을 건드렸는지, 괴로운 듯 기침을 한 세스타는 눈물 맺힌 눈으로 리로이를 노려봤다.

"――정말?"

그렇게 물어본 이는 세스타가 아니라 카렌이었다. 왠지 방금 전보다 거리를 두고 있었다. 그 눈에 떠오른 것은 비난의

색이었다.

"고양이를 먹을 정도로 쓰레기는 아니라고." 그렇게 덧붙였지만, 돈이 떨어지면 야생동물을 포획해 그 가죽을 벗겨먹을 남자다. 고양이를 먹지 않는 것도 단순히 그럴 때 옆에 없었기 때문이 아닐까.

"뭐, 당신이 고양이를 먹든 안 먹든 상관없지만."

카렌은 아무래도 좋다는 표정을 지었지만 말 그대로 화제를 바꿨다.

"이 아이——세스타는 언니가 있어." 카렌은 두 사람에게 식사를 제공하고 목욕을 시키면서 어느 정도 들은 바가 있는 듯했다. "이 도시에 와 있는 것 같은데 연락할 방도가 없는 것 같아."

그녀의 보고에 과연, 이라며 고개를 끄덕인 후 리로이는 세스타를 바라봤다.

"애초에 어떻게 납치를 당한 거냐? 역시 손님을 끌어들이려는 생각에서인가?"

곧바로 카렌의 팔꿈치가 리로이의 관자놀이를 때렸다.

말을 골라서 한다는 생각이 이 생물한테는 전혀 없기 때문에 어쩔 수 없다.

세스타는 아직도 촉촉한 눈으로 리로이한테서 눈을 돌렸고, "당신한테 가르쳐줄 이유는 없습니다."라고 전면적으로 거부의 자세를 취했다.

이유라면 있지, 라고 나도 생각했지만, 리로이는 별로 신경 쓰는 것 같지 않았다. "그래?"라고 중얼거릴 뿐이었다.

그러자 세스타는 작게 혀를 찼다.

아무리 혐오나 빈정거리는 말을 해도 리로이가 전혀 반응하지 않았기 때문에 짜증이 난 것이리라.

리로이는 볼을 돌린 세스타의 옆얼굴을 미소 지으며 바라보다가 말했다.

"그럼 언니를 찾아볼까."

"안 됩니다." 놀란 듯이 그때까지의 새침한 태도는 사라진 세스타가 강한 말투로 주장했다. "언니가 찾아올 테니 찾으러 갈 필요는 없습니다."

"뭐야? 탐정이라도 되는 거야? 너의 언니는." 세스타의 당황하는 대답에 리로이도 수상하다는 표정을 지었지만, 그녀는 자신이 당황했다는 게 창피했는지 고개를 숙여버렸다.

이렇게 되면 강하게 나서지 못하는 것이 내 파트너다.

"여러 가지로 사정이 있었을 테니 한동안은 이곳에서 쉬도록 하자."

구조선을 보낸 것은 카렌이었다.

"그동안 언니가 찾아와주면 좋은 일이고, 그렇지 않으면 그때 가서 생각해보고."

음, 귀찮은 부분은 뒤로 미루자는 것이기도 하지만, 건설적인 제안이다. 세스타가 침묵하기로 마음먹었다면, 이 도시의 경찰 기구가 나서지 않는 이상 그럴 수밖에 없다.

"그럼 됐지, 세스타?"

본인의 의사를 확실하게 물어봐 여지를 남기지 않았다.

세스타는 리로이를 상대할 때하고는 달리 순순히 고개를 끄덕였다.

"그리고 너 말인데."

카렌은 마지막 당근을 다 먹은 스웨인을 쳐다봤다.

"너, 왕국이나 황국에 가고 싶다고 했지."

"응."

세스타와 다른 이유로 눈물이 맺힌 채로 스웨인은 고개를 끄덕였다.

"일단 당신이 데리고 가는 것으로 알고 있는데, 맞겠지?"

"그래."

리로이가 답하자, 카렌은 "그 뒤로는 어쩔 생각이야?"라고 물었다.

대답할 수가 없었다.

생각해본 적이 없기 때문에.

곤란한 표정으로 서로를 바라보는 리로이와 스웨인을 보고 카렌은 낙담한 듯 어깨를 떨구었다. "뭐, 그렇겠지." 짧은 기간 함께 했지만, 벌써 그 둘을 이해하기 시작한 듯했다.

그녀는 잠시 신음소리를 낸 후 리로이를 손짓해 거실 구석으로 이동시켰다.

"제안할 게 있어."

리로이가 재촉하자 그녀는 말을 이었다. "바르하라가 관리, 경영하는 시설이 있어. 그곳에 들어가면 의식주가 보장되고 학교에도 다닐 수 있어."

왕후 귀족이나 대기업이 복지사업을 하는 것은 드문 일이 아니다. 돈이 손에 들어오면 다음엔 명예와 명성을 원하게 되는 것이 보통 인간이다.

바르하라는 분명 병원과 학교도 운영한다는 것을 기억하고 있다. 양육시설도 그런 사업의 일환 중 하나일 것이다.

"그곳은 누구라도 받아들여주나?"

"누구라도까지는 아니야. 시설의 수와 정원에는 한계가 있으니까."

하지만, 이라고 카렌은 덧붙였다. "난 버나드 왕국의 시설 출신이기 때문에 그쪽이라면 한 명 정도는 어떻게든 가능할 것 같아."

"좋은 곳이냐?"

리로이의 질문에 카렌은 어깨를 으쓱였다. "좋고 나쁠 것도 없어. 지극히 평범한 시설이야." 그렇게 대답한 후 "다만 신체능력이나 지능이 일정 수준을 넘는 아이는 별도의 시설로 보내져."라고 말을 이었다.

기믈레, 라고 불리는 그 시설은 보호를 위해서가 아니라 완전히 인재 육성을 위한 기관이라고 했다. 그 말을 들은 리로이는 힐끗 식후 디저트를 먹으며 기뻐하는 소년을 쳐다봤다.

"말해두지만." 카렌은 리로이의 우려를 꿰뚫어본 것처럼 말했다. "기믈레는 고도로 전문적인 교육을 하는 시설로 훈련이 매우 힘든 건 사실이지만, 세뇌나 약물에 의한 컨트롤이 행해지는 곳은 아니야."

"그건 뭐, 출신자가 하는 말이니 믿겠다."

그리고 저 녀석이 우수한지 아닌지 알 수가 없으니, 라며 리로이는 쓴웃음을 지었다.

카렌은 미간에 주름을 새겼다.

"내가 기믈레 출신이라고 말한 적은 없는데."

"하지만 양육 시설 출신이잖아."

리로이는 말했다.

"그래서 네가 뽑히지 않았다면 일정 수준이 너무 높아. 기믈레라는 곳에 갈 놈은 아무도 없겠지."

물론 리로이는 생각한 것을 그대로 입으로 말하기 때문에 아첨이나 아부하고는 거리가 멀다.

처음에는 놀리는 거라고 생각했던 카렌도 그것을 깨닫고 표정을 풀었다. "칭찬은 고맙게 들을게."라고 작게 미소 지었고, "만약 그가 기믈레에 뽑히더라도 고도의 교육을 받을 뿐이라는 점을 출신자가 보증하지."라고 진지한 말투로 말했다.

리로이는 수긍했다. "이젠 스웨인 자신한테 달렸군."

"그래서 말인데."

카렌은 표정을 찡그리며 말했다.

"내가 소개했다는 것은 비밀로 해줄 수 있을까."

그 이유를 리로이는 묻지 않았다. 아마 리로이도 똑같은 것을 바랐기 때문이리라. 대신에 "왜 그렇게까지 해주는 거지?"라고 약간 궁금한 듯이 물었다.

"당신이 그런 질문도 하는 거야?"라며 카렌은 쓴웃음을 지었다.

분명 그렇다.

두 사람은 부엌으로 돌아와 스웨인에게 시설에 대해 설명했다.

디저트로 케이크를 먹고 있던 스웨인은 카렌의 말을 듣고 포크를 쥔 손을 멈췄다.

"바로 대답해지 않아도 돼. 천천히 생각해봐."

한 차례 설명을 마친 후 카렌이 그렇게 말하자, 스웨인은 고개를 가로저었다. 시설 입소를 거절하는 줄 알았는데, "나, 거기에 가고 싶어"라고 바로 답했다. "학교에 가기 위해서 돈을 모아야겠다고 생각하던 참이었어."

카렌은 소년의 빠른 결정에 살짝 당황했다. "물론 나도 그것이 최선의 선택이라고 생각하지만, 이렇게 바로 결정해도 괜찮은 거니?"

"응."

스웨인은 흔들림이 없었다. "열심히 하면 대학까지 갈 수 있는 거지?"

아무런 주저함이 없었기 때문에 뭔가 하고 싶은 거라도 있어? 라고 카렌이 물어보자, 그는 약간 창피한 듯이 고개를 끄덕였다.

"아버지처럼 신문기자가 되고 싶어."

"그럼 공부를 열심히 해야겠네." 카렌은 납득한 듯이 말했다. "내 친구 중에도 신문기자가 한 명 있는데, 매일 돌아다녀야 해서 힘드니까 체력도 필요하고."

"스웨인, 너의 부친이 신문기자였다고 한 번도 말하지 않았잖아."

갑자기 세스타가 말했다.

"이 도시의 신문사였어?"

"버켈른의 샷틴 신문사였어." 스웨인의 얼굴이 반짝였다. "옛날에는 그쪽에 살았거든."

버켈른은 아스가르드 황국의 황도 엑셀베른에 이은 대도시다. 용병 길드의 본부가 있고 제1황자 발도르가 거점으로 삼은 성 브레이다블리크가 있다.

스웨인의 대답에 놀란 목소리를 낸 것은 카렌이었다. "내 친구랑 같은 회사야."라고 중얼거리고 스웨인이 민감하게 반응하는 것을 보며 미소 지었다.

"시태가 진정되면 소개할게. 여러 가지로 물어보고 싶은 것도 있을 테니."

"응, 고마워."

스웨인은 만면에 미소를 지으며 카렌을 쳐다봤다.

그 옆에서 두 사람한테 들리지 않을 정도로 작게 고개를 돌린 세스타가 혀를 찼다. 왜 그녀가 그런 반응을 한 것인지 알 수 없지만, 아마도 어쩐지 두려운 것을 봐버린 것 같았다.

이것은 못 본 것으로 하는 편이 좋을 것이다.

정말 긁어 부스럼을 만들지 말라는 상황이다.

하지만 부스럼을 무서워하지 않는 바보가 이곳에 있다.

"선제점을 빼앗겼구나."

리로이한테는 그녀 행동의 의미가 이해된 것일까, 놀리듯이 세스타한테 속삭였다.

다음 순간 세스타의 두 손가락이 문답무용으로 리로이의 두 눈을 찔렀다.

"──뭐 하는 거야?" 양손으로 얼굴을 덮고 바닥 위를 구르는 리로이를 카렌은 차가운 시선으로 내려 봤다. 물론 그녀의 귀는 리로이의 쓸데없는 참견을 들었다. "바보짓을 할 여유가 있으면 뒤처리나 좀 도와주지?"라고 가시 돋친 말을 했다.

"지금은 좀 눈이 아파."

한심한 리로이의 울음소리를 듣고 세스타가 바보 같다는 듯이 코웃음 쳤다.

웅크리고 앉은 검은 등짝이 얼마나 작아 보이는지.

그것을 본 스웨인은 이해할 수 없는 광경에 당황했다.

흉폭한 남자들을 때려눕히는 모습과 작은 여자애한테 당하는 모습이 겹쳐지지 않아서일 것이다.

평소에 얼마나 바보짓을 하는지 안다면 이렇게 놀랄 일은 아닐 텐데.

잘 단련된 근육일수록 힘을 주지 않은 상태가 되면 굉장히 부드러운 것과 마찬가지로 리로이의 뇌도 싸울 때 이외에는 90퍼센트 이상이 쉬어버리는 듯하다.

이 낙차에 익숙해지는 것이 이 검은 생물을 이해하는 첫걸음이라고 할 수 있다.

"그럼 제가 도와드릴게요."

기특하게도 그렇게 말한 세스타는 의자에서 일어나 리로이를 밟으며 부엌으로 향했다.

"스웨인, 홍차 더 마실래?"

"아, 응. 고마워."

그에 비해 스웨인을 바라보는 세스타의 미소는 품위 있고 온화했다.

이번엔 소녀의 용모를 보여 소년은 눈을 깜빡일 뿐이었다.

이쪽은 리로이만큼 단순하지 않았다. 이해의 첫걸음이 어디에 있는지조차 나로서도 알 수가 없었다.

"스웨인."

"왜?"

바닥에서 구르던 리로이가 속삭였기 때문에 스웨인은 몸을 구부렸다. 눈을 찔린 리로이는 얼굴을 덮은 손바닥 사이로 눈물을 흘리며 중얼거렸다.

"어려도, 여자는 여자다."

"──잘 모르겠지만. 그렇지."

전혀 이해가 안 된다는 표정으로 스웨인은 동의했다.

언젠가 소년한테도 그것을 이해할 날이 올 것이다.

이해할 날이 오지 않을 것이란 사실을.

2

바이덴 영주 디트마르 베데는 겁쟁이로 평판이 자자한 남자다.

그가 사는 저택은 바이덴 중앙부에 성처럼 우뚝 솟아 있었다.

아니──성처럼, 이라는 말보다 요새처럼, 이라고 말하는 편이 맞을 것이다. 「다크 원」의 위협이 있는 이상 도시 전체를 지키는 방벽은 필요불가결이지만, 도시 안에 있는 자신의 저택을 높은 벽으로 둘러치는 것은 특이하다고 할 수 있다.

주위는 소위 고급주택지로 산뜻하고 거대한 저택이 나란히 늘어서 있기 때문에 디트마르의 투박한 저택은 더욱 기이하게 보였다.

디트마르가 영주가 된 것은 몇 년 전이다. 그 전까진 이 저택도 적당히 사치를 부리는 영주의 저택일 뿐이었다. 그의 부친인 전전대 영주 아마디오와 전대였던 형 피딜리오가 연이어 원인 불명의 죽음을 맞자, 자신도 그렇게 될까 두려워 요새화가 시작됐다고 한다.

경비의 수 역시 보통이 아니었다. 저택을 둘러싼 벽 곳곳에 초소를 설치하고 그것과 별도로 순찰 병사가 끊임없이 주위를 경계하고 있었다.

"질보다 양인가." 그들을 바라보던 리로이는 질렸다는 듯 말했다. 뭐, 거동을 본 바로는 그들이 도저히 훈련이 잘된 병사로 여겨지지 않았다.

저택 정면 현관문은 거대한 철문을 끼고 두 개의 초소가 있었고, 총 인원 20명 정도가 근무를 서고 있었다.

리로이의 모습을 인식하고 창을 손에 든 병사 몇 명이 다가왔다.

카렌을 통해, 리로이가 이날 방문할 것은 영주에게 전달됐을 것이다.

디트마르한테 받은 의뢰서를 그들에게 건네자, 병사들은 특별히 수상쩍어 하지 않고 거대한 철문을 열어 리로이를 통과시켰다.

훈련도가 낮다기보다 열심히 할 마음이 없어 보였다. 그들이 원래 게으른 걸까, 아니면 고용주인 디트마르의 인망이 부족해서 그런 것일까.

등 뒤에서 무거운 철문이 닫히자 리로이는 넓은 앞뜰에 혼자 남겨졌다. 병사들은 누구도 다가오지 않았다.

"간단히 죽일 수 있겠는데." 리로이가 험악한 감상을 말했다. "오히려 죽여주길 바라는 것 같은데?" 뭐, 분명 그렇게 생각하더라도 어쩔 수 없는 경비 체제였다. 질도 나쁘지만 이래선 숫자의 의미도 없다.

이 정도의 병사로는 수십 명이 덤벼들어도 이 남자는 막을 수 없기 때문에 결과적으로는 똑같은 일이겠지만.

"설마 그녀의 얼굴에 먹칠할 생각은 아니겠지?"

일의 의뢰서가 어느 정도의 효력을 지녔는지는 모르겠지만, 적어도 이번 알현은 카렌이 바르하라를 통해 세팅해준 것이다. 그 결과 리로이가 디트마르를 살해했을 경우, 바르하라의 체면이 구겨지게 된다. 사내에서 카렌의 위치는 상당히 나빠질 것이다.

"그럴 생각은 없어." 리로이는 그렇게 말했지만, 디트마르의 반응에 따라 그럴 생각이 될 수도 있다는 것은 뻔하다.

그렇게 되면 난 카렌에게 고개를 숙이는 게 아니라 무릎을 꿇고 사죄를 해도 부족할 것 같았다.

"뭐야, 저 녀석?"

광대한 앞뜰을 걸어가기 시작한 리로이는 저택 쪽에서 이쪽으로 달려오는 사람을 보고 눈썹을 모았다.

병사들이 착용하고 있는 제복이 아니라 검은 슈트 차림의

남자였다. 그는 꽤나 빠른 속도로 리로이한테 도달한 후 깊이 고개를 숙였다.

"늦어서 죄송합니다." 선글라스를 끼고 흑발을 전부 뒤로 넘긴 그 남자는 품에서 명함을 꺼냈다. "리젤 질바라고 합니다. 기억해주시기 바랍니다."

받아든 명함에는 그 역시 바르하라 사원이라는 것이 표시돼 있었다.

리젤이라고 밝혔지만, 어딜 보더라도 남성이었다.

"여자 같은 이름이로군."

내가 생각은 했어도 입으로 하지 못한 말을 리로이는 아무런 주저 없이 말해버렸다. 그런 점이 무의식중에 트러블을 불러일으키는 것이라고 설명하더라도 고쳐지지 않는 것이 바로 이 남자다.

하지만 리젤이라는 이름의 바르하라 사원은 화를 내기는커녕 약간 쑥스러운 듯 미소 지었다.

"태어났을 때 제가 천사처럼 귀여워서 어머니가 그렇게 이름을 지었다고 합니다. 너무 창피한 일이죠." 원래 성격이 그런 것인지, 아니면 사업상 단련된 것인지, 그는 기분을 상하지 않게 말했다. "뭐, 원래 어머니는 그런 것에 무딘 분이시라, 여성의 이름이라기보다 예쁘게 들리는 이름을 지어준 것 같습니다만──."

"너의 이름에 그렇게까지 흥미는 없다."

희희낙락 말하는 리젤에게 리로이는 냉철하게 잘라버렸다. 자신이 말을 꺼내놓고 그럼 안 되지, 라고 생각했지만, 리젤은 그럼에도 분개하지 않고, "그럼 안내하도록 하겠습니다."라며 앞서서 걷기 시작했다.

자제심의 괴물인가, 라고 생각했지만, 늙지도 젊지도 않은 그 얼굴에 떠오른 미소를 봤을 때 아마도 그런 반응이 그의 성격처럼 느껴졌다.

리로이도 수상한 듯 그의 등을 바라봤다.

"카렌 씨한테서 얘기를 들었을 때는 솔직히 놀랐습니다." 그런 시선을 개의치 않고 리젤은 리로이에게 말을 걸었다. "설마 이런 곳에서 「리로이 더 라이트닝 스피드」를 만나보게 될 줄은 생각도 못했으니까요."

"영주한테서 아무런 말도 들은 게 없나?" 이것이 타인의 발언이었다면 슬쩍 속을 떠보는 것이라고 생각하겠지만, 리로이는 그렇지 않다.

하지만 질문을 받은 쪽도, "네, 아, 네."라고 거동이 수상했다. 어딘지 모르게 속을 알 수 없는 인물이지만, 포커페이스는 못하는 듯했다.

"카렌 씨로부터 영주가 직접 한 의뢰에 대해 당신이 디트마르 씨한테 할 얘기가 있다고 들었는데요." 확인하는 듯 빠른 말로 답했다. "은밀하게 해야 할 얘기인가요?"

"글쎄."

리로이는 입 끝을 불길하게 치켜 올렸다. "그쪽이 어떻게 나오느냐에 따라 달렸겠지."

"디트마르 씨는 매우 섬세한 분입니다." 리젤은 곤란한 표정으로 옹호하기 시작했다. "피딜리오 씨가 건재하셨다면 자신이 영주가 되는 것을 꿈에서도 생각하지 않았을 정도로 야심이 없는 분입니다."

"그렇군."

리로이의 대답은 놀랄 정도로 알았다는 느낌이 들지 않는 말투였다. 리젤도 당연히 불안함을 느꼈는지 그것이 안색에 나타났다.

"만약 지금 디트마르 씨까지 제거 당했을 경우 바이덴은 정치적 혼란에 빠질 수밖에 없습니다."

베데 가문은 오랜 기간 바이덴을 지배해온 가문이다. 유력 상인들로 구성된 의회도 존재하지만, 영주의 권한은 강하다. 리젤이 말한 대로 이곳에서 베데 가문의 혈통이 끊어졌을 경우, 후계자리를 놓고 엄청난 권력투쟁이 일어날 것이다.

"우리로서는 그것은 피하고 싶은 심경입니다. 바이덴이 안정돼 있지 않으면 남부 변경지역 전체가 영향을 받기 때문에."

"그건 힘들겠군."

아무래도 상관없다는 마음의 소리가 들려오는 것 같은 동의였다.

하지만 리젤은 그렇습니다, 라고 힘을 주어 말을 이었다. "그래서 꼭 리로이 씨한테 이번 갈등을 폭력 이외의 방법으로 해결해주시기를 바라고 있습니다."

"바보 같은 말 하지 마."

리로이는 리젤을 바라보며 쓴웃음을 지었다.

"폭력으로 해결하기 때문에 용병인 것이다."

그 의견에는 이론이 나올 것만 같지만, 이 남자가 말하면 명백한 진실처럼 들리기 때문에 희한한 일이다.

자신의 의견을 곧바로 부정당한 리젤도 할 말을 잃었다.

"걱정하지 마라." 그런 리젤을 배려하는 것은 아니겠지만, 리로이는 그의 등을 가볍게 두드렸다. "문답무용으로 죽이러 온 것이 아니다. 묻고 싶은 것이 있을 뿐이니까."

즉, 그것은 문답 내용에 뭔가 있다면 죽일 수도 있다는 의미이기도 했다.

리젤도 온화한 말투 뒤에 있는 의미를 느꼈는지, 입가에 살짝 긴장감이 감돌았다.

앞뜰을 지나 도착한 저택은 매우 고요했다.

창문에는 전부 쇠창살이 설치돼 있었고, 두꺼운 커튼으로 가려진 내부의 모습을 볼 수 없었다. 중후한 문 앞에는 정문과 비슷한 병사의 모습이 보이지 않았다.

"디드마르 씨는 극도의 인간 불신에 빠져 있습니다." 묻지도 않았는데, 리젤이 설명했다. "그래서 저택 안에 사람이 거의 없습니다. 몇 명의 사용인들만이 근처에서 일하는 것을 허가받은 상황입니다."

"그런데도 넌 잘 들어와 있구나."

리젤이 수상하다는 의미는 아니었지만──난 개인적으로 방심해선 안 될 인물이라고 생각했지만──그는 살짝 상처받았다는 듯이 서글픈 표정을 지었다.

"전 이래봬도 성실과 정직함이 모토라서요."

"충분히 수상한데."

좋든 나쁘든 솔직함을 논하자면 리로이도 상당하다. 얼굴을 맞대고 그런 말을 들은 리젤은 쓴웃음을 지으며 저택을 둘러싼 벽을 가리켰다.

"실은 이 저택의 경비를 담당하는 것이 저희 회사입니다."

"흐음." 별다른 감흥이 없어 보이는 리로이는 돌아보지도 않고 방금 전 지나간 정문을 엄지로 가리켰다. "저기 제대로 할 마음이 전혀 없어 보이는 놈들이 너네 회사의 경비들이라는 건가?"

리젤은 약간 당혹스러운 표정을 지은 후 리로이가 말한 의미를 깨달은 듯 서둘러 양손을 펼쳐 흔들어 보였다.

"저 사람들은 디트마르 씨의 사병입니다. 말씀하신 대로 그들은 대단할 게 없습니다."

태연한 표정으로 그렇게 말하면서도 꽤나 신랄했다.

"저희 회사의 경비에는 가격에 맞는 가치가 있습니다. 디트마르 씨도 만족하고 계십니다."

"너희들 말이야." 자랑스럽게 말하는 리젤을 리로이는 완전하게 무시했다. "결국은 이 도시에서 뭘 하고 싶은 거냐?"

"물론 비즈니스입니다."

리젤은 주저하지 않고 답했다.

"남부 변경지역에는 새로운 비즈니스의 기회가 아직도 많이 있습니다. 다른 기업한테 뺏기지 않기 위해 매일매일 노력하는 상황입니다."

"「크림슨 디스페어」가 없어지면 곤란한가?"

정보를 끌어내기 위한 흥정 따윈 할 마음도 없는 리로이였기 때문에 단도직입으로 물었다.

"아닙니다."

의외로 리젤은 즉답했다.

그럼 왜 일부러 「크림슨 디스페어」와 접촉하려고 한 것인가.

리로이는 계속 질문을 이어갔다.

"카틸이 죽으면 어때?"

"솔직히 곤란합니다."

원래부터 솔직한 사람——은 아니겠지만, 리젤은 리로이에 대해 성실하게 대응할 생각인 것 같았다.

과연, 바르히리의 목적은 조직인 「크림슨 디스페어」가 아니라 그 우두머리인 카틸 개인한테 있는 듯했다.

"카틸이 그렇게 중요한 인물인가?"

"흥미로운 인물입니다."

리젤은 선글라스의 테를 손끝으로 들어 올렸다.

"갑자기 이 도시에 나타나 범죄조직을 때려 부수고 순식간에 뒷세계를 지배한 수완은 훌륭하다고밖에 할 수 없습니다. 그 영향력은 바이덴뿐만 아니라 남부 변경지역에 점재하는 여러 도시의 범죄조직을 흡수하기 시작했습니다. 앞으로 몇 년만 지나면 대륙 중앙에도 진출할 것이 틀림없습니다."

그는 여기서 잠깐 말을 끊고 기묘한 표정으로 리로이를 선글라스 너머로 바라봤다.

"사실 그는 「다크 원」이 아닐까, 그런 소문이 조용하게 들리고 있습니다." 그는 그런 뜬소문을 입에 담기에 너무도 성실한 말투로 이어갔다. "출신은 완전히 감춰져 있고, 그 됨됨이도 불명, 용모에 관련된 정보도 거의 없습니다. 그——성별조차 정확하지 않지만——와 적대시하고 그 모습을 본 자는 예외 없이 살해당했습니다. 조직 안에서도 극소수의 인물만 그와 직접 만날 수 있다고 들었습니다."

"그렇게 희한한 얘기인가?"

리로이는 전혀 놀란 것 같지 않았다.

범죄조직이나 암살, 도적 등 암흑의 길드는 그런 설화를 다 가지고 있다. 뒤쪽 세계에서 살아남기 위해 실제 폭력과 비슷한 정도로 정보 조작——요점은 허풍인 것이다.

다만 그 모든 것이 허구라고 단정할 수는 없다.

특수한 능력이나 겉모습에 과장이 더해지는 경우도 있지만, 실제 예로 「다크 원」이 뒤쪽 사회에 숨어드는 경우도 있다. 인간의 모습을 의태한 권속이나 인간의 정신을 잠식하고 이형을 인간으로 인식시켜버리는 능력 등이 대표적인데 가장 경계해야 할 위협은 상급으로 분류되는 자들이다.

인간과 다를 게 없는 모습이면서도 인간을 훨씬 초월한 능력을 지닌 그들은 항상 인류사회의 뒤쪽에 숨어서 지냈다. 그들이 한 짓으로 보이는 음험한 사건은 매우 많다.

가장 유명한 것은 뱀파이어일 것이다.

인간의 혈액을 양분으로 영원히 살아가는 그들은 불사신의 육체와 여러 가지 이능력을 자랑하는 무서운 괴물이다.

나도 옛날에 「레이디 헬(죽음의 숙녀)」이라고 불린 흡혈귀와 대치한 경험이 있다.

여러 권속과 싸워온 나이지만 그녀와 전투를 하면서 이렇게 무서운 생물이 이 세계에 존재한다는 것에 대해 전율을 느낄 수밖에 없었다.

물론 그 정도 레벨은 쉽게 만날 수 있는 게 아니지만 현재 그녀가 인간 사회에 섞여 있다는 것을 알고 있는 나로서는 카틸의 소문에 대해서도 곧바로 거부할 수가 없었다.

"애초에 카틸이라는 놈이 「다크 원」이라고 하더라도 그게 어때서?"

리로이는 고개를 갸웃했다. "그딴 건 거리를 다니다보면 얼마든지 있잖아."

"거리에서 볼 수 있으니까 가치가 있는 것이죠."

리젤은 담담하게 상품을 설명하는 것처럼 말했다. "단순히 인간을 공격할 뿐인 하급이 아니라 인간과 커뮤니케이션을 하는 권속한테서 얻는 정보에는 높은 희소가치가 있으니까요."

"「다크 원」과 친구라도 되고 싶은 거냐?"

농담기 없이 리로이는 말했지만, 리젤은 씨익 미소를 지었다.

"굳이 말한다면 그 반대입니다."

표정하고는 반대로 흉흉한 말을 내뱉었다. 리로이는 그를 곁눈으로 보고 "이상한 회사로군."이라고 중얼거렸다.

인류에 해를 끼치는 「다크 원」한테서 인간들을 지키는 것은 병사나 용병의 주된 일이다. 버나드 왕국이나 아스가르드 황국, 알브하임 공화국 같은 대국은 병사를 엄격한 훈련으로 단련시키고 높은 임금을 대가로 국민의 안전을 보장하고 있다.

변경 지역에서는 작은 용병 파견회사가 난립해 있지만 대륙 중추에서 북부까지는 용병 길드가 거의 독점 상태로 있다. 용병의 질은 랭크 자체가 알기 쉽게 표기돼 있고, 요금도 거의 일정하고 터무니없는 금액은 S급 이상으로 명확하게 선이 그어져 있다. 임무의 실패에 대한 보장도 있고, 요인의 호위부터 작은 마을에 개입까지 안심하고 맡길 수 있는 시스템은 높은 평가를 받고 있다.

이것은 길드의 결성으로부터 수백 년 동안 지속된 노력의 결과라고 할 수 있다.

그런 상황에서 대기업이 「다크 원」 토벌을 사업적 기회로 생각한다면 아무래도 변경지역이 될 수밖에 없을 것이다. 용병 길드도 관리가 미치는 곳은 현재 남쪽에서는 바이덴까지다.

"하지만 언어가 통한다고 해서 대화가 통한다고는 할 수 없을 텐데." 리로이로서는 드물게도 제대로 된 의견이었다.

"분명 맞는 말씀입니다만." 리젤은 미소를 지우지 않은 채 말했다. "정보를 이끌어낼 수단은 여러 가지가 있으니까요."

굉장히 험악한 말을 하면서도 그의 표정에 어두운 그림자는 보이지 않았다. 인간으로서 어떤 감정이 결여돼 있는 것처럼 보이진 않았지만, 희미한 위화감을 느꼈다.

"요즘 회사들은 그런 것까지 하는 건가?"

지독한걸, 리로이는 그렇게 중얼거렸지만 질책하는 말투는 아니었다.

원래 이 남자한테 지독하다고 비난받아 납득할 자는 어디에서도 찾을 수 없겠지만.

"저희 회사의 이념을 위해서입니다."

리젤은 그렇게 말했지만 공적인 말투는 아니었다.

"이념이 뭔데?"

리로이가 묻자 그는 당당하게 답했다.

"세계 평화입니다."

"제정신이냐?"

리로이가 타인의 그것을 의심하는 날이 올 줄이야.

강한 부정의 말을 들었음에도 리젤은 기분이 상하지 않은 듯, "물론 제정신입니다."라고 고개를 끄덕였다.

"무리일까요?"

그렇게 되묻는 그의 표정은——선글라스로 눈을 볼 수는 없었지만——매우 진지했다.

리로이는 입 끝으로 쓴웃음을 지었다.

"내가 있고 네가 있으면 세계 평화는 무리다."

이 말에 리젤은 고개를 갸웃했다. "우리들의 관계는 양호하다고 생각하는데요." 뭘 근거로 그렇게 단언하는 것인지 모르겠지만, 뭐, 분명 현재까지는 험악하다고 할 수는 없을 것이다.

"무리야."

하지만 리로이는 바로 부정했다.

"나나 너, 어느 쪽이든 혼자가 됐을 때가 세계 평화다."

"그건 좀 슬프지 않나요?"

인간은 절대 이해할 수 없다고 주장하는 리로이에게 리젤은 의문을 말했다.

리로이는 어깨를 으쓱였다.

"슬프지는 않지만, 지루하겠지."

그러니 이 상태가 좋다고 리로이는 멋대로 토론을 종결시켰다.

리젤은 별다른 반론 없이, "그렇군요."라고 수긍했다. 그것은 리로이의 폭론에 찬성한 것이 아니라 리로이의 사고, 그 일부분을 이해했다는 것이리라.

그때 두 사람은 걸음을 멈췄다.

눈앞에 저택의 문이 있었다. 중후한 철제였다. 그것이 두 사람의 도달을 알고 있었다는 듯 천천히 열리기 시작했다.

나타난 것은 연미복을 입은 초로의 남자였다.

"어서 오십시오, 리로이 슈발처 님."

집사로 보이는 남자는 깊이 고개를 숙였다.

"주인님이 기다리십니다. 이쪽으로 드시지요."

저택 안은 인기척 없이 매우 정숙했다. 최소한의 인간만 측근에 둔다는 리젤의 말은 맞는 것 같았다.

하지만 정숙함보다 내부 구조의 이상함이 눈길을 끌었다.

원래는 개방형 현관홀이었을 텐데, 나중에 수많은 칸막이를 세워 좁고 복잡한 통로로 바꾼 것이다.

"이건 뭐야?"

"암살을 경계하는 것입니다."

저도 모르게 중얼거린 리로이에게 리젤이 답했다.

"저택 내부를 미로처럼 만들어서 암살자가 방으로 찾아오지 못하게요."

"누가 좀 말리라고."

리로이는 질렸다는 눈빛을 집사에게 보냈지만, 그는 불편한 듯 눈길을 피했다.

할 수 없이 안내를 따라 걷기 시작한 리로이였지만, 그냥도 넓은 저택 내부를 쓸모없이 빙글빙글 돌아가니 짜증나기 시작했다.

"저 앞입니다."

그것을 느꼈는지 리젤이 손가락으로 가리킨 곳은 증설된 벽이었다.

리로이는 혀를 찼다.

그리고 갑자기 벽을 발로 차버렸다.

리젤과 집사가 깜짝 놀라 굳어버리는 것을 뒤로 하고 벽에 뚫린 구멍을 통해 나아갔다. 그 앞에 당연한 듯이 나타나는 벽을 또 파괴하면서 리로이는 계속 전진했다.

"아니, 저기, 리로이 씨." 폭거에 아무 말도 못하는 집사 대신에 리젤이 쫓아왔다. "이러면 안 됩니다. 디트마르 씨가 쇼크로 돌아가시겠어요."

"그럼 좋지."

리로이는 비정하게 내뱉고 칸막이를 발로 찼다.

"오히려 이런 것이 암살자한테 의미가 없다고 가르쳐주는 것이 진정한 친절이다."

암살자는 이렇게 시끄럽게 다가가지 않을 거라고 생각하지만, 의미가 없다는 점은 동감이다.

마침내 깨진 나무판 너머 문이 나타났다.

그제야 정신을 차린 집사가 달려와 리로이와 문 앞에 끼어들었다.

"잠깐만 기다려주시겠습니까?"

"싫은데."

리로이의 어리석은 행동을 눈앞에서 보고 게다가 어린애 같은 부정의 말이 돌아올 거라고 예상하지 못한 듯 집사의 벌려진 입이 닫히질 않았다.

그 옆을 지난 리로이는 디트마르의 방문과 대치했다.

손으로 열 생각은 전혀 없어 보였다.

물어볼 게 있어서 왔는데 그 방문을 깨부수면 어떡하냐고 보통들 생각하지만, 아쉽게도 이 남자는 보통이 아니다.

통로의 칸막이하고는 달리 현관과 마찬가지로 튼튼한 철문이었지만, 무거운 소리를 울리면서 표면이 함몰했다. 경첩이 새된 소리와 함께 튕겨져 나갔고 문 전체가 기울었다.

"기──!"

집사의 목이 뭔가 말 같은 것을 쥐어짜내려고 했다. 아마도 기다리십시오, 정도일 것이다.

하지만 리로이의 두 번째 발차기가 시전되는 게 빨랐다.

철제문이 방 중앙으로 날아갔다.

2회전, 3회전하면서 작은 테이블과 꽃병을 날려버리고 정면 벽에 박혔다.

누군가의 비명이 철이 삐걱대는 소리에 섞여 작게 들렸다.

방에 들어간 리로이는 비명소리가 난 반대방향을 바라봤다.

갑자기 철문을 파괴하고 들어온 리로이를 보고도 전혀 움직이질 않았다.

연령은 40대 초반일까. 수염을 기른 용모는 근엄했고 안광은 온화함 가운데 예리함을 감추고 있었다. 엄청난 아수라장을 겪어 왔는지 그곳에 있는 것만으로도 살기를 뿜어내지 않았음에도 불구하고 엄청난 위압감이 있었다.

짧은 겉옷은 수수했고, 바지와 신발도 화려하지 않았다. 허리 벨트 좌우에는 짧은 검 두 자루를 차고 있었지만 실용성이 적은 디자인이다.

겉모습만 보면 평범하기 그지없었지만 그 빈틈없는 모습이 그것을 부정하고 있었다.

"시끄러운 것도 정도가 있다."

남자가 말했다.

"노크도 하지 못하는 것을 보니 듣던 대로 문제아로구나."

낮고 깊이 있는 목소리는 차분한 말투와 어울리게 진지하고 강건한 인상을 주고 있었다.

리로이는 그를 잠시 바라보다가 리젤에게 물었다.

"혹시 저게 자만하던 경비냐?"

"저희 회사가 준비할 수 있는 최고 랭크입니다." 리젤이 정중하게 긍정했다. "그를 알고 계신가요?"

"질 나쁜 농담은."

리로이는 입 끝을 치켜 올렸다.

"용병을 하면서 「아그날 더 그림엣지(광도(光刀)의 아그날)」을 모르는 놈이 있을까."

아그날 더 그림엣지라는 별명으로 알려진 아그날 바로우즈는 용병 길드 최고 랭크인 SS급 중 한 명이다.

단순히 랭크만으로 생각하면 리로이보다 강한 남자인 것이다.

"설마 저 녀석이 이런 벽지에서 호위무사를 하고 있다니. 최근엔 SS급 할인판매라도 하는 건가?"

"생각이 얕구나, 「블랙 라이트닝」." 아그날은 수염 밑에 있는 얇은 입술을 살짝 일그러뜨렸다. 다크브라운 눈동자는 강한 이성과 냉철하기까지 한 평정함으로 흔들림이 없어서 그의 마음속을 읽는 것은 전혀 불가능했다.

"랭크가 어떻든 고용되면 일하는 것이 우리 용병이다. 그 이상도 이하도 아니다."

"아그날 씨는 바르하라의 특별 고문이기도 하십니다."

리젤이 아그날의 말에 덧붙였다.

특별 고문이라곤 해도 기업이 안고 있는 위기를 관리하는 전문가라는 말이다. 어느 정도 이상의 기업이 되면 용병 길드와 교섭해 상주 용병을 고용하는 것이 상식이다.

다만 그 용병이 SS급이라는 것은 규격 외이지만.

"나를 방해하지 않는다면 고문이든 SS급이든 상관없어." 리로이는 그렇게 말하고 아그날한테 등을 보였다. 아그날도 조용히 고개를 끄덕였다.

"방해를 한다면 그게 뭐든 베어버리면 되니까."

"마음에 드는군."

리로이는 돌아보지도 않고 동의하고 이 방의 주인한테 향했다.

바이덴 영주 디트마르 베데는 방 구석에서 몸을 떨고 있었다.

50대로 보이는 작은 몸집의 남자는 좋은 천을 사용한 비싸 보이는 옷을 입고 있었지만 전혀 어울리지 않았다.

그 원인은 너무 마른 신체 때문이다.

원래부터 야윈 게 아니라 제대로 된 식사를 하지 않았기 때문이라는 것은 아파 보이는 피부 상태나 눈 밑의 기미를 통해 알 수 있었다. 옷 색깔이 자연스럽게 드러나는 고급품인 만큼 안에 들어가 있는 디트마르가 더욱 생기 없어 보였다.

리로이는 꾸깃꾸깃해진 의뢰서를 디트마르에게 던졌다. 머리카락이 희박한 머리에 떨어진 그것을 영주는 느린 동작으로 들었다.

"읽어라."

리로이한테 명령받은 디트마르는 깜짝 놀라 어깨를 떨었다. 대도시의 영주임에도 불구하고 자신에 대한 무례함에 화를 내는 것이 아니라 지시에 따라 의뢰서를 펼치고 눈으로 보기 시작했다.

죽은 것처럼 어두운 두 눈동자가 희미하게 총기를 되찾았다.

고개를 들고 눈앞에 선 남자를 처음으로 올려봤다.

"「블랙 라이트닝」인가."

"그렇다. 검잖아?" 재미없다는 듯 리로이는 고개를 끄덕였고, 몸을 구부려 디트마르가 손에 들고 있는 의뢰서를 가리켰다. "네가 쓴 게 맞냐?"

그 말에 디트마르는 고개를 꾸벅꾸벅 종으로 흔들었다.

"그렇다. 너에게 꼭 의뢰하고 싶은 일이 있었다."

"「크림슨 디스페어」가 이것을 이용해 나를 덫에 빠뜨린 것은 알고 있었나?"

보통이라면 격렬하게 질책했을지도 모르겠지만, 리로이는 담담하고 온화한 말투로 이어갔다.

디트마르의 모습이 너무도 불쌍해 보여서가 아니었다.

애초에 이 남자에게 그런 고차원적인 감정이 있을지도 모르겠고.

"알고 말고." 영주는 힘없이 고개를 숙였다. "난 틀림없이 네가 놈들에게 죽었을 거라고……."

"관여하지 않았다고 말하고 싶은 것이냐?"

디트마르의 술회 따윈 무시하고 단도직입으로 물었다. 위협하는 음색은 아니었지만, 디트마르는 목에 나이프가 겨눠진 것처럼 창백해져서 고개를 가로로 저었다.

"난 이용당했을 뿐이다!"

"그래?"

리로이는 부정도 추궁도 하지 않았다. 자신의 보신을 위해서라면 배우 뺨칠 정도의 연기력을 보이는 자도 있다. 과연 디트마르는 어느 쪽일까.

"그래서 의뢰는 뭐냐?"

리로이는 영주의 동요하는 모습을 조용히 지켜봤다. 상대방의 마음을 꿰뚫어보려고 한 것은 아니었지만, 너무나 똑바로 빤히 쳐다보면 뒤가 구리지 않더라도 인간은 침착함을 잃게 된다.

"──죽여주길 바랐던 것이다. 그 남자, 카틸을."

디트마르는 한숨을 쉬는 듯 답했다.

그의 아버지와 형은 「크림슨 디스페어」의 암살자에 의해 살해당했다고 디트마르는 주장했다. 「크림슨 디스페어」의 우두머리 카틸은 이 도시를 뒤에서 지배하기 위해 디트마르의 아버지를 회유, 또는 협박하고, 편의를 봐줬다. 그것을 꺼려하고 비밀리에「크림슨 디스페어」를 괴멸하려고 한 아버지는 그 계획을 들켜 살해당했다. 그 뒤를 이은 형도 어떻게든 카틸의 영향에서 벗어나기 위해 여러 가지 방법을 생각해봤지만, 역시나 목숨을 잃고 말았다.

"그래서 넌 방 구석에서 떨고 있었던 거냐?"

"넌 못 봤기 때문이다."

디트마르는 신음하듯이 말하고 양손으로 얼굴을 가렸다.

"아버지도 형도 갑자기 목이 절단돼 돌아가셨다. 내 눈앞에서." 그의 목소리는 그때의 충격을 떠올렸는지 공포로 갈라졌다. "하지만 누가 어떻게 뭘 사용해 저지른 건지 알 수가 없었다. 그곳에는 우리들 외에 아무도 없었을 텐데."

"철실이었군."

리로이는 이해가 된다는 듯 말했다. 디트마르는 의미를 모른 채 눈썹을 모았다.

"연구를 거듭해 예리하게 만든 철실이다. 눈에 보이지 않을 정도로 가늘어서 어떤 장소든 들어올 수 있고 막을 방도가 없다."

"그런 무서운⋯⋯."

아버지와 형의 죽음의 진상을 알아도 공포가 사라지기는커녕 더 증폭된 듯했다. 저택 안을 복잡한 미로로 바꿀 정도로 암살을 두려워하는 인물이기에 어쩔 도리가 없다고 한다면 당연한 일이다.

리로이는 자신이 어깨를 껴안고 공포와 싸우는 영주를 내려다보면서 어깨를 으쓱였다.

"하지만 그놈은 이미 죽었다."

틀림없이 전 2대 영주들을 살해한 것은 실비오일 것이다. 리로이가 그것을 단언해도 디트마르는 잠시 그 의미를 깨닫지 못하고 깜짝 놀랐다.

"어──." 목에 걸린 말을 억지로 밀어내는 듯이 말했다. "어떻게?"

이 질문에 리로이는 일단은 설명하려고 했다.

하지만 열린 입에서 말이 나오지 않았다.

양손이 어떤 모양을 만들려는 듯 움직였지만, 결국 의미를 이루지 못했다.

최종적으로 리로이는 자신의 가슴 중심을 손가락으로 가리키고, "이곳에 검을 쑤셔 넣었더니 죽었다."라고 놀랄 정도로 대충 설명했다.

마치 떨어뜨린 접시가 깨졌다고 변명하는 어린애 같았다.

하지만 디트마르는 "오오!"라고 감탄에 마지않는 듯이 작은 환성을 질렀다. 자신을 떨게 만들었던 존재가 이미 이 세상에 없다는 것을 알고 온몸에서 힘이 빠져나가는 것이 선명하게 보였다.

"그럼, 그 남자도──."

"거절한다."

이 흐름으로 거부당하게 될 줄은 생각도 못했는지, 디트마르는 경직됐다. 왜, 라는 말조차 나오지 않았다.

"죽일 상대는 내가 결정한다. 아무리 돈을 많이 내더라도 살인 의뢰는 받지 않는다."

그것은 단호한 의사표시였다. 더 이상의 교섭은 없다는 조용하지만 가열찬 결의에 영주는 더 이상 말을 잇지 못했다.

리로이는 문득 벽에 걸려 있는 장검을 바라봤다.

손에 들고 뽑아보니 손잡이는 인테리어의 일부로 장식이 돼 있었지만, 검신의 날은 살아 있었다. 충분히 무기로서의 기능이 가능해보였다.

"꼭 카틸을 죽이고 싶다면 이것을 써라." 리로이는 그 검을 디트마르의 눈앞에 두었다. "심장을 찌르든가 목을 베면 대부분은 죽는다."

하지만 디트마르는 그 검이 독이라도 묻어 있는 것처럼 뒤로 물러나 만지려고도 하지 않았다. "무리인 게 당연하잖아." 그는 겁먹은 듯 중얼거렸다.

"그럼 다른 사람한테 시키지 마라."

"넌 용병이지 않느냐?" 매달리는 듯한 디트마르의 힐문에 리로이는 차가운 눈빛으로 응했다.

"그렇다." 수긍하고, 손끝을 영주의 겁먹은 얼굴에 내밀었다. "암살자가 아니리."

"자자, 리로이 씨."

그때 리젤이 끼어들었다.

"디트마르 씨는 수면부족으로 약간 정서불안이십니다. 아무쪼록 고려해주시기 바랍니다."

분명 디트마르에게 수면도 영양도 부족한 것은 보면 알 수 있었고, 그것이 사고나 판단력의 저하를 일으키는 것은 확실하다.

하지만 본인을 앞에 두고 할 말은 아니다.

"수면부족이든 뭐든 상관없다."

리로이도 배려하고는 연이 없는 성격이다. 웅크린 채로 있는 디트마르의 멱살을 붙잡고 들어올렸다. 그는 작은 비명을 질렀지만, 저항할 생각은 없는 듯했다.

"애초에 카틸의 암살을 부탁한다는 것은 너, 그놈이 어디 있는지 알고 있는 거지?"

목이 졸렸기 때문에 호흡조차 제대로 할 수 없게 된 디트마르는 말이 나오지 않아서 격렬하게 고개를 위아래로 흔들어 리로이의 질문에 답했다.

"가르쳐줘라."

이 말에는 고개를 좌우로 흔들었다. "뭐야?" 리로이는 손끝에 힘을 주었다. 디트마르의 창백한 얼굴이 새빨개지기 시작했다.

"리로이 씨, 그럼 대답을 할 수가 없습니다." 리젤이 온화하게 지적하자 리로이는 바로 손을 놨다. 바닥에 낙하한 디트마르는 격렬하게 기침을 하면서 기어서 리로이한테서 거리를 벌렸다.

"그는 확실히 카틸을 살해할 의사와 기량의 소유자에게만 가르쳐줄 것입니다."

리젤은 자신들도 곤란하다는 듯 불평했다.

"복수가 두려운 거겠지." 리로이는 짜증난다는 듯 말하고 뒤로 물러난 디트마르한테 다가갔다. "말하지 않으면 카틸이 아니라 내가 너를 죽이겠다." 말투는 설득하는 것 같지만, 내용은 완전한 공갈이다.

"암살자가 아니라고 말했잖느냐!"

디트마르는 꺼져갈 것 같은 목소리로 저항했다. 리로이는 "그렇지."라고 그의 주장을 인정하면서 씨익 웃었다. "죽일 상대는 내가 정한다, 라고도 말했지."

디트마르의 목이 경련을 일으키는 소리를 냈다. 하지만 격렬하게 고개를 좌우로 흔들고 필사적으로 협박에 저항하려고 했다.

자기 자신이 몸을 지킬 최후의 카드라는 자각은 있는 듯했다.

"리로이 씨도 아닌 건가요?"

리젤이 낙담한 눈빛으로 중얼거렸다. 리로이는 힐끗 그를 노려봤다. "정보를 이끌어내는 수단은 여러 가지가 있다고 하지 않았나?"

"물론 있습니다." 리젤은 부리나케 슈트 안쪽에서 가늘고 긴 상자를 꺼냈다. 그 안에 들어가 있는 것은 주사기였다.

"아직 시제품이긴 하지만 이건 엄청난 물건입니다."

"뭐가?"

수상쩍어하는 리로이의 모습에는 신경 쓰지 않고 리젤은 약간 흥분한 듯 설명하기 시작했다. "이것은 인간의 뇌로 직접 작용하는 약으로 인식 능력이나 판단 능력이 저하되고 적대심이나 경계심을 약하게 만들어 사고를 극단적으로 둔화시킵니다. 알기 쉽게 말하면 몹시 취한 상태라고나 할까요? 복잡한 것을 묻기엔 기술이 필요하지만 단순한 질문이라면 문제없이 대답할 것입니다."

"그렇게 편리한 것이 있으면 처음부터 쓰라고."

왜 쓰지 않았던 거냐며 리로이가 말하자, 리젤은 곤란한 듯 미소를 지었다.

"실은 약간의 부작용이 있어서."

"열이 나서 쓰러지거나 하는 거야?"

리젤은 아니요, 라고 고개를 가로로 저었다.

"원래로 돌아가질 못합니다."

그것은 부작용이라기보다 후유증이라고 말하는 것이 정확하지 않은가.

"폐인처럼 되기 때문에 우리로서도 최후의 수단으로."

"——네놈들은 진짜로 야비해."

리로이는 눈썹을 모으고 발밑에서 떨어져 있는 디트마르의 검을 들었다. "이놈은 그냥 겁쟁이야. 폐인으로 만드는 건 너무하잖아." 그리고 뽑아든 검신의 끝을 디트마르에게 향했다. "고칠 수 있는 상처를 줘야지."

이 지독한 대화를 당연히 디트마르도 전부 들었다.

깜짝 놀라 굳어진 얼굴에는 공포의 빛이 서려 있었다. 마치 미지의 괴물이라도 조우한 것처럼 전율해 사고가 마비된 것처럼 보였다.

"어때, 너도 저쪽이 좋은 거냐?"

리로이는 자신 쪽이 인도적이라고 생각했는지, 디트마르한테 선택의 기회를 줬다.

보통은 양쪽 다 거절할 것이다.

물론 디트마르는 대답도 못했다.

리로이는 멋대로 그것을 알았다고 판단한 듯 뽑아든 검을 손에 얹었다.

"안심해라. 가슴을 쑤시지는 않을 테니. 달라붙지 않을 거야."

어디를 어떻게 안심하라는 거냐, 디트마르의 목소리가 나왔다면 이렇게 말했을 게 틀림없다.

"우선 찌를까 벨까, 어느 쪽이 좋냐?"

무서운 두 개의 선택지를 재촉하는 리로이는 살짝 웃고 있었다.

이미 도망칠 기력도 사라졌는지, 꿇어앉은 채의 디트마르는 움직이지 않았다. 다만 길고 가는 숨을 내뱉은 후 갈라진 목소리로 중얼거렸다.

"──교회의, 지하다."

겁쟁이 영주는 어떻게 되든 자신의 몸에 위기가 닥칠 거라고 단념했는지, 최후의 카드를 순순히 꺼내들었다.

"원래는 아직 이 도시가 작았을 무렵, 「다크 원」이나 도적들한테서 우리의 신변과 재산을 지키기 위해 만든 대피소였다고 들었다." 위장을 하기 위해 교회를 건축하고 도시가 확대됨에 따라 대피소도 확장됐다. 십수 년에 걸쳐 증개축이 반복돼 대피소라기보다 지하도시라는 명칭이 어울리는 곳이 됐다.

하지만 발전을 이룬 바이덴은 거대한 벽으로 「다크 원」 등의 위협을 막았고, 훈련된 병사가 범죄자들을 붙잡았다. 인구도 늘고 각자가 자신의 역량으로 재산이나 가족을 지키게 되자 대피소로서 지하도시의 필요성이 희박해져갔다.

"조부 때에는 폐기처분됐었다."

하지만 어느 새 알맞은 은거지로서 범죄조직의 거점이 돼버렸다. 제대로 된 설계도조차 없는 미궁 같은 지하도시는 몸을 숨기고 싶은 범죄자들에게 있어 가장 이상적인 곳이었다.

"그리고 그 조직을 장악하고 「크림슨 디스페어」로 강력하게 바꾼 것이 카틸이다."

고개를 숙이고 있는 디트마르의 목소리는 바닥으로 떨어졌다. 리로이는 영주의 희미한 정수리를 내려 보고 조용히 검을 칼집에 넣었다. "그 교회는 어디에 있지?" 디트마르한테 그곳의 위치를 물어보고 그 검을 다시 그 앞에 두었다. 이미 최후의 카드를 내보인 디트마르는 무기를 보고 도망치지도 않고 그저 멍한 시선을 보낼 뿐이었다.

"마지막으로 몸을 지키는 것은 자기 자신이다. 조금이라도 쓸 수 있게 익혀둬라."

리로이의 조언은 아마도 닿지 않았을 것이다. 직전까지 자신을 고문하려고 했던 인간의 말을 들을 생각이 있을 리가 없다.

하지만 상대방이 받아들일지 말지는 관심이 없는 듯 리로이는 곧바로 몸을 돌렸다. 그 발로 교회로 향할 생각일 것이다.

방의 문은 리로이가 파괴했다.

그리고 대신이라는 듯 막아선 것은 아그날이었다.

리로이는 발을 멈추고 SS급 남자를 똑바로 쳐다봤다.

"무슨 용무지?"

"네놈이 어디로 가는지에 따라 달라진다."

아그날은 그냥 서 있을 뿐이었지만 엄청난 존재감으로 넓은 방의 공간 자체를 압도하는 듯이 느껴졌다. 이 압력만으로도 기가 약한 사람이라면 무릎을 꿇었을 것이다.

리로이는 그것을 코웃음으로 날려버렸다.

"교회인 게 당연하잖아. 분위기 파악 좀 하라고."

설마 이렇게 답할 거라고 생각하지 못했는지, 아그날은 한쪽 눈썹을 살짝 치켜 올렸다.

"그보다 저 아저씨를 조금 훈련시켜보는 건 어때? 어차피 할 일도 없어서 심심하잖아?"

싸움을 걸려고 하는 말은 아니었다. 상대가 누가 됐든 생각한 것을 그대로 말해버리기 때문에 그렇게 들릴 뿐인 것이다.

거리의 양아치라면 이 말만 듣고도 화를 내면서 덤벼들었을 것이다.

아그날은 어떨까.

"재밌군."

멋지게 손질한 수염 밑에서 미소를 짓고 있었다.

"분위기 파악을 하라니. 그런 말은 평생 처음 들었다."

아그날은 큭큭 소리를 내며 웃었다.

도발할 생각은 없었지만, 설마 웃을지는 몰랐기 때문에 이번에는 리로이가 약간 당황한 듯했다.

"──어쨌든 방해되니까 비켜."

"그렇게 되면 네놈이 내 일을 방해하는 게 된다."

아그날은 여전히 미소를 지은 채였지만, 거대한 벽처럼 막아선 상태도 여전했다.

"호텔 방으로 돌아가 맛있는 술과 음식을 먹고 숙면을 취할 거라면 보내줄 수 있다."

"아, 물론 돈은 전부 바르하라에서 내도 괜찮습니다."

리젤이 이때라는 듯 덧붙이며 끼어들었다. 리로이는 그 발언을 무시하고 아그날과 마찬가지로 미소를 지었다.

"방해를 하면 어떻게 되는데? 「아그날 더 그림엣지」."

"베어버릴 뿐이다. 「리로이 더 라이트닝 스피드」." 아그날의 얼굴에서 미소가 사라졌고 그 손끝이 검 손잡이로 옮겨졌다.

하지만 놀랄 정도로 자연스러웠기 때문에 임전태세로 보이지 않았다.

압력은 여전했지만, 적의나 살기 등의 불순물이 존재하지 않아 그의 마음속을 파악할 수가 없었다. 그것은 결국 다음 순간에 그가 어떤 행동을 취할지 예측할 수 없다는 얘기도 된다.

"자, 잠깐만 기다리세요. 두 분 모두." 리젤이 당황하면서 수습하려고 했다.

"이런 곳에선 안 됩니다. 손님의 방을 엉망으로 만드실 생각입니까?"

"너는 의뢰인 자체를 엉망진창으로 만들려고 했잖아."

리로이의 마땅한 딴죽에 리젤은 "네, 그랬죠."라고 수긍했다. "주사를 놓은 후라면 상관없었겠지만, 행인지 불행인지 의뢰인이 저렇게 건재한 상태이기 때문에……."

"너, 머리가 이상한 놈이구나."

리로이는 진지하게 말했다.

평소라면 네가 할 말이냐, 라고 했겠지만, 이 리젤이라는 남자는 분명 어느 정도 언동에 위화감이 있다. 솔직히 감정을 토로하는 듯하지만, 묘하게 농락하는 듯해서 아그날하고는 다른 의미로 심정을 읽기 어려웠다.

머리가 이상하다고 얼굴을 마주보고 말해도 부드러운 표정은 그대로 "그건 어쨌든."이라며 아무렇지도 않은 듯 화제를 바꾼다.

"이번 건은 리로이 씨가 양보하셨으면 하는데요. 어떠신가요?"

어떤 의도가 있는지는 불명확하지만, 우선 싸움은 그만두자는 제안처럼 보였다.

"뭐, 솔직히 말씀드리면 우리 회사에 인적 피해 없이 「크림슨 디스페어」를 이 도시에서 제거한다면 일정의 성과라고 할 수 있습니다." 리젤은 열의를 담아 말했다. "다만 바라는 것은 우두머리인 카틸 씨는 살린 상태로 붙잡고 싶고, 설령 죽더라도 시체만 건네받을 수 있다면——."

"거절한다."

리로이는 리젤의 제안을 일도양단했다.

"양보할 이유가 없다."

짜증난다는 듯 내뱉었다.

아그날은 그 강철 같은 두 눈동자에 아주 조금 즐거운 눈빛을 지었다.

"양보할 이유도 없다."

조용하게 답했다.

"그런──가요?"

리젤은 실망한 듯 어깨를 떨어뜨렸다.

수상한 남자인 것은 변함없지만 적어도 동정한다. 어딜 보더라도 상식을 벗어난 두 사람을 설득하고 불필요한 싸움을 피하려고 노력한 것은 내가 평가해주자.

"그런데 확실히 이곳은 좀 좁다." 그렇게 생각하기 힘든 거대한 방을 빙글 둘러본 아그날은 말했다. "중앙정원은 어떠냐?"

리로이는 대답 대신에 어깨를 으쓱였다.

3

저택의 중정은 아름다운 정원이었다.

아마도 숙련된 정원사가 정성들여 만들었을 것이다.

다행히 이곳은 영주의 특이한 정열에서 벗어난 듯 아름다움이 그대로 보존돼 있었다. 아름다운 여신상을 중심으로 만들어진 분수대와 잎이 빨갛게 물든 나무들, 그리고 곳곳에 있는 조각이나 전망대 등이 있어 완성도가 매우 높았다.

이 아름다운 조망하고 헤어질 것을 생각하니 미안한 감정이 느껴질 수밖에 없었다.

리로이와 아그날——두 사람은 적당한 거리를 두고 대치했다. 걱정이 됐는지, 아니면 단순히 호기심이 많은 건지 리젤도 따라와 중앙정원을 둘러싼 회랑에서 살펴보고 있었다.

"뽑지 않을 거냐?"

리로이가 검을 뽑아도 아그날은 검 손잡이에 가볍게 손을 얹었을 뿐 뽑을 기색이 없어 보였다.

"선제공격을 허용해주지." 아그날은 의연하게 말했다. "어차피 한가해서. 수련을 도와주지."라고 방금 리로이가 내뱉은 악담을 받아 강자의 여유를 보였다.

여유를 부렸지만, 결코 방심은 하지 않았다.

여전히 조금도 틈도 보이지 않는 자연체로 어느 순간에 리로이가 덤벼들더라도 확실하게 대응할 것은 확실했다.

"괜찮겠어?" 명백하게 리로이를 깔보듯 취급하는 아그날이었지만, 리로이는 그것에 대해 분개하지 않고 물었다.

스피드 승부를 건 카렌이나 젤베스에 대해서도 그랬지만 목숨을 갖고 장난치는 것도 좋아하지 않고, 누가 제일 강한가를 가르는 랭크에도 별 관심을 보이지 않는 남자다.

선수를 치게 해준다면 기쁘게 죽이러 가는 게 당연하다.

"상관없다." 아그날은 대범하게 고개를 끄덕였다. "SS급하고 싸우는 것은 처음일 테니까."

"왜 그렇게 생각하지?"

리로이가 묻자, SS급 용병은 비웃지 않고 당연하다는 듯 말했다.

"싸운 적이 있었다면 네놈은 이곳에 서 있지 않았을 테니. 묘지 밑에 있었겠지."

"과연."

리로이는 즐거운 듯 웃었다.

그리고 그 발끝이 정원의 흙을 팠고 그것이 공중으로 떠올랐을 때 아그날의 간격으로 뛰어들었다.

순식간에 압축된 두 사람 사이의 공기가 옆으로 때려진 일격으로 부서졌다.

찰과음과 불꽃이 튀었다.

귀를 울리는 금속의 비명이 아름답게 반원을 그렸다.

아그날이 왼손의 검으로 받아 흘렸고──그것은 이해했지만, 그가 언제 검을 뽑고 어떻게 리로이의 공격을 처리했는지는 지각하지 못했다. 검에 담긴 힘의 대부분을 흘려보내 리로이는 자세가 무너졌지만 간신히 디딤발을 딛고 지근거리에서 두 번째 공격을 내지르려고 했다.

그 목에 떨어져 내려온 것은 아그날이 오른손에 쥔 검이었다.

리로이의 검을 받아 흘린 시점에는 칼집 안에 있었던 또 하나의 검이 어느새 머리 위 높은 곳에서 후려쳐 내려오는 광경은 악몽 그 자체였다.

곧바로 디딤발로 땅을 박차고 몸을 회전시키면서 검의 궤도에서 벗어났다. 평소라면 그대로 측면으로 돌아가 반격에 임했겠지만, 아그날의 참격 속도는 너무 빨랐다.

방탄, 방도를 위한 가죽 재킷의 어깨 부분이 찢어졌고 선혈이 튀었다. 칼이 뼈를 파내고 리로이의 자세를 약간 무너뜨렸다.

그리고 예리한 검 끝이 날아 들어왔다.

뇌가 그것을 인식하는 것보다 빨리 본능이 반사적으로 머리를 기울게 했다. 강철로 된 검 끝은 리로이의 관자놀이를 파내면서 지나갔다.

시야를 가리는 핏줄기 사이로 두 번째 검이 아래쪽에서 튀어 올라왔다.

피할 여유는 없었다.

완전하게 균형을 잃은 자세에서 간신히 아그날의 검이 그리는 궤도상에서 자신의 검을 때려대듯이 휘둘렀다.

하지만 설마 그것이 허공을 가를 줄이야.

올라올 거라고 생각했던 참격은 순식간에 궤도를 변경해 옆에서 공격해 들어왔다. 리로이는 곧바로 몸을 비틀면서 내려친 검을 올려쳤다. 인간의 능력을 벗어난 반사속도를 자랑하는 리로이가 아니었다면 도저히 피할 수 없는 연속공격이었다.

하지만 그조차 허공을 가른 순간, 리로이의 목에서 경악한 소리가 새어나왔다.

두 번, 궤도를 변경한 칼은 내찌르듯이 날아왔다.

예리한 검 끝이 리로이의 복부를 파고 폐에 도달했다. 찢겨진 폐의 혈관에서 피가 뿜어져 나왔고, 그것이 리로이의 목을 통해 밖으로 튀었다.

심장을 노린 일격이었다. 간신히 피한 것은 특출한 반응 속도와 신체 능력 덕분이지만──그렇더라도 간신히 확보한 거리는 겨우 10센티미터에 불과했다.

깊이 박힌 검신은 리로이의 등으로 빠져나오며 견갑골을 후벼 팠다.

보통은 이 시점에 육체는 죽음으로부터 거리를 두기 위해 본능적으로 도망치려고 한다. 폐를 찔려 차가운 강철의 감촉에 마음도 부러질 것이다.

하지만 리로이는 견디어냈다.

이미 검은 아그날의 목으로 번개처럼 내려쳐졌다.

찔린 상태로 공격을 선택하는 인간은 그렇게 많지 않다. 하지만 아그날은 이 공격에 대해 지극히 냉정하게 대응했다.

검 손잡이에서 손을 놓고 후퇴한 것이다.

뽑으면 리로이에게 상응하는 대미지를 줄 수 있지만 지금 이 순간에 그럴 필요는 없다고 판단했던 것이다.

리로이의 결사의 반격은 세 번 허공을 갈랐다.

후퇴한 아그날은 곧바로 전진해 왼손에 쥐고 있던 검을 내찔렀다.

이것 역시 정확하게 심장을 노리고 있었다.

리로이는 가슴에 검이 찔린 채로 그것을 피해냈다. 찔려 있는 검과 내찔러진 검이 교차하고 검끼리 부딪치는 소리가 희미하게 귀를 때렸다.

숨 쉴 틈 없이 옆쪽으로 칼이 휘둘러졌다.

예측하지 않았다면 절대 반응하지 못했을 것이다.

리로이는 세로로 세운 검으로 그것을 막아내고 불꽃이 튀는 동시에 스르르 내려가는 아그날의 검을 추격하는 듯 전진했다.

비스듬히 내리쳐지는 참격을 아그날은 받아 흘렸다. 부딪치는 검의 불협화음은 잠깐의 침묵 후 바람을 베는 소리로 변했다.

지근거리에서 다시 강철이 부딪쳤고 이번엔 그것이 연속됐다. 너무나 빨라서 톤이 높은 비명소리처럼 정원에 울려 퍼졌다.

리로이 주변에 불꽃이 차례차례로 피었다 지었다.

급소를 향한 정확한 공격이 절묘한 페인트와 자유롭게 변환하는 칼솜씨로 반복됐다. 광도라는 별명이 가리키는 대로 엄청난 속도의 참격이었다.

정수리를 노리고 내리쳐진 일격을 리로이는 비스듬히 기울인 검으로 받아 흘렸다. 칼 위로 매끄럽게 떨어지는 얇은 검은 가속하면서 아래쪽에서 날아올랐다. 그것을 칼끝을 아래로 내린 검으로 받아내고 손목을 뒤집어 칼끝을 아그날에게 향한 순간 내찔렀다.

검을 든 팔의 어깨를 노린 예리한 찌르기를 아그날은 몸을 살짝 비틀어 피하고 그 검에 따르는 듯이 전진했다.

검을 휘두를 공간이 없어졌다.

왼손 주먹이 리로이의 왼쪽 옆구리를 노렸다. 리로이는 검을 내찌른 자세에서 디딤발을 축으로 삼아 몸을 회전시켰다. 쥐고 있던 검이 아그날의 옆머리를 공격했다.

하지만 주먹의 타격은 덫이었다.

아그날은 몸을 구부려 횡으로 휘둘러진 참격을 피하고 쥐고 있던 주먹을 펴면서 몸을 앞으로 내밀어 손끝을 뻗었다.

노린 것은 아직 리로이의 가슴을 찌르고 있는 검 손잡이였다.

아그날의 손끝이 그것을 잡았다.

찢을까, 도려낼까.

리로이는 그 선택을 주지 않았다.

아그날의 다섯 손가락이 손잡이를 쥐기 시작한 찰나 엄청난 기세로 훌쩍 뒤로 뛰었다. 검은 단숨에 뽑아졌고 벌어진 상처에서 선혈이 뿜어졌다. 뒤를 확인하지도 않고 뛰었던 리로이는 그곳에 있던 조각상에 격돌해 정지했다. 등의 상처에서 분출되는 피가 멋진 사자 조각을 축축하게 적셨다.

아그날은 추격하지 않고 인체에 깊이 박혀 있던 검을 휘둘러 들러붙은 피와 기름을 털어냈다.

리로이는 입가를 적신 피거품을 닦으며 입 꼬리를 치켜 올렸다.

"중요한 물건인가보지? 돌려주길 잘했군."

이 말에 아그날은 미소로 답했다.

난 처음으로 가까이서 SS급의 전투를 보고 이해하게 됐다. A급 이상 용병의 별명이 말하는 것은 그에 어울리는 실력이 있다는 증명이지만, 그 대부분이 전투기술 등에서 자신만의 특출한 영역으로 별명을 만드는 경우가 많다.

아그날의 검기를 직접 보면 광도, 라는 별명을 수긍하지 못하는 자는 없을 것이다.

하지만 그가 검의 기술이 특출나기 때문에 SS급에 도달한 게 아니라는 것은 명백하다.

인간이 갖출 수 있는 모든 영역의 능력이 특출나기 때문인 것이다.

그렇지 않으면 평범한 인간을 훨씬 넘어서는 전투능력을 지닌 리로이가 이렇게까지 압도당하는 일은 있을 수 없다.

현 시점에 리로이보다 아그날이 강하다는 것은 인정할 수밖에 없었다.

그럼 어떻게 해야 할까.

"이미 호흡조차 힘들어졌을 것이다."

아그날은 양손의 검을 축 늘어뜨린 채 말했다.

분명 찔린 폐에서 대량의 출혈이 있었고, 그 피가 폐에 차서 호흡을 방해했다. 빨리 배출하지 않으면 자신의 피 때문에 죽게 될지도 모른다.

보통 인간이라면.

"이제 그만 수련은 끝내볼까?" 아그날의 말투에 무시하는 울림은 없었다. 맹수가 자신보다 약한 맹수를 모멸하지 않는 것처럼. "짧았지만 배운 것이 있었을 것이다. 죽으면 그것을 써먹지 못할 것이다."

"SS급은 다정하구만."

리로이는 피로 젖은 가죽재킷의 가슴 부분을 가볍게 두드리면서 말했다. "하지만 이제 준비운동이 끝났을 뿐이야. 한가하면 조금 더 같이 해보자고."

폐에 구멍이 뚫린 인간이 할 말이 아니지만, 아그날은 어깨를 살짝 으쓱였다.

"좋지."

그리고 맹렬하게 땅을 박찼다.

검 끝이 탄환처럼 날아들었다.

종이 한 장의 차이로 피한 리로이의 등 뒤에서 검 끝이 사자 조각상에 격돌해 깨부쉈다. 비산하는 돌의 파편을 받으며 얼린 사세의 아그날한테 칼을 비스듬히 내려쳤다.

아그날은 오른손의 검으로 그것을 받아 흘리면서 후퇴했고 미끄러지듯이 리로이의 측면으로 돌아갔다.

그것을 곁눈으로 보면서 리로이는 뒤돌려차기를 내질렀다. 분명히 간격 밖이었다.

하지만 리로이가 노린 것은 아그날 본인이 아니었다.

부서진 사자 조각, 그 잔해가 허공에 나부꼈다.

리로이의 발뒤꿈치는 그중 하나를 포착했다.

신발 뒤축에 차인 돌조각은 그 충격으로 다시 세 개로 쪼개 졌고 격렬하게 회전하면서 아그날을 공격했다. 그 속도와 위력은 산탄 탄환에 필적할 정도였다.

하지만 SS급의 동체시력은 그것들을 완전하게 포착했다.

제일 크고 아그날의 안면을 향했던 돌조각은 오른손의 칼 등으로 떨어뜨렸다. 두 번째의 뾰죽한 돌조각은 몸을 돌려 피했고, 마지막 하나는 왼손의 검으로 때려 부쉈다.

1초도 걸리지 않은 그 거동의 틈을 노리고 리로이는 간격 안으로 뛰어들었다.

아그날의 사각을 노리고 내찔러진 검 끝을 들어 올렸다.

아그날의 오른쪽 검이 그것을 받아 흘리게끔 궤도상으로 미끄러져 들어왔다.

하지만 격돌 직전, 리로이의 찌르기는 급격하게 방향을 바꿨다. 몸 전체를 디딤발을 축으로 회전해 아그날의 발밑을 노리고 참격을 내찔렀다.

그것을 막지 않고 왼손의 검이 번개처럼 하늘에서 땅으로 내찔러졌다.

강철의 격돌음은 아니었다.

옆으로 벤 참격을 멈춘 리로이는 디딤발을 차 도약했다. 높은 위치에서 아그날의 어깨를 향해 검을 내리쳤다.

이것을 아그날은 오른쪽 검으로 막아냈다.

순간, 리로이의 발끝이 그의 안면으로 뻗어졌다. 아그날은 상체를 돌려 피하면서 동시에 왼쪽 검으로 리로이의 몸을 베려고 했다.

그 다크그레이 눈동자에 총구가 비춰졌다.

공중에서 총을 뽑은 리로이는 자연낙하에 몸을 맡기면서 연속해서 방아쇠를 당겼다. 여섯 발의 총탄이 지근거리에서 SS급 용병을 덮쳤다.

연속되는 총성에 금속이 연주하는 새된 울림이 겹쳐졌다.

부드러운 납은 강철의 칼에 의해 차례차례로 베어지거나 튕겨졌다.

단 한 발도 아그날의 육체에 도달하지 못했다.

착지한 리로이는 곧바로 간격을 좁혔다. 일곱 번째 총탄이라고 말해도 과언이 아닐 속도로 검 끝을 아그날의 목으로 휘둘렀다.

하지만 이것마저 가는 검의 우아하다고까지 말할 수 있는 움직임으로 받아 흘렸다.

강철의 피보라와 함께 금속이 내뿜는 고통의 외침이 섞였다.

그때 처음으로 다른 소리가 섞였다.

그것은 받아 흘린 각도와 타이밍에 어긋남이 생겼다는 증거다.

검의 끝이 튀어 오르며 아그날의 볼을 베었다.

드디어 리로이의 공격이 닿은 순간이었다.

하지만 아그날은 조금도 동요하지 않았다.

리로이가 연속해서 내찌르는 연타를 정확하게 피해냈다. 그 움직임은 여전히 정확하고 우아하고 빈틈이 없었다.

그럼에도 불구하고 두 팔이 찢어졌고, 옆구리를 검 끝이 파내고 대퇴부에서 선혈이 튀었다.

리로이의 속도가 분명히 더 빨라졌다.

그것은 시간으로 치면 영점 몇 초의 가속이었다. 보통 인간에게는 그 차이를 느낄 수 없을 것이다.

하지만 그 지극히 작은 가속이 아그날의 완벽한 검술에 오차를 만들어낸 것이다.

속도가 빨라지면 타격력도 강해진다. 받아내는 아그날이 조금씩이긴 하지만 후퇴하기 시작했다.

정원 구석에서 그 전투를 지켜보던 리젤이 저도 모르게 감탄의 소리를 냈다.

공수가 바뀌고 아그날이 방어 일색의 전개가 됐다.

그런데 왜일까.

그의 얼굴에는 초조도 긴박감도 없었다. 감추지 않고 감탄한 눈빛을 두 눈동자에 지을 뿐 지극히 냉정했다.

매우 불길했지만 그것은 실제 싸우고 있는 리로이가 가장 잘 느끼고 있을 것이다. 우세함에도 불구하고 그 얼굴에는 조금의 방심도 없었고, 오히려 긴장의 기운이 커졌다.

그렇기 때문에 갑자기 리로이가 뛰어 물러난 것도 이상하게는 여겨지지 않았다. 방관자인 리젤은 유리한데 왜? 라는 듯한 표정을 짓고 있었다.

물론 이유가 있어서 거리를 벌린 것이다.

그것은 리로이가 아그날의 안면을 노리고 내찌른 다음 순간이었다.

리로이의 공격을 완전하게 처리하지 못했던 아그날이었지만, 그럼에도 치명적인 부상은 입지 않고 가벼운 상처에 머물렀다.

얼굴을 노린 일격도 튀어 오르는 칼이 막으려고 했다.

그대로 공격을 하더라도 결정타가 되지 못한다고 순식간에 판단한 리로이는 칼과 칼이 부딪치기 직전에 검신을 되돌렸고, 그 잔영의 밑을 빠져나가는 듯 내찌르기를 반복했다.

막아내는 쪽 입장에선 리로이의 찌르기가 자신의 검을 스쳐지나간 것처럼 보였을 것이다.

검 끝은 아그날의 어깨를 찔렀고 그 충격으로 그의 몸이 비틀거렸다.

리로이가 뒤로 뛰어 물러난 것은 바로 그 순간이었다.

아그날의 어깨 쪽 상처에서 선혈이 흘러내렸다. 지금까지 중 가장 큰 상처였다. 리로이라면 그 상황에 더욱 더 가열찬 공격을 했을 터이지만, 왜 그러지 않았을까──그것은 리로이 스스로도 명확하게 알지 못한 상태로 한 행동이란 게 그의 표정을 통해 알 수 있었다.

"──과연. 몸이 젖기 시작하는군."

아그날은 어깨의 상처에 손가락을 대면서 말했다. 손끝에 묻은 피를 바라보면서 어딘지 모르게 즐거운 듯이 말했다. "그런데 슬로우스타터 같지는 않은데 말이야. 그냥 봐서는 저돌적으로 맹진할 줄 알았는데 상대에 맞출 줄 아는 요령, 임기응변이 있어. SS급일 수 있다는 말도 틀리진 않았군." 그는 찬사와 비슷한 표정을 짓고 있었다.

"그런데 그 회복력은 본래 자신의 능력인가?"

역시나 눈치를 챈 것 같았다.

애초에 검이 폐를 관통당하는 부상을 입고 움직일 수가 없다.

상처는 이미 체조직이 서로 붙기 시작했다. 물론 출혈도 멈추었다. 경탄할 만한 회복능력──이라기보다 재생능력이라고 하는 게 맞을지도 모른다.

"현재 컬트 교단에서는 화학적으로 육체를 개조해 정체를 알 수 없는 힘을 얻는 것에 몰두하고 있다고 들었다. 설마라고 생각했는데——."

"철이 들 때부터 이랬다."

이어지려는 아그날의 말을 막고 말했지만, 이상한 의혹을 받는 것이 싫어서는 아닌 듯, 리로이는 어깨를 으쓱였다.

"배가 아프거나 감기에 걸리기는 해도, 상처를 입으면 금방 나았고, 독도 들지 않았다. 부럽나?"

"조금은."

아그날은 그렇게 말했지만, 금방 "하지만 움직임이 잡스러워져서 의미가 없다."라고 잘라 말했다.

타인이 그렇게 말하면 단순한 질투로 들릴지도 모르지만, 이 남자가 말하니 무게감이 달랐다.

"그렇게 잡스러워?"라고 물으면 도발적인 말이 되지만, 리로이가 솔직하게 되묻는 것도 아그날의 실력이 주는 설득력이 있어서였다.

"태어날 때부터 그랬다면 잡스럽다기보다 버릇 같은 것일지도 모르지."

"뭐야? 애매하게."

리로이가 수긍할 수 없다는 표정을 짓자 아그날은 작게 웃었다.

마치 미진한 학생을 가르치는 선생님처럼.

"너 같은 타입은 이론보다 실전이 좋겠지."

아그날은 왼손에 쥔 검을 칼집에 넣고 오른손에 쥔 검을 양손으로 잡았다. "나도 아직 이도류로는 이르지 못한 영역이다."

그리고 역시나 자연체로 자세를 잡은 순간, 대기가 흔들리는 듯한 느낌이 들었다.

"죽지 말고 배워라."

그 조용한 말이 신호였다.

아그날이 땅을 박찼다.

그 무거운 울림이 묘하게 느리고 멀어지는 것 같은 착각을 불러 일으켰다.

눈앞에 그가 나타났다.

간격을 좁히는 과정을 인식할 수 없었다.

양손으로 쥔 검 끝은 땅에 닿을 듯이 낮은 위치에 있었다. 그곳에서 튀어 올라오는 거라고 판단했는데, 그렇지 않았다.

이미 내려쳐진 것이다.

리로이의 왼손이 허공에 날아올랐다.

"잘 피했다."

그 목소리가 멀어졌다.

크게 도약해 거리를 둔 리로이는 착지하면서 자세가 무너졌다. 팔꿈치 부분에서 팔을 절단당해 신체의 균형이 틀어졌던 것이다.

아그날은 천천히 이쪽을 바라봤다.

"인간의 신체는 정말 잘 만들어졌지만, 그 반면 매우 다루

기 어렵기도 하다." 그는 담담하게 말했다. "개인차가 매우 크기 때문에 유일한 정답이 존재하지 않지. 결국 자신의 육체를 스스로의 재능으로 최적화해야만 하지만, 그것은 실로 한 치 앞도 보이지 않는 안개 속을 가는 것과 마찬가지다."

"——SS급이 되면 어려운 말도 할 줄 알게 되는군."

리로이가 코웃음을 쳤다. 그 안색은 결코 좋지 않았다. 경탄할 만한 재생능력을 지니고 있다고 해도 폐의 상처와 팔의 절단면, 양쪽의 출혈은 무시할 수가 없었다. 상처는 막았지만 이미 흘린 피를 곧바로 체내에서 만들어낼 수는 없는 것이다.

"난 머리가 별로 안 좋거든. 쉽게 말해달라고." 리로이가 농담처럼 말하자, 아그날은 "그런 것 같군."이라며 두 눈을 가늘게 떴다.

"자기의 육체를 스스로 완전하게 지배한다는 얘기다. 너는 아직 그 영역에 도달하지 못했다."

리로이의 피를 머금은 검을 들어 올리며 그는 그렇게 말했다.

"물론 나도 아직은 그 과정 중에 있지만."

이 남자가 그렇다면 대부분의 인간은 그럴 것이다. 리로이도 똑같은 생각을 했는지 입가에 쓴웃음을 지었다. "애석하게도." 공허하게 들리는 말투로 말했다. "옛날부터 내 몸하고는 사이가 나빠서 말이야. 꽤나 어려운 주문이로군."

"문제없다."

아그날은 힘차게 고개를 끄덕이고 자세를 잡았다.

"다리를 두세 번 잘리고 나면 몸이 알아서 생각을 고쳐먹을 테니."

"그게, 그렇지도 않아."

그 대답이 예상 밖이었을까? 아그날의 눈썹이 약간 모아졌다. 리로이는 핏기를 잃은 얼굴로 미소를 지었다.

"내 버릇은 굉장하거든."

그리고 다음 순간 아그날이 갑자기 아무 것도 없는 공간을 검으로 베었다.

옆으로 검을 휘두르고는 금방 머리 위로 검을 쳐올리며 뒤로 뛰어 물러났다. 정원에 울리는 것은 강철이 부딪치는 찰과음이었다.

아그날을 따르는 듯이 발밑의 흙이 갈라지면서 걷어 올려졌다.

그의 검에 맞아 튕겨진 뭔가가 주변의 나무들을 절단했고 쓰러져가는 나무에서 붉은 잎이 눈처럼 흩어져 내렸다.

철실이었다.

아마도 실비오가 사용했던 철실을 전부 들고 온 듯했다.

게다가 그것을 조종하는 것은 절단된 왼팔——실비오가 보였던 절단된 곳을 실로 이어 잘려진 팔의 손끝을 조작하는 기술이다.

아그날하고의 대화로 신경을 딴 데로 돌린 것은 이것을 하기 위한 극도의 정신 집중이 필요했기 때문이었던 걸까.

전투 센스만은 발군이라고 알고 있었지만, 한 번 본 것만으로, 게다가 초고난이도의 기술을 이렇게 선보이는 것을 보면 정말 대단한 남자다.

아마도 아그날도 자신이 뭐에 공격당했는지 처음엔 몰랐을 것이 틀림없다. 그 시점에 큰 부상을 입히면 형세가 역전됐을지도 모르지만, SS급의 용병은 당황하지 않고 자신을 공격해 오는 물건의 정체까지 이미 간파했다.

칼집에 넣어둔 검을 뽑고 멋진 검술로 철실을 받아 흘렸다.

튕겨진 철실은 가지가 두꺼운 나무들을 잡초처럼 베었고, 주변을 둘러싼 복도의 기둥을 쓰러뜨렸다.

복도가 흔들리는 가운데 리젤의 비명소리가 울렸다.

분수 안에 세워져 있는 아름다운 여신상이 두 갈래로 쪼개지면서 쓰러져 엄청난 양의 물을 분수대 밖으로 쏟아냈다. 산뜻한 전망대는 비스듬히 절단돼 미끄러져 떨어지는 지붕을 철실이 잘라버렸다. 자잘한 파편이 살점처럼 튀었고 붉은 잎이 떠다니는 시냇물로 떨어졌다.

철실을 막아내는 아그날의 움직임에 빈틈은 없었다. 계속 공격이 이어졌지만 아무런 흔들림이 없다는 것을 확신시킬 뿐이었다.

리로이도 철실의 공격은 결정타가 안 된다고 판단한 듯했다.

철실의 연속 공격을 이어가면서 맹렬하게 돌진했다. 절단된 팔을 실로 이어 그것을 신경 대신으로 삼아 손끝에서 철실을 조종하는 기술은 엄청난 집중력이 요구된다는 것이 뼈저리게 느껴졌지만, 그 움직임에 주저함은 보이지 않았다.

시야를 덮어버리는 붉은 잎 가운데 몸을 안쪽으로 비틀어 아그날한테서 보이지 않는 위치로 검을 숨기고 간격으로 뛰어들었다.

철실로 견제하면서 몸을 비튼 반동과 함께 검을 찔러 넣었다. 아그날의 양쪽 검이 목과 몸을 노리는 철실을 떨어뜨리는 절묘한 타이밍이었다.

선혈과 살점이 튀었다.

하지만 크게 자세가 무너진 것은 리로이 쪽이었다.

왼쪽 팔꿈치에서 어깨까지 안쪽에서 벗겨지듯이 살이 터져 벌어졌다.

동시에 절단된 팔꿈치부터 앞에 있는 팔도 갈가리 찢겨졌다.

바로, 실 토하기였다.

하지만 그때는 리로이가 실비오한테서 뺏어낸 실을 제어하지 못해 주변을 무차별로 찢어발겼는데, 이번엔 그렇지 않았다.

같은 기술이지만 레벨이 달랐다.

대체 이 사람은?

어찌됐든 아그날의 간격 안에서 완전하게 균형을 잃은 것은 치명적인 일이다.

리로이는 무너질 것 같은 몸을 오른발로 버티며 간신히 견뎌냈다. 그리고 그 발을 축으로 참격을 내찔렀다.

아그날은 그것을 받아 흘리지도 않고 막아내지도 않았다. 미끄러지는 듯한 백스텝으로 거리를 뒀다.

기묘한 행동이었다. 피아의 상황을 봤을 때 계속 공격하는 것 이외의 선택지는 없을 터였다.

하지만 리로이가 그것을 의아해할 여유 따윈 없었다.

공기를 가르는 소리가 고속으로 날아들었다.

리로이는 재빨리 후퇴하면서 오른쪽에서 들리는 소리를 향해 검을 휘둘렀다. 귀를 때리는 격돌음은 불꽃과 함께 발밑으로 낙하해 정원의 흙을 파냈다. 튀어 오르는 흙덩어리 가운데 역방향에서 횡으로 휘둘러진 공격을 몸을 젖혀 피하고, 그대로 등부터 넘어졌다.

철실은 그때 상공에서 이빨을 드러냈다.

연속되는 다섯 줄의 실이 고속 참격이 돼 내리쳐졌다.

몸통을 노리고 날아온 첫 번째 실은 하반신을 가슴까지 끌어올려 피하고 목을 절단하려는 두 번째 실은 발을 끌어올린 반동을 이용해 앞으로 일어나면서 피해냈다.

세 번째 실은 급격하게 궤도를 바꿔 왼손 옆으로 날아들었다. 이번에는 앞으로 몸을 숙여 실이 머리 위를 통과하는 순간에 오른손과 양발을 스프링처럼 사용해 비스듬한 방향으로 뛰었다.

네 번째 실이 리로이가 방금 전까지 엎드리고 있던 장소를 절단했다.

그리고 공중에 있는 리로이를 다섯 번째 실이 따라붙었다. 등 뒤로 날아오는 철실을 관절의 가동범위를 한계까지 혹사시켜 검을 휘둘렀다.

새된 금속음에 이어 공기를 찢는 소리가 격렬하게 으르렁댔다.

다섯 번째 실을 완전하게 튕겨내진 못했다──살짝 각도가 부족했는지, 그 실이 원을 그리며 리로이의 머리 위에서 거꾸로 덤벼들었다.

리로이는 아직 착지하지 않았다.

그 귀에 여섯 번째와 일곱 번째 철실이 내뿜는 바람을 가르는 소리가 도달했다.

"안 돼요. 레니 씨, 아닙니다!"

외친 것은 복도의 기왓장 사이로 간신히 얼굴을 내밀고 있는 리젤이었다.

곧바로 바람이 조용해졌다.

리로이는 무사히 착지했지만 살짝 비틀거렸다.

방금 전의 철실 공격을 전부 피해내긴 했지만 각각의 공격이 리로이의 육체를 갉아먹었다. 가죽재킷이 찢어지고 흥건

하게 젖었다. 피를 너무 많이 흘렸는지 리로이의 안색이 나빠
졌다.

"어머── 역시 그랬구나."

중앙정원을 둘러싼 건물에서 뻗어져 나온 긴장감 없는 목
소리가 들렸다.

"철실술사인데, 아무래도 내가 들었던 인상하고 다르다고
생각했어."

나타난 것은 리로이와 나이 차가 별로 없어 보이는 여자였
다. 리젤이 레나라고 부른 것을 보면 동료일까? 그런 것치고
는 터프한 차림으로 슈트는 걸치지 않았다.

"그래서 일단 적당히 한 건데──어, 근데 왜 그래, 리젤?"
그녀는 마침내 기왓장 산에 파묻혀 있는 리젤을 보고 눈을 동
그랗게 떴다. "지진이라도 일어난 거야?"

이렇게 국지적인 지진이 있을 리가 없다고 생각했지만 기
왓장에 온몸이 둘러싸여 움직이지 못하는 리젤은 그저 쓴웃
음을 지을 뿐이었다.

"뭐, 그렇게 됐네요. 가능하면 좀 도와주시겠어요?"

맡겨줘──라고 태연하게 대답한 그녀는 피아노나 칠 것
같은 가는 손끝을 움직였다. 그러자 큰 기왓장이 가볍게 들려
졌고 차례차례로 정원 구석으로 던져졌다.

상황을 봤을 때 그녀가 리로이를 공격한 철실술사이겠지
만, 절단을 장기로 하는 실로 어떻게 무거운 기왓장을 들어

올리는 것인지 알 수가 없었다.

그리고 꽤 무거운 기왓장에 짓눌리고 있던 리젤이 별다른 부상을 입지 않고 태연하게 일어서는 것도 납득이 가지 않았다.

"흥이 깨졌다."

중얼거린 것은 아그날이었다. 그는 이미 두 자루의 검을 칼집에 집어넣었다. "오늘은 여기까지다."

"그럼 카틸은 내가 받도록 하지."

어떻게 된 상황인지 모르는 상황에서도 리로이는 당연한 듯 말했다.

아그날은 표정을 일그러뜨리며 조용히 으르렁댔다.

그것이 의미하는 바는 대체 뭐였을까.

"좋을 대로 해라."

그가 남긴 것은 단지 그 말뿐이었다.

몸을 돌려 정원을 떠나갔다.

이렇게 깨끗하게 양보할 거라면 왜 처음부터 그러지 않았던 걸까.

그 자신, 그렇게까지 카틸이라는 인물에 흥미가 없었던 걸까? 그렇다면 어쩌면 리로이하고의 결투 자체가 목적이었다는 말인가.

그럼 진짜로 수련을 받았다는 얘기가 된다.

진심으로 죽이려고 덤비는 것이 수련이라고 말한다면.

어쨌든——.

"너의 완패다."

내가 그렇게 말하자, 리로이는 어깨를 살짝 으쓱였다.

특히 억울해하는 모습을 보이지 않는 것은 승패에 집착하는 성격이 아니기 때문이다.

리젤한테도 말했지만 폭력으로 모든 것을 해결하는 용병이라는 직업을 선택한 리로이는 그 높은 전투 능력을 수단으로 삼고 있다.

목적이 아닌 것이다.

속도를 경쟁했던 카렌을 놀렸던 것처럼 리로이 자신은 누군가와 우열을 가리는 것에 흥미가 없는, 소위 전투광도 아니다.

상황을 타파하기 위해 폭력을 행사하는 것에 주저함이 없을 뿐이다.

뭐, 그때마다 어려운 상황을 만들어내는 것 역시 이 남자의 융통성 없고 난폭한 성격 때문이지만…….

"괜찮으십니까, 리로이 씨?"

리젤이 철실술사 여자——레니를 데리고 다가왔다. 그의 슈트는 먼지투성이에 소매를 걷어 올렸고, 기왓장 때문에 천이 찢겨져 있었다. 하지만 출혈은 없어 보였고 움직임을 봐도 골절 등의 피해는 없어 보였다.

기적적으로 깔리는 위치가 좋았던 건지, 말도 안 되게 건강한 건지, 어느 쪽이든 이해가 안 가는 존재다.

"이게 괜찮아 보이면 선글라스를 벗고 안경을 써라."

리로이는 시니컬하게 입 꼬리를 일그러뜨리고 얼굴을 찡그렸다. 농담처럼 내뱉었지만 단적으로 말해 리로이는 중상을 입었다. 원형을 유지하지 못할 정도로 파괴돼버린 왼팔은 이 시대의 의료로는 도저히 어쩔 수가 없을 것이다.

치료에 드는 비용은 전부 저희 쪽에서 지불하겠습니다, 라며 고개를 숙이는 리젤한테 리로이는 필요 없다고 말했다. 내장이 비어져 나오고 부러진 뼈가 피부를 뚫고 나오지 않는 이상 의사가 필요 없는 몸이다.

"이번에는 저희 사원이 폐를 끼쳤습니다."

"이야──, 미안. 사람을 잘못 봤어."

깊이 고개를 숙인 리젤 옆에서 레니는 손을 살짝 흔들었다. 마치 뒤에서 말을 걸었더니 전혀 다른 사람이었다는 것처럼 사과하는 레니를 옆에 있던 리젤 쪽이 긴장된 얼굴로 쳐다봤다.

리로이 본인은 그 태도에 기분이 상한 것 같지 않았다.

"이 녀석도 경비 중 한 명인가?" 레니가 아니라 리젤한테 물었다. "네." 그는 고개를 끄덕였다. "철실술사한테는 철실술사죠. ──뭐, 필요 없게 돼버렸지만."

리로이는 코웃음을 치며 레니를 쳐다봤다. 그녀는 태연자약한 상태로 리로이의 시선을 받았다.

"너, 야토의 인간으로는 보이지 않는데."

목이 높은 스웨터에 얇은 코트를 걸치고 기장이 짧은 치마를 입은 차림은 확실히 대륙의 느낌이 들었다. 그리고 그녀 자신도 갈색 피부에 푸른 눈동자, 금색 머리카락과 남부 변경 지역보다 더 남쪽에 있는 군도 국가 무스펠에서 볼 수 있는 특징을 지니고 있었다.

"응." 그녀는 고개를 끄덕였다. "태어나고 자란 곳이 무스펠이니까." 내 예상대로의 대답을 한 레니는 고개를 갸웃했다. "그게 왜?"

"어디서 누구한테 기술을 배웠나?"

질문을 받은 레니는 "으——음." 이라며 뭔가를 생각하는 듯이 턱에 손가락을 댔다.

"말을 하면 길어질 텐데——?"

"짧게 요약해라."

횡포에 가까운 리로이의 요구에 레니는 어렵다는 표정으로 신음소리를 냈다. 그 긴 얘기를 머릿속에서 필사적으로 압축하는 듯했다.

마침내 그녀는 미간에 주름을 새긴 채 "근처에서 잘 모르는 할아버지한테서?"라고 중얼거렸다.

"장난치는 거냐!"

리로이의 말투는 그렇게 강하진 않았다.

그녀가 사실을 감추려는 것인지 아니면 진심인지 판단을

내리기 어려웠던 것이리라.

"장난 아니야." 레니는 아니라며 항의했다. "진짜로 그 할아버지한테 배웠어. 기본만 배웠지만."

"──그놈의 이름이 뭔지 기억하나?"

좀 더 정보를 얻어낼 생각인지, 리로이는 질문을 이어갔다.

"나타라고 했나, 나탁이라고 했나, 그런 느낌이었……는데."

레니의 답은 막연했다.

하지만 리로이의 안색이 살짝 변했다. "그 할아버지는 어떻게 됐나?"

이 질문에 레니는 조금 슬픈 눈빛이 됐다.

"체포됐어."

"──철실술사잖아?" 리로이는 놀란 목소리를 질렀지만, 확실히 철실술사를 일반적인 경찰관이 체포할 수 있을 것 같지는 않다.

"상세하게 기억은 안 나지만."라고 레니는 허공을 올려다보며 말했다. "나를 본격적인 제자로 삼으려고 데리고 가려고 했던 것 같아. 그래서 체포됐다고 했어."

"저항도 안 하고?"

리로이는 수상쩍어 했지만, 레니는 확신을 가지고 고개를 끄덕였다. "일이 아니면 사람을 죽여선 안 된다고 말했어."

"그러고는 얌전히 감옥으로 갔다고?"

믿을 수 없다는 듯 리로이는 낮은 신음소리를 냈다. 이미 레니가 한 말의 어느 부분이 신용 가능한지 알 수 없게 돼버린 듯했다.

　그녀는 그때 다시 말을 덧붙였다.

　"하지만 모범수여서 생각보다 빨리 보석으로 풀려난 것 같아. 보석 중엔 봉사활동도 확실히 참가했으니까 분명 완전히 석방됐을 거야."

　"──그렇다면 다행이지만."

　최종적으로는 어찌되든 상관없어진 건지, 리로이는 아무렇게나 맞장구를 쳤다.

　"혹시 그 할아버지랑 알아?"

　그녀한테도 수수께끼였던 듯했다. 그 노인에 대해서 알 수 있을 거라는 생각에 레니는 눈을 반짝였다.

　"나탁이 아니다."

　하지만 리로이의 대답은 그녀가 기대했던 것이 아니었다. 그런 그녀의 표정을 이해했는지 잠깐 생각한 후, 리로이는 덧붙였다. "나탁이라는 것은 이름이 아니라 호칭 같은 거다. 네가 만난 것은 내가 알고 있는 나탁의 전임자일지도 모른다."

　"넌, 네가 아는 나탁한테서 철실 쓰는 법을 배운 거야?"

　리로이가 말없이 고개를 끄덕이자, 레니는 무슨 이유에선지 빙긋이 웃었다. 그리고 의아한 표정을 짓는 리로이의 어깨를 살짝 두드렸다. 팔을 잃은 쪽의 어깨였기 때문에 리로이는 통증으로 얼굴을 찡그렸다.

"그럼 난 너의 사저(師姐)가 되는 거네."

"뭐?"

왜 그렇게 되는 건데, 라고 이의를 제기하는 리로이에게 레니는 당연하다는 듯이 "난 아이 때부터 이것을 사용했으니까, 당연하지." 그녀는 길고 아름다운 손가락 끝을 구부렸다. "스승도 같은 나탁인데 내가 사저인 게 당연하잖아."

"그냥 타인이다."

거칠게 내뱉은 리로이는 걷기 시작했다.

그러자 서둘러 리젤이 뒤를 따라왔다. 그리고 자화자찬이지만, 이라고 전제했다.

"저희 회사에는 성능이 뛰어난 의수가 있습니다." 영업을 하는 말투였지만 의수 자체, 접합수술, 애프터케어까지 전부 무료라고 말했다.

"마음씨가 좋군."

리로이는 크게 흥미를 보이진 않았지만, 리젤은 두 손을 비비며 달라붙었다.

"리로이 씨가 저희 회사의 의수를 사용하시면 최고의 광고가 되니까요. 들어가는 비용에 비해 얻는 게 더 크죠."

"그런 뱃속을 감추지 않는 스타일이로군."

뒤에서 따라온 레니가 리로이보다 먼저 딴죽을 걸었다.

"영업에서 중요한 것은 성실함입니다, 레니 씨." 리젤은 그렇게 주장했지만, 동료의 동의는 얻지 못했다.

"나쁜 이야기 같진 않은데." 리로이가 그렇게 말하자, 리젤의 표정이 밝아졌다가 이어지는 말에 다시 어두워졌다. "만약 팔이 새로 자라지 않으면 그때 검토하도록 하지."

"새로 자라나요?" 낙담한 모습을 보이지 않으려고 최대한 노력했지만, 도저히 숨길 수 없는 듯했다.

"에이, 어떻게 자라나?" 레니가 뒤에서 중얼거렸다. 그 기분은 나도 잘 이해가 됐다. 인간의 팔은——또는 발도——도마뱀의 꼬리처럼 잘려진 후 새로 자라는 종류의 것이 아니다.

"——무슨 일이라도?"

리젤의 말에 초조와 불안감이 섞여 있었다.

갑자기 리로이가 발을 멈추더니 괴로운 듯 얼굴을 찡그렸기 때문이다.

"안 돼." 상체를 휘청거리며 리로이는 신음소리를 냈다. "배고파서 죽을 것 같아."

그것은 뭐, 당연한 일이다. 보통 사람이라면 죽는 게 당연한 상처가 낫고, 출혈을 멈추고, 죽은 세포를 지금 현재도 엄청난 속도로 재생시키고 있는 것이다.

체내의 에너지가 고갈되는 것도 시간 문제였다.

"어이, 사저."

"오, 왜, 사제(師弟)!"

약해진 리로이의 부름에 레니가 신나서 대답했다. 리로이는 당장이라도 튀어나올 것 같은 굶주린 눈빛으로 그녀를 쳐다봤다.

"뭐든 먹게 해줘. 네가 사는 걸로."

"싫다."

산뜻한 거절이었다. 리로이는 짜증난다는 듯이 혀를 찼다. "잘난 척하며 사저라고 주장할 거면 배고픈 사제한테 밥 정도는 사주라고. 도움이 안 되잖아."라고 빈정거렸지만, 처음부터 큰 기대는 없었던 듯했다.

다만 마음속에 맺혔던 불만을 조금이라도 발산했을 뿐이었다.

그런데 레니는 양손으로 얼굴을 덮고 시끄럽게 탄식했다.

"아아, 정말 왜 나한테 이렇게 귀염성이라곤 전혀 없는 건방진 후배가 생긴 거람. 튤 군도 남의 얘기는 듣지 않고 엄청 무뚝뚝한데——."

"그는 성실하고 좋은 친구라고 생각하는데요."

바르하라 사원의 내부사정에 전혀 흥미가 없는 리로이는 조금이라도 빨리 비어버린 위장에 음식을 집어넣기 위해 걸음을 서둘렀다.

"기다리세요, 리로이 씨." 리젤은 알겠습니다. 할 수 없죠, 라며 각오를 굳힌 표정이었다. "사죄의 마음을 담아 경비로 지불하도록 하겠습니다."

"넌 얘기가 통할 줄 알았다."

그냥 밥 한 끼에 작은 기쁨을 느끼는 파트너를 보는 것은 매우 서글픈 일이었다.

"팔이 생길 때까지 배 터지게 마시고 먹어주지."

"살살 부탁드립니다."

리젤은 살짝 굳었지만 미소를 지으며 답했다.

그 얼굴을 더 굳게 만든 것은 "아──아, 난 몰라──."라고 쏘아붙이는 듯한 레니의 목소리였다. "로티스가 받아주면 다행일 텐데, 영수증."

"그녀도…… 오니는 아니니까요."

그렇게 말하는 리젤의 안색은 매우 불편해 보였다. 분명 카렌도 회사의 회계 처리가 엄격하다고 말했다. 대기업인데 경비에 대해 까다로운 건지, 아니면 경비 지출에 까다롭기 때문에 대기업인 건지.

어느 쪽이든 말단 사원에게는 머리 아픈 얘기일 것이다.

애초에 경솔하게 레니가 리로이를 공격했기 때문에 이렇게 된 것이다. 리젤도 그 부분은 확실히 지적할 일이라고 생각했지만, 그는 동료를 질책하지 않았다.

처음에 내가 느낀 대로 자제심의 오니일지도 모르지만, 계속 이러다간 몸이 버티질 못하지 않을까.

내가 그런 생각을 하고 있을 때 새된 비명소리가 머리 위에서 들려왔다.

올려다보니 떨어지는 벽의 구멍에서 영주 디트마르가 얼굴을 내밀고 있었다. 벽 가장자리에 달라붙어서 무릎을 꿇고 있었다.

그렇게 아름다웠던 정원이 붕괴됐으니 뭐, 비명을 지르는 것도 당연하다.

"이거 꽤나 많은 돈을 청구하겠는걸."

레니의 중얼거림에 리젤의 신음소리가 이어졌다.

4

희미한 어둠 속, 탁한 공기가 시큼한 냄새를 운반해왔다.

애초 사람의 거주를 고려하지 않았기 때문에 공기의 순환이 나쁘고 습기까지 있어 곰팡이 냄새가 난다. 디트마르는 지하도시라고 표현했지만, 창고로 사용하던 넓은 공간과 그것들을 이어주는 무수한 통로는 굳이 표현하자면 미궁이라고 표현하는 것이 어울려 보였다.

사람도 있었다. 위험지대이긴 하지만 입구 부근에는 갑자기 덤벼들 놈들은 없어 보였다. 오히려 리로이의 모습을 보고 몸을 숨기거나 지나가려는 사람이 더 많았다.

야음을 틈타 교회로 잠입, 「크림슨 디스페어」의 거점으로 진입한 리로이는 주저하지 않고 앞으로 전진했다. 이 미궁 어딘가에 카틸이 숨어 있고 우연히 그곳에 도착할 확률은 어느 정도일까.

왼팔의 절단면이 쑤시는지 리로이는 때때로 무의식중에 긁어댔다. 새 것으로 입은 가죽재킷의 길게 늘어뜨린 옷자락이 불안하게 흔들렸다.

거짓 없이 본심을 말하자면 현재 상태에서 적의 품으로 뛰어드는 것에 나는 반대다.

카틸의 힘이 미지수임에도 불구하고 리로이는 팔을 잃었기 때문에 전투 능력이 저하돼 있다.

소실된 체력도 매우 크다.

그날 리젤 일행과 함께 들어간 식당에서 리로이는 대량의 요리를 먹어치웠다. 돌아갈 때 영수증에 적힌 가격을 보고 리젤이 졸도할 정도였다.

잃어버린 피의 보충과 앞으로의 육체 재생에 사용될 에너지 일부는 섭취했지만, 그렇더라도 충분하다고는 할 수 없었다.

적게 잡아도 일주일 정도는 체력의 회복에 집중해야만 했다.

그렇게 말했을 때 순순히 들을 남자가 아닌 것이 머리 아픈 일이다.

"새 옷의 착용감은 어때?" 리로이가 입고 있는 가죽재킷 역시 리젤이 지불한 것이다. 레니의 개입으로 새하얀 롱코트를 살 뻔했지만, 하얗게 표백되지 않고 다행히 평소 입던 색을 살 수 있었다.

"나쁘지 않아." 꽤나 비싼 물건이지만 리로이의 감상은 냉담했다. "좀 더 움직여서 길을 들였으면 좋겠는데."

이 경우의 움직인다는 말의 의미는 건전한 운동이 아니다.

"몸도 그렇잖아." 내가 말하자, 리로이는 입 꼬리를 살짝 일그러뜨렸다.

"그보다 배가 고파서 참을 수 없다는 게 문제야."

그렇게 중얼거리고 가방 안에서 말린 육포를 물었다. 잠자고 있을 때 외에는 쉬지 않고 먹고 있다. 몸에 흡수된 영양소는 곧바로 왼팔의 재생으로 사용되기 때문이다.

두 번째 육포를 꺼냈을 때 몇 명의 남자가 길 앞을 막아섰다.

어떤 신호가 있었는지 후방에도 몇 명의 남자가 서 있었다.

리로이는 그들을 쳐다본 후 두 번째 육포를 먹었다.

"맛있는 것을 먹고 있네."

전방에 있던 장발 남자가 말했다. 자란 게 아니라 뻗어져 있다는 느낌이 드는 부수수한 머리모양이었다. "우리들도 배가 고픈데 좀 나눠주지 그래."

"좋지."

리로이는 흔쾌하게 답했다.

그리고 먹고 있던 육포를 남자에게 내밀었다.

장발 남자는 빙그레 웃으며 내밀어진 손을 뿌리쳤나. 리로이의 손에서 날아간 육포가 통로 벽에 부딪쳤다 떨어졌다. 낙하한 곳은 뭔지 알 수 없는 하숫물이었다.

"어이어이, 누가 네가 먹던 것을——." 도발적인 남자의 말은 거기서 끊겼다.

리로이의 두 손가락이 그의 안구를 찔렀기 때문이다.

손가락 끝에 찔린 남자의 안구는 유리체와 피가 섞인 액체를 흘려댔다. 리로이는 그대로 손가락 끝을 남자의 눈구멍에 걸고 잡아당겼다.

"먹는 것을 버리면 안 돼지."

절규하는 남자를 리로이는 손가락 끝으로만 벽까지 질질 끌고 갔다. 주위의 남자들은 깜짝 놀라 몸이 굳었다.

"배고프다고 했잖아. 먹어." 리로이는 남자의 눈구멍에서 손가락을 빼고 하숫물에 빠진 육포를 집어 격통으로 울부짖고 있는 남자의 입안에 쑤셔 넣었다. "꽤나 비싼 거야. 맛있지?" 덧붙여 이 육포도 리젤이 사준 것이다.

목까지 고기로 가득해진 남자는 절규도 못한 채 신음소리만 냈다. 리로이가 고기를 밀어 넣는 손을 멈추지 않았기 때문에 결국은 완전히 기도가 막혀버렸다.

그제야 몇 명이 달려들었다. 욕지거리를 내뱉으면서 리로이를 붙잡으려고 했다.

첫 번째 사람의 손이 어깨에 닿은 순간 리로이는 돌아보지도 않고 팔꿈치를 찔러 넣었다. 그것은 남자의 턱을 측면부터 강타했고, 충격으로 턱관절이 파괴됐다. 얼굴의 아랫부분이 찌그러진 남자는 알아들을 수 없는 비명을 지르며 쓰러졌다.

팔꿈치를 찌른 기세 그대로 리로이는 몸을 반회전했다.

흘러가는 시야에 비친 것은 턱이 깨져 쓰러진 남자, 허리 벨트에 꽂아둔 단검을 뽑으려는 덩치가 작은 남자, 근처에 굴러다니는 나무 몽둥이를 손에 든 키가 큰 남자, 그리고 목공 도구로 보이는 해머를 꽉 쥔 남자였다.

다른 놈들은 아직 간격에 들어오지 않았다.

리로이는 회전을 멈추지 않은 채 발을 휘둘러 찼다. 발의 뒤축은 단검을 쥔 남자의 손목을 직격했다. 뼈가 부서지고 힘을 잃은 손에서 단검이 날아갔다.

고통을 지르며 비틀거리는 덩치가 작은 남자한테 리로이는 손을 뻗었다.

목 뒤를 붙잡고 단숨에 넘어뜨렸다.

밑에는 턱이 부서진 남자가 쓰러져 있었다. 격돌하기 직전 두 사람의 시선이 교차됐지만, 서로의 눈동자에 보인 것은 똑같은 절망과 공포뿐이었을 것이다.

두개골이 눌려 찌부러지는 소리가 울렸다.

강한 충격에 두 사람 다 눈알이 튀어나왔고 코에서 피가 섞인 액체가 분출됐다.

해머를 손에 든 남자가 괴성을 질렀다.

분노가 아닌 공포기 그의 성대를 울렸다.

무거운 해머로 리로이를 부수기 위해 높이 치켜들었다.

하지만 매우 무거웠다.

들어 올린 상태로 해머가 멈춰졌다. 남자는 왜 그 상태로 동작이 멈춰졌는지 이해하지 못하고 혼신의 힘으로 내리치려고 애썼다.

눈앞에 있어야 할 리로이가 사라졌다는 것을 깨닫지 못한 채.

"진정해라."

등 뒤에서 리로이의 목소리가 들렸고 남자는 깜짝 놀란 듯 돌아봤다. 그때서야 깨달았다. 눈앞에 있던 리로이가 등 뒤에서 해머를 붙잡고 있다는 것을.

"묻고 싶은 게 있다. 어차피 죽을 테니 그렇게 서두를 필욘 없잖아?"

"기, 기다려."

그렇게 말한 것은 해머를 쥔 남자가 아니었다.

전방에 서 있던 남자들 가운데 비교적 제대로 된 차림의 남자가 앞으로 나왔다. 눈매가 가늘고 젊었다. 그는 리로이의 간격 밖에서 발을 멈추고 양손을 들었다.

"미안하다. 우리들은 당신한테 싸움을 걸라고 고용됐을 뿐이야." 그렇게 말하고 바닥에서 절규하고 있는 남자들을 바라봤다. "벌써 세 명이나 죽었다. 당신은 우리의 적이 아니야. ——봐줄 수 없을까?"

"진심이냐?"

리로이는 놀란 듯이 눈을 동그랗게 떴다.

그리고 살짝 웃었다.

"농담이지?"

그렇게 되묻자 눈매가 가는 남자의 얼굴에 낭패한 빛이 가득했다.

"농담이 아니야." 그렇게 말한 이는 해머를 쥔 남자였다. 그는 위협하는 듯이 입을 벌렸지만, 싸움을 하다 깨진 건지 이빨 여러 개가 비어 있었다. "그딴 푼돈에 죽고 싶지 않아. 돈은 줄 테니까 봐달라고."

신음하듯 말한 남자는 갑자기 앞으로 거꾸러지듯 넘어졌다.

몸을 가누지 못한 남자는 리로이가 해머에서 손을 뗐다는 것을 이해하고 돌아보면서 비열한 미소를 지었다.

"헤헷, 고마워."

"신경 쓰지 마라."

리로이는 고개를 끄덕인 후 손 안의 해머를 어깨에 얹었다. 남자는 눈을 깜빡인 후 아무 것도 없는 자신의 양손을 내려보고 이해했다.

"하지만 말을 조심해서 해라."

그렇게 충고했지만 그 말엔 아무런 의미가 없었다.

왜냐하면 다음 순간 그것을 이해하기 위한 남자의 뇌가 파열됐기 때문이다.

해머가 허공을 가르는 굉음에 두개골이 깨지는 소리가 삼켜졌다. 머리 위에서 내리쳐진 해머는 남자의 머리를 깨부쉈고 뇌수가 주변에 흩어졌다.

리로이의 힘에 가속도와 중량이 더해진 타격은 남자의 머리뿐만 아니라 척추를 부쉈고, 늑골을 부러뜨리고 심장을 터뜨렸다.

무릎이 부서지고 키가 3분의 1 정도로 찌그러진 남자의 신체가 무너진 후 대량의 피가 뿜어져 나왔다.

남자들은 도망치는 것도 잊은 채 얼어붙었다.

"역시나 균형이 안 잡혔어." 리로이는 그렇게 중얼거리면서 해머를 들어 올렸다. 해머의 망치부분은 피범벅이 됐고 두발과 살점이 잔뜩 묻어 있었다.

리로이의 중얼거림은 조잡한 해머의 만듦새가 아니라 자기 자신의 육체에 대한 말이었다. 보통은 한쪽 팔을 잃고 이렇게 빨리 움직일 수가 없지만, 그럼에도 납득이 갈 정도의 레벨은 아닌 듯했다.

"어이, 너희들." 리로이가 남자들에게 말을 걸자, 그들은 일제히 깜짝 놀라 몸을 떨었다. "미안하다고 생각하면 한 명씩 저쪽에 나란히 서."

뭘 할 거라고 말하지 않았지만, 뭘 하려고 하는지는 명백했다.

모두가 저도 모르게 머리가 깨져버린 시체를 바라봤다.

"돈이라면 자, 전부 줄게." 눈매가 가는 남자는 가죽 주머니를 꺼내서 주위의 동료들을 둘러봤다. 맞아죽는 건 싫었는지 이의를 제기하는 자는 아무도 없었다.

"받아줘."

눈매가 가는 남자는 마치 제물을 바치는 것처럼 리로이한테 가죽주머니를 내밀었다.

하지만 공포로 손가락 끝이 떨렸는지, 가죽 주머니를 떨어뜨렸다.

보통 인간은 무의식적으로 떨어지는 가죽 주머니를 눈으로 좇게 된다.

그리고 눈매가 가는 남자가 소매에 숨기고 있던 버드나무 잎 모양의 수리검을 놓치게 된다.

그 역시 이 절묘한 수법에 자신이 있는지 아래로 떨어지는 지갑을 눈으로 좇으려고 고개를 숙인 그 입가에 미소가 떠올랐다.

그래서 수리검을 뽑으려고 했던 팔이 붙잡혔을 때 안색이 바뀌었다.

"연기에 자신이 있나 보지?" 리로이는 장난기 섞인 미소를 지었다. "그럴 거면 주위의 놈들까지 겁먹은 척을 하게 만들었어야지." 리로이는 처음부터 그가 꺼낸 지갑 따위 보지 않았던 것이다.

그때 등 뒤에서 누군가가 고속으로 접근해왔다.

명백하게 주위의 남자들하고는 차원이 다른 움직임이었다. 이 장소에 어울리지 않게 깔끔한 옷을 입고 있는 것은 눈매가 가는 남자와 비슷했다.

난 긴 머리카락을 뒤로 묶은 여자를 본 기억이 있다.

「스칼렛 레이디」에서 실비오하고의 전투 때 휘말렸다가 리로이가 구해준 매춘부 중 한 명이었다. 그때와 달리 화려한 화장도 안 했고 드레스도 입지 않았다.

그 손에 들고 있는 것은 단검이었다.

소리도 없이 육박해 칼끝을 리로이의 등에 내찔렀다.

동시에 눈매가 가는 남자도 리로이한테 붙잡힌 반대쪽 소매에서 두 번째 수리검을 꺼내 손에 들었다. 그것을 옆구리 아래쪽을 노리고 휘둘렀다.

그리고 남자들 사이를 스쳐지나가듯 던진 나이프가 날아왔다. 리로이의 좌측면을 노리고.

꽤나 정밀한 연속공격이었다.

리로이는 그것을 힘으로 떨쳐냈다.

눈매가 가는 남자를 한쪽 손으로 돌려버렸다.

그의 신체로 날아오는 나이프를 떨쳐내고 그대로 등 뒤로 육박해온 여자에게 격돌시켰다. 설마 동료의 몸이 날아올 거라고는 예상 못했는지 여자는 간신히 머리만 감싼 채 땅바닥을 나뒹굴었다.

곧바로 일어났지만 뇌진탕이라도 일어났는지 비틀거렸다.

리로이는 눈매가 가는 남자를 아무렇게나 내던졌다. 벽에 격돌해도 전혀 반응을 못하고 인형처럼 낙하했다. 희미한 경련을 일으켰지만 이미 의식은 없어 보였다.

여자하고의 격돌로 그렇게 된 것은 아니었다.

아마도 날아온 나이프에 독이 발라져 있었을 것이다.

"전직했나보지?"

비틀거리는 여자에게 리로이는 말을 걸었다. 아마 리로이도 그녀의 얼굴을 기억하는 듯했다.

"아쉽지만 별로 어울리진 않는 것 같군."

그건 빈정거림이 담긴 충고였다.

여자는 눈을 살짝 찡그릴 뿐 대답하지 못했다.

이번에는 등 뒤에서 투척된 나이프에 맞춰 낮은 자세로 돌진해 왔다.

리로이는 발밑에 내버려둔 해머에 발끝을 걸었다. 공중에서 손잡이를 잡아 돌아보지도 않고 나이프를 되받아쳤다.

해머와 부딪친 나이프는 회전하면서 남자들을 향해 날아갔다.

사태의 급전을 따라가지 못하고 몸이 굳어버린 남자가 재수 없게 나이프를 맞고 소리도 내지 못한 채 쓰러졌다.

큰 해머를 휘두른 직후에는 빈틈이 생길 거라고 단검을 쥔 여자는 판단했는지, 단숨에 가속해 간격으로 뛰어늘었다.

과연 그녀는 얼굴 바로 옆으로 해머가 육박해 오는 것을 알았을까?

여자의 얼굴이 너덜너덜해져 날아갔다.

안면이 해머하고의 격돌을 못 견디고 뼈까지 부서졌던 것이다. 비틀비틀 두세 걸음을 옆으로 걸은 후, 크게 파손된 앞머리로 뇌가 쏟아졌고 그대로 무너졌다.

남자들이 작게 비명을 지르고 도망치기 시작했다.

리로이는 손에 든 해머를 있는 힘껏 던졌다.

남자들한테가 아니었다.

하지만 그것은 결과적으로 궤도상에 있던 남자들을 후려쳐 쓰러뜨리면서 표적이 된 상대방의 흉부에 격돌했다. 흉골과 늑골은 마른 나무처럼 부러졌고 해머의 힘이 척추까지 때려 부쉈다. 그대로 등 뒤의 벽에 격돌해 해머를 가슴에 안은 것처럼 목숨이 끊어진 것은 리로이가 구해준 또 한 명의 매춘부였다.

나이프를 던진 것은 그녀였던 것이다.

"자." 리로이는 토끼처럼 도망치는 남자들을 봤다. 이미 자신이 구해줬던 인간이 칼날을 들이댔고, 그것을 복수했다는 감정이 이 남자에겐 없다.

그때는 구했다.

지금은 죽였다.

단지 그뿐인 것이리라.

리로이는 남은 것을 정리하기 위해 움직이기 시작했다. 투척한 해머에 휩쓸린 남자들은 신음소리를 내며 일어서질 못했다. 우선 힘차게 도망치는 쪽부터 정리하려고 할 것이다.

"응?"

하지만 리로이는 눈썹을 모았다.

일사불란하게 도망치려고 했던 남자들이 리로이가 아무 것도 하지 않았는데 픽픽 쓰러지기 시작했기 때문이다.

뭔가가 날아온 기척도 없었다.

하지만 그것은 이내 리로이마저도 급습했다.

현기증이라도 생긴 것처럼 몸이 비틀거렸고 두세 발 후퇴했다.

물리적으로 공격당한 것이 아니었다.

이건 냄새다.

희미하게 달콤한 향기가 남자들이 쓰러진 쪽에서 피어올랐다. 아마도 이 냄새에 섞여 있는 성분이 뇌에 작용해 그들을 기절시킨 것이리라.

게다가 몇 명이 격렬하게 경련하기 시작했다. 들이마신 양이나 체질에 따라서는 그냥 쓰러지는 것으로 끝나지 않는 극약 같았다.

"역시 먹히질 않네."

쓰러진 남자들 너머에서 모습을 드러낸 것은 릴리였다.

그 음색에는 창피해하는 듯한 느낌은 있었지만 놀란 것 같진 않았다. 리로이에게 독극물에 대한 효과가 지극히 적다는 것을 이미 알고 있기 때문이다.

"그럼 내가 이런 것을 휘둘러도 쓸모가 없잖아."

그렇게 말하고 손에 든 단검을 가볍게 흔들어 보였다.

"어이."

리로이는 웃었다. 그건 마차 안에서 그녀한테 보여준 것과 똑같은 미소였다. 그것을 바라본 릴리는 가련한 입술을 일그러뜨리고 침과 함께 말을 내뱉었다.

"뭐야, 그 표정은?"

"웃으면 애교가 있다고들 하더군."

그런 평가를 들어본 적은 없지만, 릴리는 짜증난다는 듯 혀를 찰 뿐 그 진위를 따질 생각은 없어 보였다.

"달리 할 말이 있을 텐데." 그것은 마치 자신을 매도해주길 바라는 듯한 기묘한 재촉이었다.

리로이는 약간 곤란한 듯했지만 곧 입을 열었다.

"정말로 학교에 가보지 않을래?"

"뭐?"

그 제안도 그녀의 예상 밖이었던 듯 떡 벌어진 입이 그녀가 놀랐다는 것을 알려줬다.

하지만 금방 얼굴을 찡그렸다.

그것은 수치와 분노——비애였을까.

그녀는 손에 든 단검을 리로이에게 던졌다. 찌르기 위해 던진 것이 아니라 짜증이 나서 던진 것이다. 그것은 리로이의 신체에 닿지 않고 땅바닥 위에 떨어져 건조한 소리를 내며 나뒹굴었다.

"까불지 마!" 격앙한 릴리는 기절해 있는 남자들을 발로 차면서 리로이에게 접근했다. 점점 달콤한 향기가 강해졌지만, 리로이의 신체는 이미 이 독에 대한 항체를 만들어냈는지 꿈쩍도 하지 않았다.

"까불지 마!"

눈앞까지 걸어온 릴리는 다시 한 번 그렇게 반복하고 그 조그만 손으로 있는 힘껏 리로이의 복부를 때렸다.

맨손으로 쇳덩어리를 때리는 것과 같았다.

고통의 신음소리를 흘린 후 분노의 욕지거리를 내뱉었다.

"까불지 않았는데."

이번엔 정강이를 발로 맞으면서 리로이가 진지하게 말했다.

"가족이 없는 아이를 키워주는 시설이 바르하라라는 회사에 있다고 들었다."

"난 가족이 없지 않아." 이번에는 찼던 발이 아팠는지, 고통의 표정을 보이지 않으려고 등을 보이면서 릴리가 말했다. "그리고 그딴 수상한 회사를 믿을 리가 없잖아." 그런 거라면 「크림슨 디스페어」만큼 수상한 조직도 있다고 생각했지만, 리로이는 그렇게 말하진 않았다.

"이제 곧 가족이 없어지게 될 거야. 장래를 생각해둬야 하지 않겠냐?"

그 말은 「크림슨 디스페어」가 괴멸할 것을 선언하는 것이었다.

또 다시 릴리의 얼굴이 분노로 일그러졌다.

"당신은 지금부터 카틸 님한테 죽게 될 거야."

"왜 나를 죽이고 싶어 하는 거지?"

뭐, 당연한 의문이다. 지금까지 신경 쓰지 않았던 게 이상했다.

"글쎄." 하지만 릴리의 대답은 쌀쌀맞았다. "기생오라비 같은 멍청한 얼굴에 짜증이 나서가 아닐까?" 바보 취급하듯 코웃음을 친 소녀는 리로이의 정신적 동요를 일으키려고 노력하는 것처럼 보였다.

"아니, 본 적이 없는데."

하지만 리로이는 그런 그녀의 노력을 소용없게 만들었다.

그게 점점 더 그녀의 화를 불태웠다.

릴리는 이를 으드득 갈며 누군가가 내버린 몽둥이를 집어들었다. "당신은 시끄럽다고!" 그리고 그것으로 리로이의 허리를 때렸다.

그녀의 가는 팔로는 충분한 힘이 실리지 않아 튕겨졌다. 그녀는 몽둥이를 떨어뜨리고 다시 짜증난다는 듯 욕설을 내뱉었다.

"학교가 뭔데! 바보 취급이나 해대고!" 마치 굴욕이라도 당한 듯 릴리는 으르렁댔다.

아무래도 상관없다면 웃어넘기면 그만이다. 감정을 드러내고 부정하는 것이 오히려 그녀의 마음속에 숨어 있는 갈망을 드러내고 있었다.

"이런 몸으로 어떻게 다니라는 거야!" 그녀는 희미하게 떨리는 목소리로 말했다. "특수한 약을 상용하지 않으면 땀을 흘리는 것만으로도 독을 뿌리게 되는데! 그런 위험한 인간하고 같은 교실에서 공부할 사람이 있을 것 같아?!"

"있고말고." 리로이는 별일 아니라는 듯이 잘라 말했다. "전부 코를 막으면 되잖아."

정말 잘도 그렇게 얄은 생각을 입으로 말하는 걸 보고 난 현기증마저 느끼고 말았다.

자신을 놀리는 거라며 릴리가 더욱 가열차게 화낼 것이 뻔했다. 하지만 희미한 지하도시에 울린 것은 웃음소리였다.

릴리가 건조한 목소리로 웃고 있었다.

한참을 웃은 후 그녀는 웃음의 여운을 한숨으로 내뱉었다.

"진짜 바보 같은 남자야."

한숨 속에 말이 섞였다.

"당신하고 말을 하면 바보가 옳을 것 같아."

그녀는 리로이 옆을 천천히 지나갔다. "카틸 님이 계신 곳으로 안내할게. 따라와." 그리고는 돌아보지도 않고 어슴푸레한 곳으로 걷기 시작했다.

안내받는 게 아니라 쳐들어가는 거라고 주장하던 내 파트너는 그런 것은 잊어버리기라도 한 듯이 얌전히 따라갔다.

  몇 번인가 말을 걸어봤지만 그녀는 입을 열기는커녕 돌아보지도 않았다.

  그녀가 다음으로 입을 연 것은 미궁 안에 여럿 존재하는 평범한 목제 문 앞이었다.

  "여기야."

  릴리는 그 문을 가리켰다.

  "이 안에 카틸 님이 기다리고 계셔."

  리로이는 주위를 둘러봤다. 여기까지 걸어오면서 확인한 지하도시의 다른 곳과 전혀 다를 게 없는 풍경이었다. 경비나 호위조차 보이지 않았다.

  "혹시 지하도시의 가장 안쪽에 거처가 있을 거라고 생각한 거야?" 그런 리로이를 노려보면서 릴리의 입술에 비웃음이 떠올랐다.

  "그래." 리로이는 솔직하게 고개를 끄덕였다. "엄청 큰 방에 비싸 보이는 의자를 두고 뽐내고 있을 거라고 생각했어." 이 역시 바보 취급하는 게 아니라 이 남자의 발상이 빈곤했을 뿐이다.

  릴리는 역시나 짜증난다는 듯 볼을 찡그렸지만, 애초에 리로이한테 화내는 것을 보여줬기 때문에 의미가 없다고 판단하기 시작한 듯했다.

"그럼."

냉담하게 말하고 몸을 돌렸다.

"학교 얘기는 생각해봐."

빠른 발걸음으로 물러나려고 했던 릴리는 세 번째 리로이의 제안에 발을 멈췄다.

크게 숨을 들이마셨다.

성질을 부릴 거라고 생각했는데, 폐 안의 공기를 천천히 배출했다. 그 심호흡으로 마음을 진정시켰는지 돌아온 말에 화는 담겨 있지 않았다.

"이제 만날 일이 없을 거야. 안녕."

"그래, 또 봐."

리로이의 대답에 릴리의 어깨가 살짝 떨렸지만 아무 말 없이 자리를 떠났다.

"넌 진짜로 바보구나."

그녀의 모습이 안 보이게 되어 리로이가 문을 열려고 했을 때 나는 말했다.

"뭐야, 이제 와서."

정말 이런 점이 릴리의 신경을 거스르는 것이리라.

"그딴 식으로 말하면 정말로 그녀가 조직을 빠져나올 거라고 생각한 거야?"

"글쎄."

리로이는 어깨를 으쓱이며 문손잡이를 잡았다. "결정은 그녀의 몫이다. 내 말투의 좋고 나쁨은 문제가 되지 않아."

"넌 좀 더 인간이 약하다는 것을 이해해야만 해."

왜 내가 인간한테 인간하고의 관계를 가지는 법을 지적해야만 하는 걸까.

리로이는 문을 열면서 "이해해."라고 말했는데, 정말 수상하다.

열린 문 건너편에는 통로가 이어져 있었다.

사람이 숨을 수 없는 좁은 통로를 전진하자 또 똑같은 문이 나타났다.

그 손잡이를 붙잡은 리로이는 마치 전류라도 흐르는 것처럼 손을 뗐다.

"과연." 작게 중얼거렸다. 내가 "뭐야?"라고 묻자, 리로이는 입 꼬리를 치켜 올렸다.

"괴물이 있어."

나에겐 인간의 기척조차 느껴지지 않았다.

애초에 이 남자가 보통 입에 담지 않는 말을 한 것이 놀라웠다.

괴물한테 괴물이라는 말을 듣는 존재는 대체 뭘까?

리로이는 주저하지 않고 문을 열었다.

놀랄 정도로 청결하고 격조 높은 방이 나타났다.

순간 이곳이 지하도시가 아니라 어딘가에 있는 고급 호텔 방이라고 생각할 정도로 꾸며져 있었다. 지금까지는 벗겨져 있던 벽과 천장에 우아한 배색의 벽지가 발라져 있었고 발밑에는 털이 풍성한 카펫이 깔려 있었다. 「스칼렛 레이디」에서 실비오가 안내했던 방에 뒤지지 않는 고급스러운 가구와 방 한쪽에 미니바마저 설치돼 있었다.

희미하게 피어오르는 것은 향수 냄새인가?

하지만 그 모든 것의 인상이 다음 순간에 퇴색했다.

방 주인의 존재를 깨달았기 때문이다.

그는 소파에 앉아 책을 읽고 있었다. 신체를 완전히 덮은 외투에 후드를 눈까지 덮어쓰고 있었다.

앉아 있지만 서면 아마도 2미터가 넘는 거한일 것이다.

리로이가 방에 들어가자 읽고 있던 책을 덮고 남자는 살짝 턱을 들었다.

"드디어 만났군, 리로이 슈발처."

뱃속에 울리는 무겁고 낮은 목소리였다. 말투는 부드럽고 비합법조직을 통솔하는 자인 것 치고는 높은 지성이 느껴졌다.

그 남자──카틸은 작게 웃었다.

"이때를 기다렸다."

"그럼 처음부터 제 발로 만나러 와라."

리로이로서는 정당한 주장이다.

카틸은 부드러운 동작으로 일어났다. "그러고 싶었는데 그럴 수도 없어서 말이야." 일어선 그는 얼굴을 덮고 있는 후드를 뒤로 넘겼다. "밖을 걸으면 눈에 띄어서 말이야. 이런 얼굴이라."

나타난 것은 인간의 머리가 아니었다.

평평한 이마에 앞으로 돌출한 코와 입, 그리고 그 큰 입에 날카로운 어금니가 보였다. 눈처럼 하얀 털이 머리 전체를 덮었고, 검은 털이 분장한 것처럼 문양을 그리고 있었다.

두 눈은 피처럼 빨간──그것은 영락없는 호랑이의 머리였다.

"확실히 눈에 띄긴 하네."

리로이는 카틸을 정면으로 직시했다.

호랑이 얼굴의 남자는 인간의 눈동자로 리로이를 내려 봤다.

"두렵지 않나?"

"뭘?"

리로이는 눈썹을 모았다. "네 얼굴, 아니면 너를? 그것도 아니면 「크림슨 디스페어」?" 그리고 고개를 가로로 저었다. "진짜 무서운 것은 그딴 게 아니야."

호랑이 입이 미소를 지었다.

"그럼 두려움을 모르는 너의 눈에 나는 어떻게 비춰지고 있지? 인간? 수인(獸人)? 그것도 아니면──." 카틸은 콧등에 위압감을 주는 주름을 새겼다. "「다크 원」?"

분명 백호의 머리를 한 인간은 생각하기 어렵다.

그럼 수인——이라고 하더라도 물음표가 붙었다. 수인의
정의가 확실하게 정해져 있진 않지만 대략 인간의 모습에서
동물의 육체로 변화하는 것을 가리키는 경우가 대부분이다.
그리고 변화한 뒤에는 거의 맹수의 생태에 준한다——즉, 카
틸처럼 소파에 앉아 책을 읽는 것은 불가능하게 된다.

그렇다면 남는 것은「다크 원」이 돼버리는 건가…….

리로이는 어떻게 대답할까.

"넌 뭐가 좋은데?"

오히려 의아하다는 듯 리로이는 되물었다.

카틸은 그 진의를 파악하려는 듯 리로이를 응시했다. "뭐가
좋냐고?" 그것은 리로이를 향한 것이 아니라 자기 자신한테
중얼거리는 듯 입속으로만 속삭였다.

"뭐든 괜찮아."

리로이에게는 당연한 얘기를 카틸이 바로 이해하지 못하는
것에 짜증이 났는지 혀를 차며 내뱉었다.

"네가 되고 싶은 것을 하면 되잖아. 멋대로 고르라고."

"——흐음."

깊이 생각하는 듯 카틸의 눈빛이 먼 곳을 향했다.

그리고 혼잣말처럼 말했다. "난 자신이 누군지 알고 싶었
다. 쭉."

"자신을 찾고 싶으면 여행을 떠나라."

리로이는 쌀쌀맞게 카틸의 술회를 막았다.

"그보다 설마 그것이 묻고 싶어서 나를 노렸다고 말할 생각은 아니겠지." 마음속으로 누르고 있던 분노가 말투에 담겨 있었다. "애초에 나와 너는 첫 대면이다. 인생 상담을 하고 싶으면 상대를 잘못 고른 거라고."

"──그게 아니다."

카틸은 무겁게 고개를 가로로 저었다. "난 너를 예전부터 알고 있었다. 멀리 야토에 있는 친구한테서 받은 편지를 통해."

"설마──아니."

반사적으로 부정하는 리로이였지만, 이미 뭔가를 깨달았다는 듯 중얼거렸다.

"나탁(那魄) 후지카."

카틸은 불길한 빨간 눈동자에 어울리지 않게 자애로운 눈빛으로 말했다.

"그때 나탁은 이미 제정신을 잃고 있었다." 그렇게 말하는 그의 말에는 과거에 대한 향수가 배어 있었다. "얼마 지나지 않아 인간으로서 있을 수 없다고 느꼈겠지. 단 한 명의 제자를 걱정해 나한테로 보냈다. 돌봐달라면서 말이야."

그 제자가 바로 실비오인가.

"녀석은 그대로 광기 속에서 쓸쓸하게 죽었을 것이다."

카틸은 리로이를 힐끗 봤다. "그때 나타난 것이 너였다, 리로이 슈발처."

"뭐야? 결국 너도 복수 때문인 거냐?" 리로이의 얼굴에는 짜증난 표정이 떠올랐다. "그 단 한 명의 제자는 복수를 하려다 나에게 당했다."

"실비오는 그렇게 될 거라고 예감하고 있었다." 카틸은 바쪽으로 향했다. 한 발, 그가 걸을 때마다 바닥이 그 무게에 반응했지만, 움직임 자체에 둔중함은 느껴지지 않았다. "그렇게밖에 살아갈 수 없다면 그럴 수밖에." 그의 손끝도 맹수와 마찬가지로 털로 덮여 있었고 단검처럼 예리한 발톱이 튀어나와 있지만, 그럼에도 재주 좋게 손에 든 것은 사기주전자——야토에서 사용되는 차를 마시는 도구였다.

"잊어버리고 살 수 없다면 죽는 것도 구원일지도."

"그럼 넌 뭘 못 잊어서 죽고 싶어 하는 것이냐?" 리로이는 출입구 벽에 등을 기대고 두 눈을 반짝였다. "——말해봐."

"나탁한테 받은 마지막 편지다."

카틸은 익숙한 동작으로 주전자 속의 차를 따랐다.

"거기엔 너에 대해 적혀 있다. 나하고 많이 닮았다고 말이야."

"난 너만큼 털이 길지 않은데."

리로이가 항의하자, 카틸은 빙그레 웃으면서 차를 내밀었다. "나탁은 섬세했다. 철실술사로서 뛰어난 재능을 발휘하면서도 사람을 죽이는 기술을 연구하는 것에 대해 번뇌했고, 그 결과 제정신을 잃을 정도로."

리로이는 천천히 카틸에게 다가갔다. 차를 받는 거리는 실로 두 사람에게 있어 필살의 간격이다.

"그래서일지 모르겠지만, 나탁은 알 수 없는 감성을 지니고 있었다."

리로이는 카틸한테서 차를 받았다.

그 순간 하나밖에 없는 손이 막혀버렸다.

공격을 하기에는 최적의 기회였다.

하지만 카틸은 그 기회를 타고 싶은 마음이 없는지, 말을 이었다.

"특수한 눈빛이라고 해야 하나. 나처럼 투박한 사람한테는 안 보이지만 그 녀석한테는 보이는 것이 있는 듯했다."

그건 어딘가 갈망을 느끼게 하는 말투였다.

"그 나탁이 마지막으로 남긴 글이다. 우리들의 다른 점은 겉모습이 아니라 안쪽에 있다고."

"뭐, 창자는 대부분 비슷하잖아."

리로이는 공격당할 수 있는 가능성에 대해 어떻게 생각하고 있을까? 곁에서 보기엔 편안한 모습으로 차를 마시고 있었다. "뭣 하면 너의 배를 까고 확인해줄 수도 있어."

"혼의 이야기다." 장난치는 리로이에 대해 카틸은 담담하게 말했다. "혼의 존재방식에 있어서 우리들은 형제라고 나탁은 말했다."

"형제는 무슨? 웃기지 마."

마신 차가 매우 쓴 것 같은 표정을 지으며 리로이는 말했다. "그런 것은 적어도 온몸의 털을 새까맣게 칠한 후에 말해."

짜증난다는 듯이 내뱉었지만, 그 말을 들은 카틸은 순간 허를 찔린 것 같은 표정을 지었다.

그리고 잠시 후 소리를 내며 웃었다.

"재밌군." 그는 어깨를 들썩이며 웃어댔다. "나한테 그렇게 말하는 놈은 오랜만이다.", "그래?" 리로이는 두 눈을 가늘게 떴다. "전에 말한 놈은 어떻게 됐어?" 이 도발적인 질문에 카틸은 어금니를 드러내며 웃었다.

"묘지 속에서 지금도 딱딱하게 움직이고 있겠지."

그 표현이 마음에 들었는지 리로이는 입 꼬리를 치켜 올리며 웃었다.

"네 묘지를 파는 것은 힘들 거야, 큰 신발."

"접어서 넣는다면 괜찮을까."

카틸은 눈동자에 빨간 빛이 넘쳐흘렀다.

방안의 공기가 팽창한 듯한 착각을 느꼈다.

지금까지가 너무 조용했다고 생각할 정도로 카틸의 몸이 소리를 내고 투기가 뿜어져 나오기 시작했다.

"결국은 이건가?" 말투엔 한숨이 섞여 있었지만, 리로이의 표정은 말과는 정반대였다.

카틸 역시 큰 입의 양쪽 끝을 치켜 올렸다.

"대화로 끝날 거라면 이렇게 살지 않았겠지." 그는 체념이 아니라 확고한 의지를 드러내며 말했다. "나는 보고 싶다. 네 속에 잠들어 있는 야수를."

"그럼 죽여 봐."

리로이는 검 손잡이를 잡았다. "다만 조심해야 할 거야. 잠에서 깨면 매우 사나우니까."

"명심하지."

카틸은 차를 마지막으로 한 모금 마신 후 외투를 벗고 리로이와 대치했다.

"마지막으로 한 가지 가르쳐줄 수 있을까?"

"뭐를?"

리로이도 차를 다 마시고 바 카운터로 내던졌다.

"넌, 뭘 선택했냐?"

카틸의 공허한 눈은 그 답을 희구하며 반짝반짝 빛나고 있었다.

리로이는 코웃음을 쳤다.

"뻔하잖아. ──리로이 슈발처다!"

그리고 단숨에 검을 뽑으면서 번개처럼 카틸에게 덤벼들었다.

칼은 어깨를 베려고 내려쳐졌고──허공을 갈랐다.

폭발음과 진동은 바닥에서 났다.

카틸의 거구가 고속으로 이동했기 때문에 카펫이 덮여 있는 바닥이 크게 휘었고 그 충격이 방안 전체를 울렸다.

바람이 불었다.

거대한 물체가 고속이동을 해서 방안에 폭풍처럼 공기의 회오리가 만들어졌다.

리로이의 가죽재킷이 격렬하게 나부꼈다.

압력이 측면으로부터 밀고 들어왔다.

리로이는 몸을 비틀며 도약했다.

그 등으로 느껴진 폭풍은 바의 카운터를 직격했다. 천장 부근까지 뛰어 오른 리로이의 눈 밑에서 목제 카운터는 카틸의 주먹을 받아 산산이 부서졌다. 비산하는 파편은 탄환처럼 카운터 안쪽에 놓여 있는 술병을 직격했다.

유리 깨지는 불협화음이 이어졌고 알코올 냄새가 흩어지면서 카틸이 일으킨 바람에 휘말려 올라가 리로이의 몸으로 날아왔다.

리로이의 발은 천장에 닿았다.

그곳을 발판 삼아 아래쪽의 카틸에게로 단번에 날아갔다. 이번에는 리로이의 각력으로 천장이 함몰돼 균열이 생겼다.

그 소리에 카틸은 민감하게 반응했다.

카운터를 깨부순 오른팔을 되돌리고 머리 위로 내려오는 리로이한테 왼쪽 주먹을 내찔렀다.

공중의 리로이에게 도망칠 곳은 없었다.

하지만 그 손은 주저하지 않고 검을 투척했다.

낙하속도와 리로이의 힘이 더해진 칼끝은 정확하게 카틸의 안면으로 내찔러졌다.

카틸은 위로 내지른 주먹의 반대 손으로 얼굴을 감쌌다. 칼끝은 그의 손바닥에 꽂혔고 손등으로 튀어나왔다.

그 위력을 그 정도로 막아내다니, 엄청나게 튼튼했다.

주먹은 기세를 줄이지 않고 리로이한테 육박했다. 리로이는 격돌 직전에 오른손으로 야수의 주먹에 닿았다. 기세를 받아 흘림과 동시에 그것을 축으로 몸을 회전시키면서 일격을 피해냈다.

망아지처럼 돌면서 손과 발을 사용해 맹수처럼 착지했다.

그곳으로 카틸의 발끝이 안면으로 날아들었다.

발톱이 자란 발끝이 드러나 있어서, 발의 밑창을 가죽끈으로 고정한 고대 양식의 군화였다. 제대로 맞으면 얼굴뼈가 깨지고 발끝에 찢겨졌을 것이다.

착지의 충격을 완전하게 죽이지 않은 상태로 리로이는 재빨리 옆으로 쓰러지듯 회피했다. 손발의 힘줄이 더해진 부담에 비명을 내질렀다.

발차기가 스치는 풍압만으로도 날아갈 것 같았다.

리로이는 카펫 위로 미끄러지듯이 거구에게로 접근했다.

크게 벌린 양쪽 다리 사이의 급소를 노리고 손바닥을 쳐올렸다.

그것을 카틸의 주먹이 막아냈다.

밑으로 내린 주먹이 리로이의 손바닥과 격돌했다. 살을 때리는 소리는 고막을 격렬하게 떨리게 만들 정도로 무거웠다.

충격으로 리로이의 팔이 삐걱댔다.

무게가 실려 관절이 신음소리를 냈고 근육이 한계를 넘어 압력에 짓눌릴 것 같았다.

엄청난 힘이었다.

리로이는 힘겨루기에 집착하지 않았다. 막아낸 주먹을 손목을 뒤집어 아래쪽으로 밀어냈고 동시에 바닥을 찼다.

카틸은 그대로 바닥을 때렸고 방 전체가 그 충격으로 흔들렸다.

리로이는 앞으로 고꾸라질 뻔한 카틸의 신체를 스치듯이 뛰어 넘은 후 그 두껍고 억세 보이는 얼굴을 양쪽 다리로 공격했다.

손과 발로 단숨에 그 목을 부러뜨리려고 한 것이다.

하지만 손끝이 백색 체모에 닿을락 말락했을 타이밍에 칼날이 두 팔로 날아들었다. 그건 카틸의 왼쪽 손바닥을 관통했던 리로이의 검이었다.

그것을 뽑지 않고 검신을 잡고 휘두른 것이다.

난폭함에도 정도가 있지만 리로이는 카틸의 안구를 포기하고 검을 피하면서 그의 등 뒤쪽으로 상체를 쓰러뜨렸다.

그리고 이번엔 허리부터 자란 꼬리를 붙잡았다.

그 꼬리를 기점으로 카틸의 목에 두른 발로 단숨에 졸랐다.

거구가 활처럼 휘었고 목에서는 좁혀진 기도를 통하는 공기가 신음소리를 냈다.

질식하든지, 목뼈가 부서지든지, 아니면 꼬리가 찢어지든지——카틸은 손바닥을 찌르고 있는 검을 던져버리고 양손으로 리로이의 발을 붙잡자마자 뒤로 후퇴했다. 그의 의도를 파악한 리로이가 거리를 둘 틈도 주지 않고 그대로 방의 벽으로 돌진했다.

석벽과 튼튼한 육체가 리로이의 몸을 사이에 두고 짓눌렀다.

리로이의 폐에서 새어나온 공기가 아픈 비명과 함께 내뱉어졌다.

격돌의 충격으로 벽이 부서졌고 천장에서 파편이 비처럼 쏟아졌다.

도망칠 곳이 없는 충격이 리로이의 몸 안에서 미쳐 날뛰었고, 뼈와 내장에 막대한 대미지를 안겼다. 목에서 피가 뿜어져 나오고 카틸의 목을 조이고 있던 발에서 힘이 빠졌다.

그는 재빨리 리로이의 발을 흔들어 풀고 그것을 붙잡았다.

리로이의 몸이 가볍게 들려 올려졌다.

부웅 떠오른 그 몸은 다음 순간 맹렬한 기세로 바닥에 내동댕이쳐졌다. 리로이는 곧바로 오른팔로 얼굴을 감쌌다.

격돌음이 방안의 공기를 찢었다.

리로이의 몸을 받은 바닥은 나무가 부러지는 소리를 내며 격렬하게 파도쳤다. 바닥의 이음새가 충격으로 차례차례 들려졌던 것이다.

먼지가 피 보라처럼 들끓었다.

카틸은 리로이의 발을 놓지 않았다.

그대로 다시 들어 올려 방 안쪽 벽에 혼신의 힘으로 내던졌다.

리로이는 그때 약 1초 정도 의식을 잃었다.

눈을 떴을 때 벽은 이미 눈앞이었다. 간신히 몸을 말아 충격에 대비했지만, 충돌을 피할 수는 없었다.

벽은 산산조각으로 부서졌다.

부서진 벽돌이 허공에 휘날렸고 리로이의 몸은 차가운 땅바닥 위에 부딪쳤다. 2회전, 3회전, 벗겨진 흙 위를 나뒹굴었다.

등이 부딪친 것은 거칠게 깎아 낸 암반이었다.

아마도 확장하기 위해 파낸 공간을 벽돌 벽으로 막아 방으로 만든 것 같았다.

리로이는 욕지거리를 하면서도 곧바로 일어났다. 축척된 대미지가 너무 컸는지 비틀거리며 암반에 기댔다.

뭐, 보통 사람이라며 이미 세 번은 죽었을 것이다.

깨진 이마에서 흘러내리는 피가 시야를 덮어버려서 소매로 거칠게 닦아냈다.

"어떠냐, 「블랙 라이트닝」?"

카틸이 붕괴된 벽을 넘어 다가왔다. "정신이 좀 드냐?"

"웃기지 마."

리로이는 입안에 담아둔 피를 뱉으며 씨익 웃었다.

"손님이라서 배려를 해준 건가? 이런 식이면 다시 잠을 자도 되겠어."

"배려하는 데 익숙하지가 않아서 말이야."

카틸은 검이 찌른 손바닥 상태를 확인하려고 접었다 폈다를 반복했다. 그 상처는 벌써 덮어지고 있었다. 리로이 급의 재생능력이다.

"하지만 주인으로서 손님의 요구에 응해야겠지." 카틸은 야수처럼 앞으로 살짝 기울인 자세를 취했다. "전력으로 말이야." 그리고 거대한 포탄처럼 돌진했다.

맨바닥이 땅을 차는 야수의 발에 함몰됐다.

연속되는 발소리는 하나의 포격음으로 고막을 강타했다.

리로이는 날카롭게 숨을 내뱉었다.

육박해오는 카틸은 밀고 들어오는 거대한 벽처럼 보였다.

허리를 낮춘 리로이한테는 그것을 피하려는 움직임이 없었다.

아무리 리로이라도 카틸의 중량에 속도가 가산된 그 돌진을 정면으로 받는 것은 자살행위다.

하얀 거구가 검은 모습을 집어삼켰다──그렇게 보였던 찰나 검은 질풍이 빠져나갔다.

둘이 격돌하기 직전 리로이는 전진했다. 첫 번째 움직임만으로 탑스피드에 도달한 「질풍 신뢰(迅雷)」는 실로 종이 한 장 차이로 돌진하는 거구를 어루만지듯 몸을 회전시키면서 피했다.

둘 사이에서 공기가 갈라지고 회오리쳤다.

확실하게 리로이를 잡았다고 확신했을 카틸은 리로이의 속도에 반응하지 못했다.

회오리가 돼 카틸의 등 뒤로 돌아간 리로이는 맹렬한 속도로 돌진한 그 거구를 발로 찼다. 신발의 딱딱한 밑창이 은백색 등으로 내찔러졌다. 자신의 전진하는 에너지에 발차기의 타격이 더해져 카틸의 근력으로도 급제동이 걸리지 않았다.

양손으로 머리를 감싼 상태로 딱딱한 암반에 격돌했다.

실로 포탄의 직격과 같았다.

충격에 진 암반에 균열이 생기고 그것이 천장까지 이어졌다. 격돌의 굉음이 넓은 공간에 퍼졌다.

리로이는 추가 공격을 하지 않고 방 가운데로 돌아가 카틸이 던졌던 칼을 집어 들었다.

"생각한 것 이상으로 솜씨가 뛰어난데?" 난 솔직히 이대로 도주하는 것도 하나의 방법이라고 생각했다.

틀림없이 카틸은 만전의 상태로 도전해야만 할 상대다.

"도망치는 것은 창피한 일이라고 생각하진 않는데――."

"물론 그렇게 생각하진 않지만." 리로이는 목을 떨면서 작게 웃었다. "도망칠 이유가 없어."

그리고 검을 들어 올리고 벽돌 벽을 넘어갔다.

흐음, 이건 아마도 나쁜 버릇이 나온 것 같았다.

예전에 말한 대로 리로이에게 폭력 행사는 어디까지나 수단일 뿐이다.

하지만 가끔 목적이 돼버릴 때도 있다.

리로이는 부정했지만, 카틸이라는 남자에 대해 뭔가 느끼는 것이 있을지도 모른다.

그렇다면 천천히 대화를 나누면 될 것을, 라고 나는 생각하지만, 아마도 이 둘은 엄청나게 서투른 것이다.

아니면 만 마디의 말보다 주고받는 주먹 쪽이 웅변이 되는건가.

어느 쪽이든 양자는 다시 대치했다.

카틸도 방금 전 격돌로 머리를 감싼 팔의 체모가 빨갛게 물들었다. 보통은 그 기세로 딱딱한 암반과 부딪치면 뼈 한두 개는 부러져도 이상할 게 없을 텐데 그 모습은 타격을 받은 것 같지 않았다. 완강함에도 정도가 있는 법이다.

"달릴 때는 앞을 제대로 보지 않으면 위험해."

리로이는 즐거운 듯 웃었다.

카틸도 입 꼬리를 일그러뜨리며 웃었다.

"드디어 동심으로 돌아갔군." 그렇게 중얼거리는 그의 말투는 그것이 본심에서 나온 것임을 알게 해주는 진지함이 있었다.

리로이는 검 끝을 아래로 내린 채 천천히 카틸하고의 간격을 쟀다.

이번엔 선수를 리로이한테 주고 반격할 생각인지, 카틸에게 움직일 기척은 없어 보였다.

예비동작은 없었다.

리로이의 각력은 카틸하고의 간격을 경이적인 속도로 답파했다.

카틸의 빨간 눈동자는 이 속도를 포착했다.

카운터를 노린 주먹이 리로이의 안면을 포착했다.

하지만 튀었어야 할 선혈과 살점이 안 보였다. 리로이는 일격을 스쳐 지나갔다.

간격으로 들어간 순간에 아주 조금만 속도를 늦춰 카틸의 주먹이 움직임과 동시에 최고속도로 내찔렀던 것이다.

피아의 거리감을 오산한 주먹은 허공을 찢었고 리로이의 눈앞에서 카틸의 몸이 그대로 드러났다. 그곳에 몸 전체로 칼끝을 찔러 넣었다.

옆구리 밑에서 심장을 관통하는 궤도다.

그것이 어깨의 뼈에 닿았고 튕겨졌다. 칼끝은 카틸의 어깨를 후벼 팠고 위로 뻗어나갔다.

설마 그 타이밍에 피해 내다니, 말도 안 되는 반응속도였다.

이번에는 리로이의 몸이 카틸 앞에 그대로 드러났다.

밑에서 거대한 주먹이 으르렁거리며 뻗어져 올라왔다. 짓눌린 공기가 먼저 리로이의 머리카락을 휘날리게 만들었다.

몸을 강렬하게 비틀면서 디딤발로 땅을 찼다. 아슬아슬하게 통과한 거대한 주먹의 풍압에 리로이의 몸이 격렬하게 회전했다.

보통은 자신이 어느 쪽을 향하고 있는지조차 판단하지 못하고 바닥에 나동그라지겠지만, 리로이는 고양이처럼 양발로 착지했다.

그때 짓누르려는 타격이 내려쳐졌다.

주먹은 지면을 격렬하게 강타하고 대기를 흔들었다.

리로이는 직전에 옆으로 뛰었고 재빨리 원래 위치로 뛰어갔다. 땅을 치는 카틸의 팔을 옆에서 베어버리려는 일섬이 휘둘러졌다.

칼은 그의 살과 근육을 베고 뼈에 도달했다.

하지만 뼈를 완전하게 절단하지는 못했다.

부수긴 했지만 참격 에너지는 거기까지였다.

리로이는 검을 거두고 땅바닥을 구르듯이 물러났다.

카틸의 역수가 계속 공격을 해댔기 때문이다. 폭발음과 함께 부서진 돌조각이 산탄처럼 날아다녔다.

다섯 번째 다격이 때려졌을 때 리로이와 카틸이 동시에 이변을 느꼈다.

제3장   347

희미하게 흔들리고 있었다.

카틸의 타격이 흔들린 것이 아니라 뭔가 다른 요인으로 이 채굴 도중의 공간이 흔들렸던 것이다.

바라보니 방금 전 카틸이 격돌한 암반의 균열이 깊어지고 있었다. 딱딱한 무언가랑 닿았는지 거대한 야수의 울부짖음과 같은 굉음이 공기의 진동이 돼 이 공간으로 밀고 들어왔다.

둘은 서로가 그 이변에 의식을 빼앗기는 순간을 호기로 봤다.

거의 동시에 전진했다.

리로이는 혼신의 힘으로 검을 휘둘렀다.

카틸은 주먹이 아니라 양손의 날카로운 발톱을 휘둘렀다.

리로이는 심장을 노리고 휘둘러진 발톱을 몸을 비틀어 간신히 피하고 검의 궤도를 유지하기 위해 어깨와 팔꿈치의 관절을 절묘하게 비틀어 내리쳤다. 카틸은 발톱 끝으로 리로이의 가죽재킷과 살을 후벼 파면서 머리 위에서 내리쳐지는 칼을 피하기 위해 발톱으로 머리 위를 쳐버렸다.

두 사람의 공격이 교차하고 새된 금속음과 굉음이 울려 퍼졌다.

더욱 큰 파괴음이 그 순간 두 사람의 발밑에서 발생했다.

방 전체가 크게 세로로 흔들렸다.

암반에 생긴 균열이 방안을 종횡무진으로 내달렸다.

딱딱한 것이 부러지는 소리가 연속됐다.

무슨 일이 일어나는지는 명백했다.

하지만 지금 공격 이외의 움직임을 선택하면 그 순간에 당해버리고 말 것도 명백했다.

단말마의 경련을 반복하는 방안에서 리로이는 떨쳐진 칼을 다시 카틸의 몸을 향해 휘둘렀다.

디딤발 밑에서 지면이 함몰됐다.

카틸은 검의 궤도에 몸을 맡기고 검신에 충분한 위력이 실리기 전에 이것을 막아냈다. 칼은 그의 어깨에 박혔지만, 그 단단한 근육의 반도 찢지 못했다.

예리한 주먹이 아래턱을 노리고 날아왔다.

달려든 야수의 발이 땅바닥에 구멍을 뚫었다.

리로이는 상체를 돌려 피하고 공기를 태우는 냄새를 코끝으로 느끼면서 무릎을 찔러 넣었다.

하지만 그 무릎은 닿지 않았다.

카틸하고의 간격이 벌어졌기 때문이다.

정확하게는 리로이의 위치가 급강하했다고 해야 할까.

발밑이 와해됐고 공중에 내던져졌다.

지하에 공중이라는 것은 있을 수 없지만, 분명 발밑에는 아무 것도 없는 공간이 펼쳐져 있었다.

거대한 지저호(湖)였다.

바이덴의 4분의 1 정도는 통째로 들어갈 정도로 거대한 호수를 향해 리로이는 낙하했다.

머리 위──지저호의 천장 부분에 뚫린 균열은 멈추지 않고 그 범위를 넓혀가면서 무너졌다. 대량의 기와조각과 자갈, 방에 있었던 가구들도 차례차례로 떨어졌다.

마침내 카틸도 그 붕괴에 휘말려 떨어졌다.

리로이는 재빨리 검을 칼집에 넣고 총을 뽑았다. 이때만은 짜증날 정도로 시끄럽고 투박한 무기한테 감사한 마음이 들었다.

이런 곳에서 떨어져 호수 밑바닥에 빠져버리면 생각하는 것만으로도 넌더리가 났다.

리로이는 자연낙하에 몸을 맡기면서 은백색 거구를 향해 총탄을 쐈다.

공중에서는 이것을 피할 방법이 없어서 카틸은 머리를 팔로 감싸고 몸을 둥글게 마는 수밖에 없었다.

탄창에 들어가 있던 여섯 발의 총탄을 전부 격발했다.

첫 탄은 머리를 감싼 튼튼한 팔에 맞았고, 두 발째와 세 발째는 그 털끝을 스쳤다. 네 발째는 튼튼한 복근으로 둘러쳐진 배에 맞았고 다섯 발째는 기왓장을 맞췄다.

마지막 한 발은 명중했는지 아닌지 확인이 안 됐다.

리로이가 물에 빠졌기 때문이다.

성대한 물보라를 일으키고 차가운 물속으로 빠져들었다. 수십 미터를 낙하한 그 충격만으로도 뼈가 부서져도 이상할

게 없었다.

대량의 기왓장도 함께 수중으로 쏟아져 들어왔다. 지상과 달리 대폭으로 행동이 제한된 수중은 이 낙하물만으로도 대단히 위험했다.

호수의 깊이는 수십 미터는 돼보였고 빛이 닿지 않는 바닥을 인식할 수 없었다.

리로이는 곧바로 수면을 향해 물을 박찼다.

하지만 뭔가가 맹렬한 속도로 수중을 헤엄쳐 다가왔다.

카틸이었다.

아마도 총탄으로 부여한 대미지는 수중에서 그의 움직임에 제한을 줄 정도가 아닌 듯했다.

눈 깜빡할 사이에 육박해 리로이를 붙잡았다.

아무래도 물 때문에 움직임이 매우 둔해졌는데도 근육 덩어리인 거한이 이 정도로 빨리 움직이는 것을 보면 경탄이 나올 수밖에 없었다.

리로이는 어떻게든 피해보려고 했지만 손끝은 회피했더라도 발톱에 포착됐다. 찢겨진 옆구리의 상처에서 수중으로 피가 녹아들어 퍼졌다.

리로이는 자신의 살점이 붙은 카틸의 손끝을 피하지 않고 붙잡았다. 동시에 양발을 은백색 팔에 감아 팔꿈치와 손가락을 동시에 부러뜨리려고 했다.

하지만 손가락뼈는 부러뜨렸어도 팔꿈치 관절은 이것을 버

352　　**라그나로크:Re** 1.월하에 울부짖는 맹수

터냈다.

역시 수중에서는 생각만큼 힘이 들어가지 않았다.

이번엔 거꾸로 카틸의 남은 손이 날아들었다. 날카로운 발톱이 리로이의 목을 노리고 뻗어졌다. 리로이는 붙잡고 있던 카틸의 팔을 기점으로 뒤쪽으로 몸을 젖혀 피하려고 했지만 그것은 페인트였다.

카틸은 처음부터 자신의 팔을 붙잡고 있는 발을 노렸던 것이다.

대퇴부를 날카로운 발톱이 파자 방금 전과는 비교할 수 없을 정도로 대량의 피가 호수에 퍼져갔다.

리로이는 발을 풀었다.

하지만 이것은 도망치기 위해서가 아니었다. 대량으로 출혈되는 발로 물을 박차고 카틸에게 정면으로 부딪쳤다.

수중에서 타격은 효과가 없다. 카틸은 이보라는 듯이 리로이의 몸에 두꺼운 팔을 돌려 등뼈를 통째로 부러뜨리려고 했다.

리로이는 재빨리 손끝을 뻗었다.

노린 것은 카틸의 빨간 눈동자였다. 수중에서 가장 효과적인 대미지를 주려고 한다면 역시 그곳일 것이다.

카틸이 리로이의 몸에 양손을 돌린 순간 단숨에 내찔렀다.

안구 위에서 눈구멍으로 들어간 손끝으로 후벼 파듯이 안구를 잡아 빼냈다. 시신경이 찢어지고 안구는 손끝의 압력에 파열됐다.

카틸의 입에서 기포가 대량으로 내뱉어졌다.

하지만 리로이의 몸을 조르는 양팔의 힘은 빠지지 않았다. 등뼈가 비명을 내질렀다.

리로이는 곧바로 안구를 파낸 카틸의 눈구멍에 다시 손끝을 찔러 넣었다. 그대로 눈구멍 내벽을 후벼 파 더 안쪽에 있는 뇌를 노렸다.

리로이의 손끝이 뇌를 뚫는 게 먼저일지, 카틸의 팔이 등뼈를 깨부수는 게 먼저일지, 아니면 산소결핍으로 의식을 잃고 익사할 것인지——.

결말은 지저호를 흔들어대는 굉음과 충격파가 이끌어냈다.

지하도시가 떨어졌다.

지저호 천장의 붕괴는 멈추지 않았고 지지를 잃은 도시가 뿔뿔이 떨어져 내렸다. 도시를 구성하고 있던 바닥, 벽, 천장 등 그 모든 것이 호수면을 때렸다.

당연히 그곳에 있던 인간들도 예외는 아니었다.

죄를 짓고 지상에 있을 수 없게 된 사람들이 비명을 지르며 붕괴에 떠밀렸다.

엄청난 낙하로 호수면은 폭격을 받은 듯이 터졌다.

호수는 폭풍우처럼 미쳐 날뛰었고 그것은 리로이와 카틸을 삼켜버렸다.

인간이 대항할 수 있는 에너지가 아니었다.

호수면이 파열하는 폭음은 끊이질 않았고 그 충격이 부딪쳐 리로이의 몸을 찢어버릴 듯 쥐었다 폈다 했다.

기왓장이 몇 번이고 몸을 때렸고 몇 번인가 의식을 잃었지만, 그럼에도 그 검은 눈동자는 수면을 계속 바라봤다. 체내에 남아 있는 얼마 안 되는 산소를 사용해 발길질을 했다. 떨어진 지하도시의 주민들은 모두가 물속에서 천지구분을 못한 채 호수 바닥에 잠겼다. 리로이는 그것을 곁눈으로 바라보고 일렁이는 물을 헤치며 위로 올라갔다.

마침내 간신히 수면 위로 얼굴을 내민 리로이는 깊이 공기를 들이마셨다.

머리 위에 비어버린 거대한 구멍을 보고 감탄에 가까운 놀란 신음소리를 흘렸다.

하지만 아직 도시는 전부 무너지지 않았다. 리로이가 올려보는 가운데 천천히 떨어지는 목조 건축물에는 지붕 부분에 십자가가 붙어 있었다.

그것은 나무 부러지는 소리를 연발하며 호수로 떨어졌다.

드디어 지상에까지 피해가 미친 듯했다.

어슴푸레하게 어두웠던 지저호에 달빛이 들어오기 시작했다.

부드럽고 따뜻한 빛이 처참한 도시의 시체를 비추었다.

"솔직히 물에 빠진 너를 어떻게 끌어올릴까 고민하던 참이었다."

내 목소리는 틀림없이 떨렸을 것이다. 간이 있을 리는 없지만, 간이 쪼그라든다는 건 바로 이런 경우를 두고 하는 말일 것이다.

리로이는 코웃음을 치고, "인공호흡은 좀 봐달라고."라며 재미없는 농담을 지껄였다.

좋지, 네가 물에 빠졌을 때 충분히 방치하도록 하지——그렇게 결심했지만, 의연하게 폭풍우 치는 바다처럼 날뛰는 호수면을 힘차게 전진하는 리로이에게 아쉽게도 그럴 기미는 없어 보였다.

그런데 전투로 받은 대미지와 실혈로 인한 소모는 확실하게 리로이의 육체를 갉아먹고 있었다.

어떻게든 호숫가로 가 물에서 몸이 빠져나오자마자 그 자리에 주저앉았다. 피로가 누적된 듯 숨도 고르지 못했다.

"녀석은 죽은 건가?"

불쑥, 중얼거렸다. 아무런 감정 없이 그저 사실 확인 이상도 이하도 아닌——것처럼 들렸지만, 이 남자는 놀랍게도 그 본심을 말하지 않을 때가 있다.

"자신의 손으로 끝을 보고 싶었던 거냐?"

내가 묻자 리로이는 웃었다.

하지만 답은 하지 않았다.

잠시 침묵을 지키다 천천히 상체를 일으켰다. "이거, 어떻게 돌아간담." 멍하니 그렇게 중얼거리니 다음 순간 갑자기

벌떡 일어났다.

그리고 지금까지 반죽음 상태였던 게 거짓말이었던 것 같은 속도로 달리기 시작했다.

그대로 호수 속으로 뛰어들었다.

리로이의 눈에는 보였던 것이다.

파도치는 호수면에서 나뭇조각을 붙들고 있는 작은 모습——릴리를.

리로이가 그녀 곁에 도착했을 때 의식은 잃었지만 숨은 쉬고 있었다. 물에 뜨는 나뭇조각을 붙잡지 않았더라면 지금쯤 호수 밑바닥에 잠겨 있었을 것이다.

릴리를 업고 다시 호숫가까지 헤엄친 리로이는 그녀의 몸을 조심스럽게 뉘고 등을 돌렸다.

격렬하게 기침하는 목에서 뿜어져 나온 것은 핏덩어리였다.

리로이는 입안에 남은 빨간 타액을 뱉어내고 릴리의 상태를 살폈다. 머리에 상처는 없었지만, 오른손과 왼발의 뼈가 부러졌다.

"치료가 가능할까?"

리로이의 질문을 받은 나는 잠깐 생각한 후에 답했다. "물론 가능하지만 그녀의 체력이 걱정이다. 너무 어려."

나에게는 인간의 부상을 치료하기 위한 기능이 갖춰져 있지만, 성인에 훈련을 통해 육체적으로 건강한 남녀——즉, 군인이나 병사한테만 적용이 가능하다. 치명상이 아닌 이상 대개의 상처는 회복 가능하지만 그때 체력을 크게 소모하게 된다. 아직 어린 릴리를 내가 치료했을 경우, 부상을 고치더라도 체력의 고갈이 오히려 그녀의 생명을 위협할 수밖에 없다.

"그럼 병원 쪽이 낫겠군." 리로이는 고개를 끄덕였다. 다행히 릴리의 부상에 치명적인 것은 없어 보였다. 그렇게 판단한 리로이는 서둘러 주변에 굴러다니는 잔해 속에서 사용할 만한 것을 모으기 시작했다.

천장의 붕괴는 아직 완전히 끝나지 않았다. 호수면에 떠오른 기왓장에 떨어져 내린 암벽이나 가재도구가 격돌해 단속적으로 폭발하는 굉음이 지저호에 메아리쳤다.

부목으로 쓸 수 있는 나뭇조각을 들고 돌아온 리로이는 검을 사용해 재킷을 절단했다. 그것을 붕대 대신해 뼈가 부러진 곳에 부목을 고정시켰다.

본인은 의사가 필요 없는데도 부상에 대한 응급처치에 익숙했다. 한 번 물어봤는데, 옛날 파트너가 둔해서 자주 부상을 입었기 때문이라고 했다.

"불을 피우는 편이 좋을지도 몰라." 나는 지적했다. 지조호의 물은 매우 차다.

리로이는 수긍하고 태울 수 있는 것을 찾기 위해 일어났다. 파편들은 대부분 물에 잠겼기 때문에 어려워 보였지만, 격돌할 때 튕겨져 수면이 아니라 호숫가로 떨어진 것이라면 희망이 있다.

카틸하고의 전투에는 도움이 안 됐던 나였지만 이거라면 얼마든지 도와줄 수 있었다.

무기인데도 가능한 일이 장작 줍기, 라면 꽤나 정체성에 위기를 느끼게 되지만 어쩔 수 없다.

"나도 도와주지." 말을 걸고 실체화했다. 리로이는 살짝 손을 들어 수긍하고 밀어닥친 파편들이 있는 곳으로 향했다.

그 발걸음은 상상 이상으로 약해 보였다.

말은 안 했지만 아마도 체력의 한계는 이미 넘어섰을 것이다.

난 빠른 걸음으로 리로이에게 다가가 "너도 좀 쉬고 있어라."라고 어깨를 붙잡았다.

"괜찮아."

리로이는 내 우려를 웃어넘겼다.

무거운 소리가 들렸다.

내 손에 충격이 전해졌다.

볼에 뜨뜻미지근한 비말이 붙었다.

리로이가 조금 놀란 듯이 얼굴이 굳어졌고, 자신의 몸을 내려 봤다. 가슴에서 날카롭게 솟아나온 철골의 끝부분이 튀어나와 있었다.

그 위치에 있는 장기는 심장이었다.

"리로이──!" 갈라진 목소리가 내 목소리에서 뿜어져 나왔다.

"제길!"

짧게 욕을 한 리로이는 그 자리에 무릎 꿇었다.

"느긋하게 인명 구조나 하니까 그런 꼴을 당하지. 리로이 슈발처."

쌓여 있는 파편 중 교회 지붕에 있던 십자가가 거꾸로 세워져 있었고 그 뒤에서 나타난 것은 카틸이었다. 안구를 잃은 왼쪽 눈은 감겨 있었고 리로이가 뼈까지 자른 오른팔은 격류에 흘러간 듯했다.

"나를 찾아내 끝장을 보지 않은 결과가 그 일격이다."

카틸이 그렇게 말했지만, 리로이가 구해준 상대가 릴리라는 것을 깨달았는지 미간에 주름을 새겼다.

"──너, 알고서 구한 거냐?" 이것저것 말하지 않았지만, 말하려는 바는 알았다.

"안 돼?"

리로이는 목소리를 쥐어짜냈다.

이해하기 어렵다는 것을 카틸은 그 표정으로 답했다.

분명 자신을 속인 조직의 실행범을 일부러 구해주는 인간은 그리 많지 않을 것이다.

카틸은 리로이의 생각을 읽으려는 듯 오른쪽 눈을 가늘게 떴지만 생각하면 생각할수록 답은 나오지 않았다.

마침내 생각해도 의미가 없다는 것에 다다랐는지, 그는 신묘한 말투로 말했다.

"그녀를 구해주려고 한 것에 대해선 감사한다."

리로이는 코웃음을 치고 누워 있는 릴리를 가리켰다. "감사할 거면 저 애를 데리고 빨리 여기서 도망쳐라."

"그럴 순 없다."

즉답하는 카틸에게 리로이는 짜증난다는 듯 혀를 찼다.

그리고 앞으로 고꾸라지는 것을 내가 붙잡았다.

철골을 통해 흘러내리는 피가 빨간색에서 점점 색이 변해 까매지기 시작했다.

나쁜 징후다.

"의식을 잃으면 안 돼." 나는 말을 걸었지만, 아마도 소용없을 것이다.

심장이 뚫린 것은 역시나 치명상이다.

"웃기지 마." 이런 상황에서도 리로이는 입가에 미소를 지었다. 그 미소가 떠오른 볼에 목안에서 팽창한 혈관이 뱀처럼 내달렸다. 그것은 맥박을 때렸고 마치 리로이를 안에서부터 침식하는 것처럼 온몸으로 퍼졌다.

"어이, 파트너." 리로이의 목소리는 갈라져 있었다. 성대 부분에도 이변이 미치기 시작한 것이다. "뒤를 부탁할게." 이미 그 검은 눈동자에 내 모습은 비치지 않았다. 흰자 부분에 떠오른 모세혈관이 찢어졌고 검은 피로 물들어갔다.

넘쳐흐르는 검은색이 눈물처럼 볼을 타고 흘러내렸다.

"할 수 없지."

난 말했다.

"파트너니까."

그러자 리로이는 내 등을 살짝 두드렸다.

그 손바닥이 떨어졌고 내 팔에 걸쳐진 리로이의 무거움이 급격히 증대됐다.

의식을 잃은 것이다.

보통 인간이라면 이대로 의식을 되찾을 수 없다. 심장이 파괴되고 살아날 인간은 없기 때문이다.

하지만 리로이의 육체는 다르다. 심장이 파괴되더라도 죽음은 찾아오지 않았다.

그것을 증명하는 것처럼 온몸에서 양기가 끓어오르기 시작했다.

상처를 회복하고 재생하기 위해 세포가 엄청난 속도로 분열과 증식을 반복했다. 막대한 에너지가 소비되고 그것이 리로이의 옷을 적신 호수 물과 피를 증발시켰다.

힘없이 떨어진 팔이 올라와 가슴을 꿰뚫은 철골을 붙잡았다.

리로이가 각성한 것이 아니다.

오른팔은 리로이의 의사와 상관없이 재생에 방해가 되는 철골을 뽑기 시작했다. 통증도 없기 때문에 그 움직임에 주저함은 없었다.

뽑아낸 철골은 아무렇게나 내던졌다. 가슴의 상처에서 검은 피가 분출됐지만 겨우 몇 초 만에 멈췄다. 상처 주위의 살점이 모여들어 순식간에 덮어버렸다.

"엄청나군."

어느 샌가 다가온 카틸이 경악한 중얼거림을 흘렸다. "그런 치명상까지 극복해 내다니, 내 눈으로 보고도 못 믿겠군."

"리로이도 말했지만——." 난 평정심을 유지하려고 노력하면서 말했다. "저 애를 데리고 도망치는 편이 좋을 거야. 이 상태로는 죽을 뿐이다."

"네가 슈발처의 파트너인가?" 카틸은 내 말을 귓등으로 듣고 "내 주변을 몰래 조사하고 다니는 놈이 있다고 듣긴 했는데, 과연 정말 보기 드문 모습이구나."

"멋대로 죽는 건 상관없다."

내가 그렇게 내뱉자, 호랑이의 입가가 일그러졌고 흉폭한 미소를 지었다.

목소리가 들린 것은 그때였다.

낮게 땅이 울리는 것처럼 그건 바로 내 옆——리로이의 목에서 나는 소리였다. 한탄하는 소리와 비슷한 괴롭고 서글픈 그 신음소리는 점점 그 음색이 변해갔다.

포로의 해방, 구속에서의 자유를 노래하는 환희의 외침이었다.

리로이가 천천히 일어났다. 심장의 상처를 중심으로 새로

운 살과 근육세포가 제한 없이 증식됐고 그것이 온몸을 덮었다.

마치 리로이라는 한 명의 인간을 짓누르고 잡아먹는 것처럼.

잃어버린 왼팔도 재생됐다. 절단면에 살이 모이는 것 같더니 뼈가 재생됐고, 그것에 들러붙듯이 신경이나 혈관, 근육이 점점 결여된 부분을 메워갔다.

"오오."

카틸의 목에서 감탄과 두려움에 사로잡힌 한숨을 흘러나왔다.

귀청을 울렸던 것은 뼈가 부서지는 소리였다.

거대한 육체를 지지하기 위해서는 골격 역시 변해야만 한다. 인간하고는 전혀 다른 형태로 파괴와 재생을 반복하면서 성장했다.

순식간에 카틸의 키를 넘어서 3미터 정도에 도달했다.

이미 리로이의 모습은 사라졌다.

검은 피로 젖었던 안구는 지금 안광을 담고 있었고, 두개골의 변형에 의해 거대한 뿔이 튀어나왔다. 귀까지 찢어진 입에는 카틸보다 훨씬 크고 날카로운 이빨이 쭉 박혀 있었다.

리로이가 수인이라는 것을 내가 의문시하는 것은 바로 이 모습을 봤기 때문이다.

짐승화, 라고 한다면 이건 대체 무슨 짐승이란 말인가?

"이게 너의 본성인가?"

카틸이 검은 야수에게 말을 걸었다.

그곳에는 이해와 공감, 그리고 절망이 있었다.

"그렇다면 역시 우리들은 **다르다**는 말이구나."

붉은 눈동자는 형형하게 빛나기 시작했다.

절망의 끝에 있는 체념을 넘어 카틸은 그 끝으로 나아가려고 했다. "그럼 난 모든 것을 짓밟겠다. 나를 인정하지 않는 세계 따위 내가 부정하겠다." 리로이에게서 비슷한 성질을 찾으려고 했던 이형의 남자는 결국 배반의 경지에 도달하려고 했다.

"우선 너부터다. 리로이 슈발처."

만신창이의 카틸은 그럼에도 불구하고 싸움을 원했다.

맹렬하게 리로이의 간격으로 뛰어들었다.

약해지긴 했지만 깜짝 놀랄 만한 속도였다.

왼쪽 주먹을 검은 옆구리로 내찔렀다.

울려 퍼진 소리는 살과 살이 아니라 금속이 격돌하는 소리였다. 카틸은 한 번이 아니라 두 번, 세 번 주먹을 때려 넣었다.

하지만 전혀 먹혀들지 않았다.

리로이였던 야수는 그때서야 카틸을 인식한 듯 눈길을 보냈다.

은색의 두 눈동자가 은백색 야수를 노려봤다.

붉은 눈동자도 거대한 야수를 노려봤다.

타격음이 생겼다.

그렇게 인식했을 때 이미 카틸의 몸은 땅바닥에 나뒹굴고 있었다.

이어진 타격음이 들렸고 이번엔 옆으로 날아가 몇 번인가 땅바닥에 부딪치면서 기왓장 파편이 쌓인 곳에 부딪쳤다. 거꾸로 꽂혀 있는 십자가에 등부터 격돌해 그것을 깨부쉈다.

첫 번째는 주먹을 내리쳤고, 두 번째는 발차기였다.

거구임에도 불구하고 리로이였을 때보다 훨씬 빨랐다.

카틸은 간신히 일어났지만 곧바로 몸을 구부리며 위 안에 있던 내용물을 토해냈다. 피가 섞여 있었다. 근육 덩어리라고 할 수 있는 남자의 내장까지 너무도 쉽게 대미지를 안겨준 것이다.

리로이는 카틸을 향해 천천히 걸어갔다.

카틸을 방금 전까지 싸웠던 적으로 인식한 것인지, 아니면 공격당했기 때문에 본능적으로 반격했을 뿐인 건지, 그것도 아니면 공격을 하고 싶어서였는지——알 수는 없었다.

리로이한테도 짐승화되고 있는 사이의 기억이 거의 없기 때문이다.

카틸은 가깝게 있던 철골을 들었다. 그 끝에는 석벽의 일부가 망치처럼 붙어 있었다. 그것을 해머처럼 휘두르려는 듯했다.

되는 대로 걸어서 다가간 리로이는 맹수처럼 으르렁댔다. 마치 카틸의 행동을 조소하는 것처럼.

철골을 쥔 카틸은 주저하지 않고 리로이의 간격으로 뛰어들었다. 인간의 머리라면 일격에 깨부술 흉기를 거대한 야수한테 내리쳤다.

쾅, 하고 소리를 낸 일격은 리로이의 손바닥에 막혔다.

그리고 그대로 손으로 쥐어 깨부쉈다.

석벽의 파편이 두부처럼 깨지는 모습은 너무도 비현실적이었다.

하지만 카틸은 그것을 예측이라도 한 것처럼 조금도 물러섬이 없었다. 재빨리 리로이의 손끝에서 철골을 뽑고 창처럼 내찔렀다. 그 끝이 노리는 것은 아래턱이었다.

둔한 소리에 낮은 신음소리가 이어졌다.

철골의 끝은 리로이의 아래턱을 때렸지만 뚫지 못했다. 경질화한 비늘 상태의 피부가 그 침입을 막은 것이다.

카틸은 다시 철골을 뽑고 몸을 옆으로 돌리면서 옆구리를 노렸다. 짐승화한 리로이의 육체는 딱딱하면서도 유연성이 있는 검은 피부와 보들보들한 체모로 덮여 있어서 타격이 통하기 힘들었다. 카틸은 최초의 타격으로 그것을 알았는지, 약점을 찾는 것처럼 공격 지점을 바꿨다.

체념이 느린 것을 보면 역시 이 남자는 리로이와 닮았을지도 모른다.

하지만 그것도 거기까지였다.

옆구리를 쑤시려고 했던 철골을 리로이는 쉽게 붙잡았다. 석벽의 파편과 마찬가지로 철골도 사탕처럼 손 안에서 쉽게 구부러뜨렸다.

카틸은 재빨리 철골을 놔버렸다. 낮은 자세로 리로이의 품으로 깊이 파고 들어가 맹렬한 발차기를 무릎을 노리고 내질렀다.

뭔가가 파열되는 듯한 소리가 그 공격을 집어삼켰다.

충격파가 카틸을 중심으로 호를 그리며 발생했다. 기왓장이 휘날렸고 카틸도 자세가 크게 무너졌다. 발밑의 딱딱한 지반이 파였고 굉음이 지저호를 흔들었다.

질량이 큰 야수가 초고속으로 이동한 것만으로도 이런 현상이 생겼다.

충격파에 얻어맞은 카틸은 그럼에도 곧바로 땅을 박차고 그 자리에서 뒤로 뛰어 물러나려고 했다.

하지만 리로이가 압도적으로 빨랐다.

카틸의 디딤발을 등 뒤에서 붙잡았다. 한손으로 300킬로그램 이상의 은백색 거구를 넘어뜨리고 번쩍 치켜들었다.

그리고 단숨에 발밑의 지면으로 내리쳤다.

살이 짓눌리고 근육이 찢어지고 뼈는 부서졌다. 그 소리가 땅바닥 위에서 튀었고 찢어진 피부에서 선혈이 뿜어져 나왔다.

두 번, 세 번 반복돼 땅바닥과 부딪친 카틸의 몸은 은백색 체모가 순식간에 붉게 물들었다.

지하도시의 방에서 리로이가 받았던 공격을 그대로 돌려준 것처럼 보였지만, 과연 그 기억과 인간적인 감정이 남아 있을까는 의문이다.

마침내 카틸은 움직일 수 없게 됐다. 자신의 몸을 지키려는 반응도 없었고 인형처럼 땅바닥에 내동댕이쳐졌다.

그것을 깨달았는지, 리로이는 손을 멈추고 카틸을 들어올렸다. 지금 자신이 망가뜨린 것이 무엇인지 확인하는 듯 미간에 주름을 새기고 눈을 가늘게 뜬 상태로 관찰하기 시작했다.

하지만 곧 흥미를 잃은 듯 아무렇게나 내던졌다.

그리고 문득 하늘을 올려봤다.

머리 위 훨씬 높은 곳에 뚫려 있는 거대한 균열에서 어두운 밤과 반짝이는 달이 보였다.

달빛이 쏟아지고 있었다.

그 빛에 비춰진 검은 야수는 어금니가 드러난 입을 크게 벌렸다.

포효했다.

목을 울리고 포효했다.

그것은 격노일까, 분격일까, 아니면 통곡인가——인간이 아닌 야수의 마음은 알 길이 없었고, 마찬가지로 인간이 아닌 나는 인간이 인간이 아닌 자로 변이하는 그 공포와 절망을 도저히 이해할 수가 없다.

지금 리로이는 무슨 생각을 할까?

달빛을 받은 검은 야수는 길고 길게 포효를 이어갔다.

후기

제가 처음으로 소설 공모전에 원고를 보냈을 때 컴퓨터는 없었고 워드프로세서로 문장을 작성하고 플로피디스크에 보존했습니다.

완성된 원고는 워드프로세서의 매우 느린 인쇄기능을 사용해 출력했고, 데이터가 들어간 플로피디스크와 함께 출판사로 보내는 형태였습니다.

지금도 초고를 편집자와 교정자가 확인한 교정본이라고 불리는 것은 인쇄된 종이다발로 작가에게 보내지는데요. 그 외에는 거의 모든 것이 인터넷을 통해 데이터를 교환하며 마무리 지을 수 있게 됐습니다.

데뷔한 지 20년이 지났는데 충분히 편리해졌습니다.

그럼 이 「라그나로크 : Re」는 데뷔작 「라그나로크」의 리빌딩──즉, 재구성한 작품입니다. 예전에 썼던 이야기와 캐릭터를 새로운 스토리와 인물상으로 그려내려고 합니다.

집필 환경은 변했지만, 과연 20년을 지난 집필 그 자체는 어떻게 변했을까요.

이게 실은 아무것도 변하지 않았습니다.

10년을 쓰든 20년을 쓰든 소설이 저에게 굉장히 어려운 일이라는 데는 변함이 없었습니다. 이제 그만 익숙해져도 좋을 거라고 생각하지만 쉽게 될 일은 아닌 듯합니다.

그런데 그와 동시에 데뷔 때부터 변하지 않는 것이 또 하나 있습니다.

그건 좀 더 재밌는 이야기를 쓰고 싶다, 엄청난 액션을 표현하고 싶다는 정열입니다. 나이를 먹고 몸이 부실해져도 소설에 대한 집착만은 조금도 줄어들지 않았습니다.

그래서 저는 몇 번을 좌절하더라도 소설 쓰는 것을 그만둘 수가 없다고 생각합니다.

그렇게 계속 발버둥질치는 저에게 "당신과 일을 하고 싶어."라고 말해준 편집의 O씨, 감사합니다. 당신 덕분에 저는 다시 이 괴로움과 대치할 수 있게 됐습니다.

일러스트레이터의 이와모토 에이리 씨. 샤프한 선이 그려낸 캐릭터의 멋진 조형은 리빌딩에 과분한 매력을 부여해주셨습니다. 새로운 캐릭터 디자인과 일러스트가 도착하는 게 너무도 기대되고 즐거웠습니다. 정말 감사합니다.

지금 이 후기를 읽고 계신 여러분. 제 소설을 읽는 것이 처음이신 분인가요? 재밌게 읽으셨나요? 소중한 돈과 시간을 투자했는데, 당신이 납득할 만한 작품이었다, 그리고 그 이상의 가치가 있는 체험이었다고 생각하시기를 바랍니다.

혹시 당신은 데뷔작인 「라그나로크」를 읽으시고 쭉 후속권을 기다려주신 분일지도 모릅니다. 그렇다면 충분히 오랜 기간 기다리신 건데요, 정말 죄송합니다. 후속권이 아니어서 실망하셨겠지요. 하지만 이 리빌딩된 이야기도 저는 자신을 가지고 보내드렸습니다. 이것은 틀림없이 「라그나로크」입니다. 당신이 바란 형태가 아닐지도 모르지만, 이것이 제가 만들 수 있는 최선의 형태라고 단언할 수 있습니다.

만약 이를 받아들여주신다면 아무쪼록 마지막까지 함께 해주시기 바랍니다.

그리고 마지막으로 예전에 함께 「라그나로크」를 만들었던 맹우이기도 한 일러스트레이터 TASA 씨에게 최대급의 감사를. 당신이 그림을 통해 저에게 안겨준 수많은 영감과 창작의 괴로움을 함께 한 날들은 지금도 제 안에 확실한 재산으로 존재하고 있습니다. 감사합니다.

그럼 또 다음 권에서 만나기를 기원하면서, 펜을 놓습니다.

◇ 당신은 언제나 옳습니다. 그대의 삶을 응원합니다. ─ 라의눈 출판그룹

「이 도서의 국립중앙도서관 출판예정도서목록(CIP)은 서지정보유통지원시스템 홈페이지(http://seoji.nl.go.kr)와
국가자료공동목록시스템(http://www.nl.go.kr/kolisnet)에서 이용하실 수 있습니다.(CIP제어번호: CIP2019001775)」

라그나로크:Re
1. 월하에 울부짖는 맹수

초판 1쇄 2019년 2월 15일

지은이   야스이 켄타로
일러스트   이와모토 에이리
옮긴이   김동주
기획위원   서민철

펴낸이   설응도
펴낸곳   라의눈

출판등록 2014년 1월 13일(제2014-000011호)
주소   서울시 서초구 서초중앙로29길 26 (반포동) 낙강빌딩 2층
전화번호 02-466-1283
팩스번호 02-466-1301
e-mail   편집 editor@eyeofra.co.kr 마케팅 marketing@eyeofra.co.kr
        경영지원 management@eyeofra.co.kr

ISBN   979-11-89881-01-6
        979-11-89881-00-9(set)

날 기억하나?

아슈간 자자다

제조번호로 불릴 정도로 너하고는 **친**하지 않다

"그레이프닐"
체험자 제1호로서
유일한 적합자가, 그입니다

닥터 헤페스
──설마, 그?

인간이 「다크 원」에

대항하기 위해 만들어낸 병기

──그것이 너다, 라그나로크

카틸의 구출을 의뢰하는 건가

당신도예요, 에어스트 노인
──두려움은 눈을 어둡게 만드니까

그의 안에 로키의 존재를 느끼는 것은

분명하지만, 그게 뭘 의미하는지까진……

슬퍼할 일인가, 비웃을 일인가
──어느 쪽이냐, 에밀

라그나로크:Re 2권 예고!
다음 권도 곧이어 출간 예정!